若《わか》草《くさ》物《もの》語《がたり》 1

—仲《なか》よし四姉妹《しまい》—

Little Women

オルコット／作

谷《たに》口《ぐち》由《ゆ》美《み》子《こ》／訳　藤《ふじ》田《た》 香《かおり》／絵

講談社 青い鳥文庫

もくじ

巡礼《じゅんれい》ごっこ

「プレゼントなしのクリスマスなんて、クリスマスじゃない。」

ラグにねそべったジョーがこぼした。

「貧乏《びんぼう》って、ほんとうにいやね。」

古《ふる》ぼけたドレスに目《め》をやって、メグがいう。

「きれいなものをいっぱいもってる子《こ》もいるのに、なんにもない子《こ》もいるなんて、不公平《ふこうへい》よ。」

末《すえ》っ子《こ》のエイミーが鼻《はな》をすすりながら不満《ふまん》げにいった。

「でも、あたしたちにはお父《とう》さまもお母《かあ》さまも、そしてきょうだいもいるじゃない。」

いつものすみっこにいたベスが、ほがらかな声《こえ》をあげた。

その言葉《ことば》で、暖炉《だんろ》の明《あ》かりに照《て》らされた四人《にん》の顔《かお》は、一瞬《いっしゅん》ぱっと明《あか》るくなったけれど、たちまちくもってしまった。ジョーがこういったからだ。

「でも、お父《とう》さまはいまはいらっしゃらない。ずっとかもしれないよ。だって……。」

すると、あとの三人《にん》はそれぞれ心《こころ》の中《なか》で、「戦地《せんち》にいるから、もしかして二度《ど》ともどらないかもしれない。」と思《おも》ったのだった。

しばらくだれもなにもいわなかった。やがて、メグが思《おも》いつめたようにいいだした。

「あのね、お母《かあ》さまが、今年《ことし》のクリスマスはプレゼントをやめましょうとおっしゃっていたでしょ、世《よ》の中《なか》がたいへんな時期《じき》だから、お金《かね》を楽《たの》しみだけに使《つか》うのはやめるべきだって。でも、なかなかできなそうもないわ。」

メグはきれいなものが大好《だいす》きで、ほしいものがいろいろあり、つらかったのだ。

「だけどさ、わたしたちが倹約《けんやく》したって、たいして役《やく》には立《た》たないと思《おも》うよ。おこづかいなんて、ほんのすこしだもの。わたしはずっと買《か》いたかった本《ほん》があるんだ。」

ジョーは本《ほん》の虫《むし》なのだ。

「楽譜《がくふ》がほしいの。」

と、ピアノをひく、音楽好《おんがくず》きのベス。

「あたくしはぜったいファーバーの色《いろ》えんぴつ。」

エイミーは絵《え》を描《か》くのが得意《とくい》で、学校《がっこう》でもそれだけはじまんできた。

「やっぱり、ほしいものを買《か》おうよ。お母《かあ》さまはなんでもかんでもあきらめなさいとはおっ

しゃってないもの。」

ジョーがいいだした。

「そうね、一日《いちにち》、いうことをきかない子《こ》たちを相手《あいて》に勉強《べんきょう》を教《おし》えていると、くたくたになるもの、たまにはいい思《おも》いもしたいわ。」

メグは家庭教師《かていきょうし》の仕事《しごと》にあきあきしていた。

「でも、メグはわたしよりかは、らく。あの年寄《としよ》りのマーチおばさまときたら、ひっきりなしに用事《ようじ》をいいつけるし、いらいらさせるし、たまんないよ、窓《まど》から飛《と》びだして逃《に》げたくなる。」

ジョーは不満《ふまん》たらたらだ。

それにつられて、ベスは、水仕事《みずしごと》で荒《あ》れた手《て》を見《み》ながら、いいだした。

「毎日《まいにち》のお皿洗《さらあら》いはきついわ。手《て》が荒《あ》れて、こわばって、ピアノがひけなくなるんだもの。」

「だけど、お姉《ねえ》さまたちはあたくしみたいにいやな思《おも》いはしていないと思《おも》う。学校《がっこう》の子《こ》たちは、勉強《べんきょう》ができないとばかにするし、あたくしの古《ふる》ぼけた服《ふく》をわらったり、家《うち》がまずしいといじわるをいったりするんだもの。」

するとメグがいった。

「お父《とう》さまがお金持《かねも》ちだったころがなつかしいわ。なにもなやむことがなかったら、どんなにいいでしょう！　でも、今《いま》は働《はたら》いて暮《く》らしをたてなくちゃならなくなったけれど、それなりにうまく楽《たの》しみを見《み》つけているわよね、ジョーがいうみたいに『いい線《せん》いってる』と思《おも》うわ。」

ぱっとジョーがからだを起《お》こし、両手《りょうて》をポケットに入《い》れて、口笛《くちぶえ》を吹《ふ》きはじめた。

「やめて、ジョーお姉《ねえ》さま、男《おとこ》の子《こ》みたい。」

エイミーが抗議《こうぎ》した。

「だからやるんだよ。」

「お行儀《ぎょうぎ》がわるい人《ひと》、きらい。」

「めそめそした、きどりやなんかきらいだよ。」

ジョーはエイミーにいいかえした。

「巣《す》の中《なか》の小鳥《ことり》たち、みんな仲《なか》よし、いい子《こ》、いい子《こ》。」

ベスがおどけた声《こえ》でうたいだしたので、みんなはわらいだし、姉妹《しまい》のつつきあいはおわった。

ところが、メグが長女《ちょうじょ》ぶってこういったのだ。

「ジョーはもう小《ちい》さい女《おんな》の子《こ》じゃないんだし、髪《かみ》の毛《け》もアップにしているんだから、レディらしくしとやかにすべきよ。」

「いやだ！　そんなこというんなら、二十歳《はたち》までお下《さ》げにする。」

ジョーは長《なが》い髪《かみ》をたくしこんでいたネットをとり、まるでたてがみのような栗色《くりいろ》の髪《かみ》をふりほどいた。「あああ、わたしが女《おんな》じゃなかったら、お父《とう》さまといっしょに戦場《せんじょう》で戦《たたか》えるのにな。」

「かわいそうなジョーお姉《ねえ》さま、でも、ジョーって男《おとこ》の子《こ》の名前《なまえ》みたいだから、あたしたちのお兄《にい》さまがわりになっていてね。」

やさしいベスがなぐさめた。

つぎに、メグはエイミーに目《め》をむけた。

「あなたはちょっときどりすぎよ。しぜんにふるまっていればかわいいのに、おしぃわ。」

「メグお姉《ねえ》さま、ジョーがおてんばで、エイミーがきどりやなら、あたしはなあに？」

ベスがいうと、メグはあたたかい声《こえ》でいった。

「あなたはいい子《こ》。文句《もんく》なしよ。」

十二月《がつ》の夕暮《ゆうぐ》れのことだった。四人《にん》の少女《しょうじょ》たちはめいめいが編《あ》みものを手《て》にして、暖炉《だんろ》の前《まえ》にすわっている。ゆかのじゅうたんは色《いろ》があせ、家具《かぐ》もごくシンプルなものだったけれど、家庭《かてい》のぬくもりがいっぱいに満《み》ちていた。

長女《ちょうじょ》メグ（マーガレット）は十六歳《さい》。大《おお》きな目《め》、たっぷりした褐色《かっしょく》の髪《かみ》、やさしい口《くち》もと。白《しろ》い手《て》はふっくらとし、からだに娘《むすめ》らしい丸《まる》みが出《で》てきている。

十五歳《さい》の次女《じじょ》ジョー（ジョゼフィン）は、背《せ》が高《たか》く、やせていて、若《わか》い子馬《こうま》のように敏捷《びんしょう》だけれど、長《なが》い手脚《てあし》をもてあましているようだ。きっぱりものをいう口《くち》、眼光《がんこう》のするどい灰色《はいいろ》の瞳《ひとみ》。唯一《ゆいいつ》のじまんはその長《なが》い美《うつく》しい栗色《くりいろ》の髪《かみ》だったけれど、無造作《むぞうさ》にネットにまるめこんでいて、おしゃれにはまったく関心《かんしん》がなく、男《おとこ》の子《こ》だったらよかったのに、とずっと思《おも》っている。

みんなにベスとよばれているエリザベスは三女《じょ》で、十三歳《さい》。バラ色《いろ》のほおをした、愛《あい》らしくておとなしい少女《しょうじょ》。父親《ちちおや》はそんなベスを「おだやかさん」とよんでいた。

それに対《たい》し、末《すえ》っ子《こ》のエイミーはまだまだ子《こ》どもなのに、自分《じぶん》をもうレディだと思《おも》っている、おしゃまさんだ。雪姫《ゆきひめ》といいたくなるような青《あお》い目《め》の美少女《びしょうじょ》で、くるくるカールした金色《きんいろ》の髪《かみ》が、ほっそりした肩《かた》にかかっていた。

時計《とけい》が六時《じ》を打《う》った。暖炉《だんろ》の前《まえ》をきれいにはきそうじしてから、ベスはお母《かあ》さまのはく部屋《へや》ばきをあたためるためにそこにおいた。少女《しょうじょ》たちはいっせいにそわそわしはじめた。メグは妹《いもうと》たちにお説教《せっきょう》するのをやめ、ランプに明《あ》かりをともした。エイミーはいわれるまえに自分《じぶん》から安楽《あんらく》いすをおり、ジョーはつかれた、つかれたと文句《もんく》をいうのをやめて、お母《かあ》さまの部屋《へや》ばきをさらにもっとあたたかい火《ひ》の近《ちか》くにおいた。

「この部屋《へや》ばき、かなり古《ふる》ぼけているね、あたらしいのが必要《ひつよう》だと思《おも》う。」

「あたしがそれを買《か》いたい。」

と、ベス。

「いいえ、あたくしよ。」エイミーがいいだす。

「わたしよ、長女《ちょうじょ》だもの。」

メグがいばったようにいうと、ジョーが口《くち》をはさんだ。

「だめ、お父《とう》さまがお留守《るす》のときは、わたしがこの家《いえ》の長男《ちょうなん》がわりだもの、わたしが買《か》う。」

するとベスがやさしい声《こえ》をあげた。

「ねえ、みんなでそれぞれ、お母《かあ》さまにプレゼントをしない？　自分《じぶん》たちのものは買《か》わないで。」

「いいアイディアね。なににする？」

ジョーの言葉《ことば》で、みんなはしばし考《かんが》えた。最初《さいしょ》にメグが、自分《じぶん》のきれいな白《しろ》い手《て》を見《み》ながら

いった。

「手袋《てぶくろ》。」

「頑丈《がんじょう》な部屋《へや》ばき。」

と、ジョー。

「縁《ふち》に刺繡《ししゅう》をしたハンカチ。」ベスがいった。

「小《ちい》さなびん入《い》りのオーデコロンにする。」

おしゃれなエイミーらしい。

「では、プレゼントをどんなふうにお母《かあ》さまにあげましょうか?」

いつも意見《いけん》のまとめ役《やく》のメグがいうと、すぐさまジョーがいった。

「お母《かあ》さまには、わたしたちが自分《じぶん》のものを買《か》うのだと思《おも》わせておいて、びっくりさせようよ。明日《あした》の午後《ごご》はみんなで買《か》いものにいかなくちゃね。クリスマスの晩《ばん》にやる劇《げき》のためにやることがいっぱいあるんだから。」

ジョーは両手《りょうて》をうしろにまわし、顔《かお》を高々《たかだか》とあげた。劇《げき》の上演《じょうえん》をなにがなんでも成功《せいこう》させたかった。

「わたしはもうやりたくないわ。劇《げき》なんて、子《こ》どもっぽいんですもの。」

メグはおとなぶっている。

「だめだめ、それはこまる。お姉《ねえ》さまはうちでいちばんの女優《じょゆう》だから、やってもらうしかないよ。」

ジョーはきっぱりいい、エイミーをよんだ。

「さあ、エイミー、今夜《こんや》は練習《れんしゅう》するからね。気絶《きぜつ》する場面《ばめん》だよ。やってごらん。両手《りょうて》をもみしぼって、もだえながら『ロデリーゴ、ロデリーゴ、助《たす》けて！』とさけんで、よろめくんだ、こうやってさ。」

ジョーはみごとなお手本《てほん》を見《み》せた。ところが、それをまねして倒《たお》れたエイミーは、ひどい大根《だいこん》役者《やくしゃ》。まるで人形《にんぎょう》のように、両手《りょうて》を前《まえ》につきだし、「ああ！」といって、ぎくしゃく歩《ある》く。

あまりのひどさにジョーはうめき声《ごえ》をあげ、メグは大《おお》わらいし、ベスはおかしくてたまらず、うっかりパンをこがしてしまった。

そのあと、みんなは通《とお》しげいこをした。

メグ扮《ふん》するドン・ペドロは、二ページもの長《なが》いセリフをひとこともまちがえずにしゃべり、これまたメグ扮《ふん》する魔女《まじょ》ヘイガーは気味《きみ》のわるい呪《のろ》いの言葉《ことば》をつぶやき、ジョー扮《ふん》するロデリーゴはからだを縛《しば》っていた鎖《くさり》をひきちぎり、これまたジョー扮《ふん》するヒューゴは苦《くる》しみもだえながら死《し》んでいった。芝居《しばい》が得意《とくい》なメグとジョーは、ひとり二役《ふたやく》をこなしているのだった。ベスは、音楽《おんがく》担当《たんとう》だった。

「ジョーお姉《ねえ》さま、こんなにすばらしい劇《げき》を書《か》けるなんて、天才《てんさい》ね。シェークスピアみたい。」

ベスは心《こころ》から姉《あね》を尊敬《そんけい》し、あがめていた。

「ほめすぎだよ、でも、この『魔女《まじょ》の呪《のろ》い』はけっこううまく書《か》けたかもしれないけど。」

ジョーは照《て》れている。

そのとき、戸口《とぐち》で晴《は》れやかな声《こえ》がした。

「ただいま、みんな楽《たの》しそうね。」

とたんに、四人《にん》はわっと戸口《とぐち》へむかい、やさしさがからだからあふれ出《で》るような、背《せ》の高《たか》いお母《かあ》さまを出《で》むかえた。

「みんなにすてきなおみやげがありますよ。それは夕食《ゆうしょく》のあとのお楽《たの》しみ。」

お母《かあ》さまの言葉《ことば》に、みんなの顔《かお》がぱあっとかがやきだした。ベスは思《おも》わず拍手《はくしゅ》をし、ジョーはナプキンをほうりあげて、「手紙《てがみ》だ、手紙《てがみ》だ！　お父《とう》さま、ばんざい！」とさけんだ。

「そうですよ。お父《とう》さまはこの寒《さむ》さの中《なか》でも、思《おも》ったよりお元気《げんき》で、あなたたちひとりひとりに、言葉《ことば》を書《か》いてくださっているの。」

「じゃ、いそいで食事《しょくじ》をすませなくちゃ。エイミー、ぼやぼやしないで、さっさと食《た》べて。」

ジョーはあせったあまり、お茶《ちゃ》にむせてしまい、バターをぬったパンを、じゅうたんに落《お》としてしまった。

胸《むね》がいっぱいになったベスはなにも食《た》べられなくなり、そっとすみっこへひっこみ、みんなが食《た》べおわるのを待《ま》つことにした。

メグはしみじみいうのだった。

「お父《とう》さまは、もうお若《わか》くないし、おからだも丈夫《じょうぶ》じゃないのに、戦地《せんち》に牧師《ぼくし》としていかれて、ほんとうにりっぱだわ。」

「お母《かあ》さま、いつお父《とう》さまはおもどりになるの?」

ベスの声《こえ》は心《こころ》なしか、ふるえている。

「何《なん》か月《げつ》もさきでしょうよ、ご病気《びょうき》にでもならないかぎり。お父《とう》さまはできるだけ兵隊《へいたい》さんたちのそばにいてさしあげたいんですよ。さあ、お手紙《てがみ》を読《よ》みますから、みんな、こちらへいらっしゃい。」

大《おお》きな安楽《あんらく》いすにすわったお母《かあ》さまをかこんで、ベスは足《あし》もとにしゃがみ、メグとエイミーはそれぞれいすの腕木《うでぎ》にもたれ、ジョーはうしろがわにからだをよせて立《た》った。もし、涙《なみだ》がこぼれそうになっても、みんなに見《み》られないように。

お父《とう》さまの手紙《てがみ》は、戦地《せんち》でのつらいことや危険《きけん》なことにはほとんどふれず、むしろ、軍隊《ぐんたい》でのできごとをほがらかにつたえていた。でも最後《さいご》には思《おも》わず家族《かぞく》のみんなを恋《こい》しく思《おも》う気持《きも》ちがあふれた。

「娘《むすめ》たちにわたしからの愛《あい》とキスを送《おく》ります。みんながわたしのことを思《おも》ってくれていると思《おも》うだけで、心《こころ》があたたまります。家《いえ》にもどれるまであと一年《ねん》は長《なが》いが、みんな、毎日《まいにち》のつとめをしっかりはたして、わたしが帰《かえ》ったときには、四人《にん》ともまえよりいっそうすばらしい女性《じょせい》に成長《せいちょう》していてほしいと思《おも》います。」

そこまでくると、みんな、こらえきれずに鼻《はな》をすすりあげ、ジョーは大粒《おおつぶ》の涙《なみだ》をこぼし、エイミーはお母《かあ》さまの肩《かた》に顔《かお》をおしつけてすすり泣《な》いた。

「ああ、あたくし、身勝手《みがって》な子《こ》でごめんなさい。お父《とう》さまをがっかりさせないようにしなくちゃ。」

「そうね、わたしも自分《じぶん》の外見《がいけん》ばかり気《き》にしていて、仕事《しごと》なんかつまらないと思《おも》っていたけど、気《き》をつけるわ。」

メグは反省《はんせい》している。

ジョーもお父《とう》さまの言葉《ことば》が胸《むね》にこたえたようだ。

「わたしは、すぐにかっとなるし、荒《あら》っぽいところがあるから、しとやかな女性《じょせい》になりたい。」

そういいながらも、本心《ほんしん》では、南部《なんぶ》で敵《てき》と戦《たたか》うほうが、家《いえ》でかんしゃくをおこさないようにするよりましかもしれないなどと思《おも》っていた。

ベスはひとこともいわず、編《あ》みかけの兵隊《へいたい》さん用《よう》の青《あお》い靴下《くつした》で涙《なみだ》をぬぐうと、猛然《もうぜん》と編《あ》みものを再開《さいかい》した。

お母《かあ》さまのマーチ夫人《ふじん》は、娘《むすめ》たちがしゅんとしてしまったので、明《あか》るい声《こえ》でいった。

「みんな、小《ちい》さかったころ、よく巡礼《じゅんれい》ごっこをしたわね？　背中《せなか》に布袋《ぬのぶくろ》をしょって、つえや帽子《ぼうし》なんかをもって、家《いえ》じゅうを歩《ある》きまわって、あちこちでびっくりプレゼントを見《み》つける遊《あそ》びですよ。あれを大《おお》よろこびでやっていましたね。」

小説家《しょうせつか》ジョン・バニヤンに『天路歴程《てんろれきてい》』という有名《ゆうめい》な物語《ものがたり》がある。その主人公《しゅじんこう》が、たくさんのなやみをかかえながら、ついに天国《てんごく》へ到達《とうたつ》するまでの歩《あゆ》みを、子《こ》どもたちが遊《あそ》びで楽《たの》しみながら理解《りかい》できるようにしたのが、マーチ家《け》の巡礼《じゅんれい》ごっこだった。

「あなたたちはそれぞれの肩《かた》に重《おも》い荷物《にもつ》、つまりなやみをしょっているのですよ。でも、くよくよしてばかりいないで、そのさきにきっといいことがあると信《しん》じて前《まえ》に進《すす》みなさい。お父《とう》さまがおもどりのときにはもっと明《あか》るい未来《みらい》が見《み》えているように。」

ジョーがいいだした。

「今夜《こんや》、お母《かあ》さまはわたしたちを、巡礼《じゅんれい》がはまる〝絶望《ぜつぼう》の沼《ぬま》〟からひきあげてくださったのね。では、このさきのわたしたちの人生《じんせい》はどうなっていくのかしら?」

「明日《あした》はクリスマス、まくらの下《した》に答《こた》えがあると思《おも》いますよ。」

マーチ家《け》でずっと働《はたら》いてくれているハンナがテーブルをかたづけると、四人《にん》はいっせいに編《あ》みものかごをとりだし、九時《じ》まで真剣《しんけん》に編《あ》みものにとりくんだ。

そのあと、ベスが古《ふる》ぼけたピアノの前《まえ》にすわり、黄色《きいろ》くなった鍵盤《けんばん》からやさしい音色《ねいろ》をひびかせ、みんなは声《こえ》をあわせてうたった。

♪きらきら星《ぼし》よ、夜空《よぞら》に光《ひか》れ

メリー・クリスマス

クリスマスの朝《あさ》は、灰色《はいいろ》のくもり空《ぞら》だった。

最初《さいしょ》に目《め》をさましたのはジョーだ。暖炉棚《だんろだな》にぶらさがっているはずの靴下《くつした》がない。

一瞬《いっしゅん》、がっかりしたジョーだったけれど、すぐにゆうべのお母《かあ》さまの言葉《ことば》を思《おも》いだし、まくらの下《した》に手《て》をつっこんでみた。あ、なにかある！　それはまっかな表紙《ひょうし》の聖書《せいしょ》だった。これこそ、これからの長《なが》い人生《じんせい》の旅《たび》を導《みちび》いてくれる道《みち》しるべだとジョーは思《おも》った。

すぐにとなりにいるメグを起《お》こし、「メリー・クリスマス！」といって、メグにもまくらの下《した》をあらためさせた。出《で》てきたのは、緑色《みどりいろ》の聖書《せいしょ》だった。

聖書《せいしょ》をひらいたところに、お母《かあ》さまの字《じ》でメッセージが書《か》いてある。そのあとすぐに、ベスとエイミーもまくらの下《した》から聖書《せいしょ》をひっぱりだした。ベスのは紫《むらさき》がかったやさしい鳩色《はといろ》、エイミーのは、あざやかな青色《あおいろ》だった。

メグは長女《ちょうじょ》らしく、妹《いもうと》たちをやさしく見《み》まわしていった。

「ねえ、みんな、お母《かあ》さまがわたしたちにこの聖書《せいしょ》を贈《おく》ってくださったのは、すぐに読《よ》んでほしいと思《おも》っていらっしゃるからよ。お父《とう》さまはお留守《るす》だし、この戦争《せんそう》でわたしたちも気持《きも》ちが落《お》ちつかないけれど、そういうときこそ、聖書《せいしょ》が役立《やくだ》つの。わたしは毎朝《まいあさ》、これをすこしずつ読《よ》むことにするわ。」

メグがそういって聖書《せいしょ》を読《よ》みはじめると、ジョーは姉《あね》のからだに手《て》をまわしてだきしめ、ほおをよせて、いつになくおだやかな顔《かお》でおなじところを読《よ》みはじめた。

「メグお姉《ねえ》さま、とてもいい考《かんが》えね。エイミー、むずかしい言葉《ことば》は教《おし》えてあげるから、いっしょに読《よ》みましょう。」

と、ベスがいった。

エイミーは、「あたくしの聖書《せいしょ》が青《あお》い表紙《ひょうし》でよかった。大好《だいす》きな色《いろ》だもの。」とうれしそうだ。

それから、部屋《へや》はしんとしずかになり、四人《にん》の姉妹《しまい》がページをめくる音《おと》だけがきこえ、やがて、冬《ふゆ》の朝日《あさひ》が「メリー・クリスマス。」というように、みんなの顔《かお》を明《あか》るく照《て》らしだした。

半時間後《はんじかんご》、ジョーは台所《だいどころ》へおりていき、「お母《かあ》さまはどこ?」とハンナにきいた。

「どっかのまずしい人《ひと》が来《き》たんで、奥《おく》さまは出《で》かけました。食《た》べもんでも、着《き》るもんでも、あんなに気前《きまえ》よく人《ひと》にあげちまうかたは、ほかにおらんです。」

ハンナは、メグが生《う》まれたころからマーチ家《け》にいたので、お手伝《てつだ》いさんというより、友《とも》だちのような存在《そんざい》だった。

「きっとすぐにお帰《かえ》りになるから、もうしたくをしておきましょう。」

四人《にん》からお母《かあ》さまへのプレゼントを入《い》れたバスケットがちゃんとソファの下《した》にかくしてあるのをたしかめながら、メグはいった。

「あら、エイミーのオーデコロンのびんはどこ？」

「さっき、もって出《で》ていったよ。リボンでもつけようと思《おも》ったんじゃない？」

あたらしい頑丈《がんじょう》な部屋《へや》ばきのごわごわをとるために、ジョーは部屋《へや》を歩《ある》いてまわってためしばきをしている。

「あたしが刺繍《ししゅう》をしたハンカチ、すてきでしょ？　ハンナが洗《あら》って、アイロンをかけてくれたの。イニシャルの刺繍《ししゅう》にすごく時間《じかん》がかかっちゃった。」

ベスが得意《とくい》そうに、ちょっぴりゆがんだ文字《もじ》を見《み》せた。

バタンとドアがしまる音《おと》がし、足音《あしおと》がきこえた。

「あ、お母《かあ》さまがもどってきた。いそいで、バスケットをかくして！」

ジョーがさけぶ。

「あら、エイミー、どこへいっていたの？　なにかうしろにかくしてない？」

メグは、外《そと》からあわててもどってきたエイミーにきいた。

「オーデコロンのびんを小《ちい》さいのから、大《おお》きいのに変《か》えてもらってきたの。お金《かね》をぜんぶ使《つか》っちゃった。あたくしが自分勝手《じぶんかって》じゃないってこと、わかってね。」

エイミーの必死《ひっし》の気持《きも》ちがわかったメグは、思《おも》わずかわいい妹《いもうと》をだきしめた。

ジョーは「えらいっ！」とさけび、ベスは窓辺《まどべ》へ走《はし》って、だいじに育《そだ》てたバラの花《はな》をとって、そのびんに結《むす》びつけてやった。

ふたたび、バタンとドアの音《おと》がきこえた。姉妹《しまい》はあわてて朝食《ちょうしょく》のテーブルについた。

「メリー・クリスマス、お母《かあ》さま！　聖書《せいしょ》をありがとうございました。毎日《まいにち》、読《よ》みます！」

「メリー・クリスマス！　席《せき》につくまえに、ちょっときいてくださいな。近《ちか》くにとてもまずしいおうちがあって、生《う》まれたばかりの赤《あか》ちゃんがいるんです。そのほかに子《こ》どもが六人《にん》。火《ひ》の気《け》がないので、みんなでベッドでふるえているの。寒《さむ》さと飢《う》えで死《し》にそうなので、どうか助《たす》けてくださいといわれたのですよ。だから、みんな、きょうの朝食《ちょうしょく》をそのお家《うち》へクリスマス・プレゼントにもっていきませんか？」

いつもより朝食《ちょうしょく》が一時間《じかん》もおそかったので、じつのところ、みんなはおなかがぺこぺこだった。一瞬《いっしゅん》、だれもなにもいわなかったけれど、ジョーがとつぜん、声《こえ》をあげた。

「よかった、食《た》べるまえにそういってくださって！」

「そのかわいそうな子《こ》たちに食《た》べものをもっていくわ。」ベスが申《もう》し出《で》る。

「クリームとマフィンをもっていく。」

それは、エイミーがなによりも好《す》きな食《た》べものだ。

早《はや》くも、メグはそば粉《こ》のパンケーキに布《ぬの》をかぶせ、大皿《おおざら》にパンを山盛《やまも》りにのせていた。

「みんながわかってくれると思《おも》っていましたよ。」

お母《かあ》さまはうれしそうだ。

そのまずしい一家《いっか》の住《す》まいには、火《ひ》の気《け》がなく、窓《まど》ガラスはわれたまま、ぼろぼろの寝具《しんぐ》にあわれな母親《ははおや》と赤《あか》ちゃんと六人《にん》の子《こ》どもたちがくるまっている。

「ああ、ありがとございます。天使《てんし》さんがきてくれたです。」

母親《ははおや》はさけんだ。この家族《かぞく》は、ドイツからの移民《いみん》で、ハンメルという名前《なまえ》だった。

薪《たきぎ》をもってきたハンナは、さっそく、火《ひ》をおこし、われた窓《まど》ガラスに布《ぬの》をおしこみ、お母《かあ》さまと姉妹《しまい》は子《こ》どもたちを火《ひ》のそばにすわらせて、食《た》べものをあたえた。

「おいちいよ！　あんがと、天使《てんし》さん！」

天使《てんし》さんなどとよばれたのは、はじめてだったので、姉妹《しまい》は胸《むね》がいっぱいになった。おなかはすいたままだったけれど、心《こころ》は満《み》たされていた。

家《いえ》に帰《かえ》ると、姉妹《しまい》はこんどこそお母《かあ》さまにプレゼントをわたそうと思《おも》った。

「ほら、お母《かあ》さまがいらっしゃる！　エイミー、ドアをあけて！　お母《かあ》さまに万歳三唱《ばんざいさんしょう》！」

ジョーが声《こえ》をあげ、メグはお母《かあ》さまをうやうやしく席《せき》に案内《あんない》した。

お母《かあ》さまはさっそく、ジョーの頑丈《がんじょう》な部屋《へや》ばきをはき、エイミーのオーデコロンで香《かお》りをつけたベスのハンカチをポケットにすべりこませ、メグの手袋《てぶくろ》に「ぴったりね！」と大《おお》よろこびだった。

それから、姉妹《しまい》は夜《よる》にひらかれる家庭演劇会《かていえんげきかい》のしたくにおおわらわとなった。

劇場《げきじょう》へいくには歳《とし》がたりず、お金《かね》もかかる。まさに「必要《ひつよう》は発明《はつめい》の母《はは》」で、姉妹《しまい》は家《いえ》で演劇《えんげき》をすることにしたのだった。背景《はいけい》も小道具《こどうぐ》もすべて手作《てづく》りだ。

男性《だんせい》は入場禁止《にゅうじょうきんし》。そこでジョーは思《おも》うさま、男役《おとこやく》をつとめることができた。かつて、どこかの俳優《はいゆう》がはいていたという、あずき色《いろ》の革《かわ》ブーツをもらったので、それをはいて、大得意《だいとくい》になって

いた。

俳優《はいゆう》といっても、演《えん》じるのはおもにメグとジョーだ。エイミーはかわいいけれど、ひどい大根《だいこん》役者《やくしゃ》だし、ベスははずかしがりやなので、かげでピアノをひく役《やく》に徹《てっ》している。だから、メグとジョーは、ひとり何役《なんやく》もつとめなくてはならないし、おぼえるセリフは膨大《ぼうだい》だったので、けいこには熱《ねつ》がはいり、本番《ほんばん》まで、だらだらしているひまなどまったくなかった。

クリスマスの晩《ばん》、マーチ家《け》の二階《かい》の広間《ひろま》には、十数人《じゅうすうにん》の女《おんな》の子《こ》たちが、特等席《とくとうせき》に見立《みた》てたベッドの上《うえ》にすわって、劇《げき》がはじまるのをいまかいまかと待《ま》っていた。青《あお》と黄色《きいろ》のカーテンのうしろからは、ひそひそ声《ごえ》やら、衣装《いしょう》をひきずる音《おと》やら、興奮《こうふん》しやすいエイミーが思《おも》わずあげるわらい声《ごえ》がきこえてくる。

やがてベルが鳴《な》り、悲劇《ひげき》のオペラが幕《まく》をあけた。

この全五幕《ぜんまく》の演劇脚本《えんげききゃくほん》を書《か》いたのは、いつか作家《さっか》になりたいジョーだ。

背景《はいけい》は暗《くら》い森《もり》に見立《みた》てた緑《みどり》の木《き》が植《う》わった大《おお》きな鉢《はち》がいくつか、その奥《おく》に洞穴《ほらあな》が見《み》える。

魔女《まじょ》が黒《くろ》いやかんのふたをあけたとたん、白《しろ》い本物《ほんもの》の蒸気《じょうき》が出《で》た。そして、腰《こし》に下《さ》げた剣《けん》の音《おと》をひびかせて悪漢《あっかん》ヒューゴがあらわれた。ヒューゴは勇敢《ゆうかん》なロデリーゴを憎《にく》み、ザーラを愛《あい》しているので、ロデリーゴを殺《ころ》して、ザーラを自分《じぶん》のものにしたいのだ。

ヒューゴに扮《ふん》するジョーは憎《にく》しみのこもった声《こえ》をあげる。そこへ、黒《くろ》と赤《あか》のマントをはおったメグ、つまり魔女《まじょ》ヘイガーがあらわれる。ヒューゴはザーラが自分《じぶん》を愛《あい》するようになる薬《くすり》と、ロデリーゴ（これもジョーの役《やく》だ）を殺《ころ》す薬《くすり》をつくってほしいとたのむ。こうして舞台《ぶたい》は進《すす》み、二幕《まく》があくと、こんどは塔《とう》の下《した》にロデリーゴがいて、塔《とう》にとらわれているザーラを救《すく》い出《だ》そうとする。

エイミーが扮《ふん》するザーラは青《あお》と銀色《ぎんいろ》のドレスをまとい、彼《かれ》を待《ま》っている。ロデリーゴはあまい声《こえ》でセレナーデをうたう。ロデリーゴは、ザーラにむかって、なわばしごを投《な》げあげる。

こわごわとザーラがおりてくるが、まさに彼《かれ》に身《み》をあずけようとしたとき、ザーラの長《なが》いすそが、塔《とう》の窓格子《まどごうし》にひっかかった。たちまち作《つく》り物《もの》の塔《とう》は倒《たお》れ、恋人《こいびと》たちはその下敷《したじ》きになった。キャーッと観客《かんきゃく》から声《こえ》があがった。

このはちゃめちゃ舞台《ぶたい》は、役者《やくしゃ》も舞台背景《ぶたいはいけい》も入《い》りみだれて、ときどきわけがわからなくなったけれど、最後《さいご》は恋人《こいびと》たちがしあわせに結《むす》ばれ、みんな、ほっとため息《いき》をついた。メグは女優《じょゆう》としての才能《さいのう》をおおいに発揮《はっき》した。

最後《さいご》の拍手喝采《はくしゅかっさい》のあと、いきなり、ドッターン！　特等席《とくとうせき》の折《お》りたたみベッドが人数《にんずう》の重《おも》さにたえかねて、まんなかで折《お》れこんでしまった。さいわい、だれもけがはせず、ただあまりのおかしさに、みんなわらいころげた。

そのとき、ハンナが「みなさん、お茶《ちゃ》のしたくができました。」と告《つ》げた。

なんと、階下《かいか》の居間《いま》のテーブルの上《うえ》に、ピンクと白《しろ》のアイスクリーム、ケーキ、フルーツ、フランスのボンボンなど、さらにテーブルの中央《ちゅうおう》には温室咲《おんしつざ》きの美《うつく》しい花束《はなたば》が四つ、おいてあった。

「妖精《ようせい》のしわざよ。」

とエイミー。

「きっとサンタ・クロース。」ベスがさけぶ。

「お母《かあ》さまよ。」

まだ白髪《しらが》のひげと白《しろ》いまゆ毛《げ》をつけたままのメグがいった。

「マーチおばさまじゃないかな。気《き》まぐれを起《お》こしたのかも。」

とジョー。

「いいえ、おとなりのローレンスさんがとどけてくださったのですよ。」

お母《かあ》さまがいった。

「ええっ、あのローレンスおじいさまが？　どうしてまた、こんなことをしてくださったの？　わたしたち、あのかたのことなんか、ほとんど知《し》らないのに。」

メグはびっくりしている。

「ハンナが、あそこのおうちの使用人《しようにん》に今朝《けさ》のことを話《はな》したら、それをきいて、おじいさまがとてもよろこばれたんですって。おじいさまは、むかしからわたしの父《ちち》のことをよくごぞんじで、親《した》しくしてくださっていたんですよ。午後《ごご》になって、わたしにお手紙《てがみ》をくださって、あなたたちの今朝《けさ》の食事《しょくじ》のうめあわせと、友情《ゆうじょう》の印《しるし》として、こんなすばらしいものをくださったんです。」

「わかった、あそこの男《おとこ》の子《こ》のしわざだよ。すごく感《かん》じのいい子《こ》なんで、仲《なか》よくなりたいな。わたしたちのことを知《し》りたがってるみたいだけど、はずかしがりやらしいね。だけど、メグったら、あの子《こ》とすれちがったときに声《こえ》をかけるのもだめっていうんだもの。」

ジョーは不満《ふまん》そうにいうのだった。

すると、アイスクリームに歓声《かんせい》をあげていた女《おんな》の子《こ》のひとりがきいた。

「ローレンスさんて、おとなりの大《おお》きなお屋敷《やしき》の人《ひと》のこと？　うちのお母《かあ》さんがね、ローレンスさんは気位《きぐらい》が高《たか》くて、だれともつきあわないっていってたわ。孫《まご》を家《いえ》にとじこめていて、家庭教師《かていきょうし》と出《で》かけるとき以外《いがい》は、勉強《べんきょう》ばかりさせてるんだって。一度《いちど》、うちのパーティーに招待《しょうたい》したんだけど、こなかったわ。感《かん》じのいい子《こ》だけど、女《おんな》の子《こ》たちとは口《くち》もきかないそうよ。」

「だけどさ、いつだったか、うちの猫《ねこ》が逃《に》げちゃったとき、あの人《ひと》が返《かえ》しにきてくれてね、わたしたち、なんだかすごく気《き》があって、いっぱいおしゃべりしたの。メグが来《き》たら、さっといなくなっちゃったけど。でも、わたし、あの子《こ》と知《し》り合《あ》いになる。なにか楽《たの》しいことをしたいはず。ぜったいそうにきまってる。」

ジョーはもう心《こころ》をきめたようだ。お母《かあ》さまはそれにうなずいた。

「上品《じょうひん》な子《こ》だから、あなたが知《し》り合《あ》いになるのを反対《はんたい》などしませんよ。さっき花束《はなたば》をとどけてくださったとき、入《い》れてさしあげればよかったわ。二階《かい》から楽《たの》しそうなわらい声《ごえ》がきこえていたので、なんだかうらやましそうでしたよ。」

「見《み》られたらちょっとはずかしかったかも。」ジョーはあずき色《いろ》のブーツに目《め》をやった。「でも、いつか男子禁制《だんしきんせい》じゃない芝居《しばい》をやるときに、見《み》にきてもらいたいな。男役《おとこやく》をやってもらってもいいし。」

ジョーはすっかり乗《の》り気《き》になっている。

ベスはお母《かあ》さまによりそって、そっといった。

「お父《とう》さまにこんなきれいな花束《はなたば》を送《おく》れたらいいのに。戦場《せんじょう》ではクリスマスなんか楽《たの》しめないものね。」

ローレンス家《け》の少年《しょうねん》

「ジョー、ジョー、どこにいるの？」

屋根裏部屋《やねうらべや》の下《した》から、メグがよんでいる。

すると、上《うえ》からかすれた声《こえ》がきこえた。

「ここだよ！」

メグが階段《かいだん》をかけあがると、ジョーが日《ひ》のあたる窓辺《まどべ》で古《ふる》ぼけた三本脚《ぼんあし》のソファに丸《まる》まって、リンゴをかじりながら、『レドクリフの世継《よつ》ぎ』を読《よ》み、涙《なみだ》をこぼしていた。ジョーはこのお気《き》に入《い》りの場所《ばしょ》で、かわいいネズミくんをペットにして、いつも大好《だいす》きな本《ほん》を読《よ》んでいるのだった。

「ねえ、すごいことになったの。明日《あした》の晩《ばん》、ガーディナー家《け》のパーティーに招待《しょうたい》されたのよ！」

うれしそうに招待状《しょうたいじょう》をメグはふってみせた。「おおみそかの晩《ばん》、わたしたちふたりに、ダンス・パーティーにおいでくださいですって。お母《かあ》さまはきっといかせてくださると思《おも》うけど、なにを着《き》ていく？」

「どうせ、いつものポプリンの服《ふく》しかないんだから、なにを着《き》るもないよ。」

リンゴをほおばりながら、ジョーはそっけなくいう。

「ああ、絹《きぬ》のドレスがあればいいのにねえ。お母《かあ》さまは、十八になるまではだめだっておっしゃるけど、あとまだ二年《ねん》も待《ま》たなくちゃならないのよ。」

メグはため息《いき》をついた。

「あのポプリンでいいよ。あ、でも、わたしのには焼《や》けこげがあるし、すこしやぶけたところもあるんだった。」

「じっとすわってればいいわ、うしろを見《み》せずにね。髪《かみ》にあたらしいリボンをつけていくわ。お母《かあ》さまには真珠《しんじゅ》のブローチを借《か》りて、そうそう、手袋《てぶくろ》もしなくちゃね。」

と、メグがいうと、身《み》なりにかまわないジョーはあっさりいった。

「わたしの手袋《てぶくろ》にはレモネードのしみがついてるし、どうせあたらしいのは買《か》えないんだから、なしでいく。」

「だめよ、それはだめ。」メグはきっぱり反対《はんたい》した。「ダンスをするときに手袋《てぶくろ》がないのは相手《あいて》に失礼《しつれい》よ。」

「じゃあさ、わたしはすわってるからいい。ダンスなんてあんまり好《す》きじゃないから。手袋《てぶくろ》はまるめて手《て》にもってることにする。あ、そうだ、お姉《ねえ》さまのいいほうの手袋《てぶくろ》を片方《かたほう》ずつはめて、わたしのしみのついたのを片方《かたほう》ずつ手《て》にもつのはどう？」

「だめ、だめ。あなたの手《て》は大《おお》きいから、わたしのが広《ひろ》がっちゃうじゃない。」

「じゃあ、いいよ。わたしは手袋《てぶくろ》なしにする。」

「しかたないわね、それじゃ、片方《かたほう》を貸《か》すから、ぜったいによごさないでよ。それから両手《りょうて》をうしろで組《く》んだり、荒《あら》っぽい言葉《ことば》をいったり、しちゃだめよ。」

姉《あね》として、メグは妹《いもうと》にもちゃんとしたふるまいをしてもらいたいのだった。

「わかったってば。あのさ、早《はや》く、ガーディナーさんにパーティーに参加《さんか》しますって、返事《へんじ》してきたら。わたしはこの本《ほん》を読《よ》みたいの。」

おおみそかの晩《ばん》、年上《としうえ》のふたりは、年下《としした》のふたりに手伝《てつだ》わせて、パーティーの準備《じゅんび》におおわらわだった。おめかしといっても、たいしたことをするわけではなかったのだけれど、小走《こばし》りで動《うご》きまわったり、げらげらわらったり、それはにぎやかだった。

そのうちに、なにかこげたようなにおいがあたりにたちこめた。前髪《まえがみ》にカールがほしくなったメグが、ジョーにたのんで、髪《かみ》を焼《や》きごてでカールしてもらっていたら……。

「ねえ、こんなにけむりが出《で》ていいの？」

メグがきく。

「髪《かみ》をぬらしたから、乾《かわ》いてるにおいだよ。」

すましてジョーがいう。

「へんなにおいねえ、毛《け》が燃《も》えてるみたい。」

エイミーが、自分《じぶん》の美《うつく》しい巻《ま》き毛《げ》を得意《とくい》そうになでながらいった。

「もういいかも。髪《かみ》をまいた紙《かみ》をとってごらん。きれいな巻《ま》き毛《げ》があらわれるよ。」

ところが、すてきな巻《ま》き毛《げ》どころか、ちりちりにこげた髪《かみ》があらわれたのだから、ジョーもぎょっとした。

「ひどい、ひどい、どうしてくれるの？　めちゃくちゃじゃない。ああ、もうおしまいだわ！」

メグは泣《な》きさけんだ。

「わたしにたのまなきゃよかったのに。ほんとにごめんね。焼《や》きごてが熱《あつ》すぎたのかも……。」

後悔《こうかい》の涙《なみだ》をためて、ジョーがあやまった。

すると、おしゃれにくわしいエイミーがなぐさめるようにいった。

「まだだいじょうぶ。リボンで結《むす》んで、ふわっと前《まえ》にたらせば、おしゃれに見《み》えるわよ。いろんな子《こ》がそうやってるのを見《み》たもの。」

「ああ、欲《よく》ばったばちがあたったのね。なにもしなければよかった。」

メグはすっかり気落《きお》ちしている。

「そうね、お姉《ねえ》さま、でも、きっとすぐにまたのびると思《おも》うわ。」

やさしいベスはいつもなぐさめ役《やく》だ。

そうこうしているうちに、やっとしたくがととのった。

メグはくすんだ銀色《ぎんいろ》のドレスをまとい、髪《かみ》には青《あお》いビロードのヘアバンド、レースのフリルつきのえり、真珠《しんじゅ》のブローチというかっこう。ジョーは男物《おとこもの》のような麻《あさ》のえりのついた栗色《くりいろ》の服《ふく》に、アクセサリーは白《しろ》い菊《きく》の花《はな》が二輪《りん》だけ。ふたりとも、手袋《てぶくろ》のまともな片方《かたほう》だけをはめ、しみのついたほうは手《て》にもっている。

みんなは「これでばっちり。」とほめそやした。

メグのハイヒールはひどくきつく、足《あし》がいたかったけれど、がまんしていた。ジョーは十九本《ほん》のヘアピンで髪《かみ》をまとめていたので、どうにも頭《あたま》がすっきりしなかったけれど、おしゃれのためと思《おも》って、これまたがまんしていた。

ふたりがきどって歩《ある》きはじめると、お母《かあ》さまが声《こえ》をかけた。

「楽《たの》しんできてね。食《た》べすぎてはいけませんよ。十一時《じ》になったら、ハンナをおむかえにやりますからね。それから、きれいなハンカチもわすれないで。」


ガーディナー家《け》の控《ひか》え室《しつ》で、身《み》だしなみをチェックしながら、メグがジョーにいった。

「いい、もしあなたがお行儀《ぎょうぎ》のわるいことをしたら、まゆ毛《げ》をあげるからね。さ、背《せ》すじをのばして、小幅《こはば》でしずかに歩《ある》くのよ。」

ふたりとも、めったにパーティーになどいかないので、おどおどしていた。

堂々《どうどう》たるガーディナー夫人《ふじん》がにこやかに出《で》むかえ、長女《ちょうじょ》のサリーにふたりをひきわたした。メグはサリーを知《し》っていたのですぐにうちとけたけれど、女《おんな》の子《こ》たちのおしゃべりに興味《きょうみ》のないジョーは、かべに背中《せなか》をおしつけて、なんとも場《ば》ちがいな思《おも》いにさいなまれていた。だれにも話《はな》しかけられず、ひとりぼっちだった。

やがてダンスがはじまり、メグはすぐにダンスを申《もう》しこまれたけれども、ジョーはあいかわらずかべの花《はな》。見《み》ると、すみのほうにカーテンのひかれたところがあったので、ジョーはそこに入《はい》って、ひとりしずかにしていようと思《おも》った。

ところが、すでにもうひとりのはずかしがりやがひそんでいたのだ。目《め》の前《まえ》にすわっていたのは、なんとおとなりに住《す》む「ローレンス少年《しょうねん》」だった。

「あっ、ごめんなさい。だれもいないと思《おも》って！」

あわててジョーはカーテンの外《そと》へ出《で》ようとした。

けれど、少年《しょうねん》はわらい声《ごえ》をあげ、すこしおどろいたようすだったけれど、立《た》ちあがって楽《たの》しそうに話《はな》しかけてきた。

「平気《へいき》、平気《へいき》、よかったらいてください。」

「おじゃまじゃないですか？」

「ぜんぜん。あまり知《し》っている人《ひと》がいなかったし、なんだか場《ば》ちがいな気《き》がしたから、ここにいたんです。」

「わたしも。だったら、出《で》ていかないで。」

少年《しょうねん》はふたたび腰《こし》をおろした。ジョーはていねいに話《はな》しかけた。

「あの、まえにお目《め》にかかったことがありますわね。ご近所《きんじょ》のかたですわね？」

「おとなりですよ。」

目《め》をあげてジョーを見《み》て、少年《しょうねん》はわらいだした。ジョーのきどった言《い》いかたがおかしかったからだ。このあいだ、逃《に》げた猫《ねこ》を返《かえ》しにいったとき、ジョーとにぎやかにおしゃべりしたのを思《おも》いだしたのだ。

少年《しょうねん》のわらい声《ごえ》でとたんに、ジョーはすっと気《き》がらくになった。自分《じぶん》もわらいだし、いつもの調子《ちょうし》で、ほがらかにしゃべりだした。

「こないだのクリスマスにはすてきなプレゼントをいただいて、ほんとうにうれしかった。」

「あれはおじいさまのしたことですよ。ところで、おたくの猫《ねこ》は元気《げんき》にしていますか、マーチさん。」

少年《しょうねん》の黒《くろ》い目《め》が、ゆかいそうに光《ひか》っている。

「ええ、おかげさまで、ローレンスさん。それから、わたしはマーチさんなんかじゃなくて、ただのジョーです。」

「ぼくも、ローレンスさんなんかじゃなくて、ただのローリーですよ。」

「ローリー・ローレンス、なんだか変《か》わっているわね。」

「ファーストネームはシアドアなんだけど、好《す》きじゃないから、ローリーにしたんだ。」

「わたしもほんとうはジョゼフィンなの。でも、きどってていやだから、みんなにはすっきりとジョーって、よんでもらいたいの。」

ローリーは、ジョーという名前《なまえ》のほうがずっとあっていると思《おも》いながらいった。

「じゃ、ジョー、ダンスはお好《す》きじゃないんですか？」

「もっと広《ひろ》いところだったらいいんだけど、ここじゃ、人《ひと》にぶつかったり、足《あし》をふんじゃったりしそうだもの。あなた、ダンスは？」

「ええ、ときどきは。でも、ずっと外国《がいこく》で暮《く》らしていたから、ここのしきたりとかわからなくて。」

「えっ、外国《がいこく》！　ああ、すてき。ぜひ、そのお話《はなし》をきかせて。旅《たび》の話《はなし》をきくのが好《す》きなの。」

ローリーは、スイスのヴェヴェイにある学校《がっこう》に通《かよ》っていたこと、よく湖《みずうみ》でボートこぎをしたこと、休暇《きゅうか》にはスイスの山々《やまやま》を歩《ある》いたことなどを話《はな》してくれた。

「いいわねえ、いってみたい！」ジョーはさけんだ。「パリには、いったの？」

「冬《ふゆ》はそこですごしました。」

「フランス語《ご》は話《はな》せる？」

「ヴェヴェイではそれ以外《いがい》の言葉《ことば》は使《つか》えませんでしたよ。」

「じゃ、なにかしゃべってみて。わたし、いちおう読《よ》めるけど、話《はな》せないの。」

そこで、ローリーは、流暢《りゅうちょう》なフランス語《ご》で、「あそこにいるきれいな靴《くつ》をはいた若《わか》い女性《じょせい》はだれですか？」といった。ジョーは言葉《ことば》を理解《りかい》し、すぐに答《こた》えた。

「姉《あね》のメグです。ごぞんじのくせに。美人《びじん》でしょ？」

メグのことをほめられてうれしくなったジョーは、いっそう口《くち》がほぐれ、そんなきどりのないジョーのおかげで、ローリーのぎこちなさも消《き》え、ふたりはダンスをしている人《ひと》たちをカーテンのかげからのぞいては、まえからの仲《なか》よしのようにいいたいことをいいあって、おもしろがっていた。

ジョーはこの少年《しょうねん》をとても気《き》に入《い》ってしまった。男《おとこ》のきょうだいがいないし、男《おとこ》の子《こ》についての知識《ちしき》はほとんどなかったので、ローリーのことを友《とも》だちにつたえられるように、じっくり観察《かんさつ》してみた。

（カールした黒《くろ》い髪《かみ》、浅黒《あさぐろ》い肌《はだ》、黒《くろ》い目《め》、形《かたち》のいい鼻《はな》、きれいな歯《は》、手足《てあし》は小《ちい》さく、わたしより背《せ》が高《たか》い、ていねいな物腰《ものごし》、ほがらか、歳《とし》はいくつかな？）

こんなことを思《おも》いながら、ジョーはうまいことをいって、相手《あいて》の年齢《ねんれい》をききだそうとした。

「もうすぐ大学《だいがく》？　本《ほん》をひっかついで歩《ある》いてるところを見《み》たの……おっと、本《ほん》をもってってことだけど。」

思《おも》わずおかしな言葉《ことば》が口《くち》から出《で》てしまい、ジョーは赤《あか》くなった。

ローリーはほほえんだけれど、べつにおどろいたようすもなく、肩《かた》をすくめていった。

「あと一、二年《ねん》したら。十七になるまではいかない。」

「え、まだ十五なの？」

こんなに背《せ》が高《たか》いから、もう十七にはなっているとジョーは思《おも》っていた。

「来月《らいげつ》で十六だよ。」

「わたしも大学《だいがく》へすごくいきたい。でも、あなたはあまりいきたそうじゃないわね。」

「ああ、きらいだね。」

「じゃ、なにが好《す》きなの？」

「イタリアに住《す》んで、自分《じぶん》がやりたいように暮《く》らすこと。」

すぐにジョーはどんなふうにとたずねたくなったけれど、ローリーがまゆをちょっとひそめたのを見《み》て、追及《ついきゅう》をやめた。そして、話題《わだい》を変《か》えることにした。

「楽《たの》しそうなポルカね。踊《おど》りにいかないの？」

「きみがいくなら。」

「わたしはだめ。メグに踊《おど》らないって、約束《やくそく》したんだもの、だって、あの……。」

そこでジョーは口《くち》ごもってしまった。

「どうして？」

「だれにもいわない？」

「いわない！」

「あのね、わたし、暖炉《だんろ》の前《まえ》に立《た》つくせがあるの。だから、このスカートもこがしてしまって。うまくつくろってはあるけど、だれにも見《み》られないように、じっとしてなさいといわれてるの。みっともないから、わらいたければ、わらっていいわよ。」

ローリーはわらわなかった。ちょっと目《め》を落《お》とし、やがてやさしくいった。

「どうってことないさ。いいことがある。あそこに長《なが》い廊下《ろうか》があるだろう、あそこで踊《おど》ろうよ。だれも見《み》てない。だから、踊《おど》ろうよ。」

ジョーはいそいそとついていったけれど、まともな手袋《てぶくろ》をもっていたらよかったのに、と思《おも》った。相手《あいて》のきれいな、真珠色《しんじゅいろ》の手袋《てぶくろ》が目《め》に入《はい》ったからだった。

廊下《ろうか》にはだれもおらず、ふたりは思《おも》うぞんぶん、ポルカを踊《おど》ることができた。ローリーは踊《おど》りがとても上手《じょうず》だった。音楽《おんがく》がとまると、息《いき》をはずませたふたりは階段《かいだん》にしゃがんでひと休《やす》みした。

そこへ、メグがジョーをさがしてあらわれた。メグはジョーを手招《てまね》きしてわきの部屋《へや》へ連《つ》れていき、ソファにぐったりすわり、青《あお》い顔《かお》をして、脚《あし》をかかえた。

「足首《あしくび》をくじいちゃったの。このハイヒールのせいよ。ああ、いたくてたまらない。どうやって家《いえ》へ帰《かえ》ればいいか、わからないわ。」

「そんなばかな靴《くつ》をはくからさ、まったく。帰《かえ》りは馬車《ばしゃ》をたのむか、ここで一晩《ひとばん》すごすか、どちらかね。」

メグの足首《あしくび》をなでてやりながら、ジョーはいった。

「馬車《ばしゃ》なんてよべるもんですか、高《たか》いもの。それに、馬車屋《ばしゃや》さんまでよびにいってくれる人《ひと》だっていないし。」

「わたしがいく。」

「だめ。もう九時《じ》すぎだから、外《そと》はまっ暗《くら》。ハンナがむかえにくるまで、ここで待《ま》つしかないわね。」

そこでジョーは決心《けっしん》した。

「ローリーにたのもう。あの人《ひと》ならいってくれるから。」

「ああ、それはやめて。ここにいて、夕食《ゆうしょく》がすむまで待《ま》つわ。ハンナがきたらすぐに教《おし》えてね。」

ジョーはなにか食《た》べるものをとりにいこうと、食堂《しょくどう》のほうへぶらぶら歩《ある》いていった。そして、コーヒーを確保《かくほ》したのはいいけれど、うっかりこぼしてしまい、ドレスの前《まえ》がうしろと変《か》わらずひどいことになった。

「あああ、わたしって、ほんとばか。」

といいながら、思《おも》わずメグの手袋《てぶくろ》でコーヒーをぬぐい、手袋《てぶくろ》もだいなしにしてしまった。

「だいじょうぶ？」

ローリーの明《あか》るい声《こえ》がした。ジョーは途方《とほう》にくれて、自分《じぶん》のひどいドレスと手袋《てぶくろ》を見《み》せ、メグのいるところへ案内《あんない》した。

ローリーの女性《じょせい》に対《たい》する態度《たいど》はすばらしく、コーヒー、アイスクリーム、ボンボンなどをもってきてくれたので、メグはすっかりローリーのファンになってしまった。

やがてハンナがむかえにきたけれど、馬車《ばしゃ》で来《き》たわけではなかったので、歩《ある》けないメグをどうやって家《いえ》まで連《つ》れてかえるか、ほとほとこまりはててしまった。すると、ローリーがちょうど自《じ》分《ぶん》をむかえにきた馬車《ばしゃ》にいっしょにどうぞといってくれたのだ。

ジョーはおどろいた。

「まだ早《はや》いわ。あなたまでいそいで帰《かえ》ることはないのに。」

「いいや、ぼくも早《はや》く帰《かえ》りたいし、どうせとなりなんだし、雨《あめ》もふっているから、いっしょに乗《の》ってください。」

雨《あめ》が大《だい》きらいなハンナもよろこんだので、みんなはローリーの豪華《ごうか》な馬車《ばしゃ》に乗《の》りこみ、大満足《だいまんぞく》の面《おも》もちで家《うち》へ帰《かえ》った。そして「お休《やす》みなさい。」をいいかわし、だれも起《き》こさないようにそっと家《いえ》へ入《はい》ろうとした。

ところが、ドアがきしんだとたん、ナイトキャップをかぶった妹《いもうと》たちがあらわれて、ねむたそうな、でも、興奮《こうふん》した声《こえ》がひびいた。

「お帰《かえ》りなさい。パーティーのお話《はなし》、して、して！」

それぞれのなやみ

「ああ、もういやになっちゃう。これからもずっとあくせく働《はたら》かなくちゃならないなんて。」

ダンス・パーティーのつぎの朝《あさ》、メグは大《おお》きなため息《いき》をついた。

「ずうっとクリスマスや新年《しんねん》の楽《たの》しみがつづけばいいのにさ。」

大《おお》あくびをしながら、ジョーがいう。

「そういうことばかりしている子《こ》たちがうらやましいわ。ぜいたくってすてきだもの。」

メグは、みすぼらしい二着《ちゃく》のドレスのうち、どちらがすこしでもましか、さんざん迷《まよ》っているのだった。

すると、ジョーが哲学者《てつがくしゃ》のようなことをいいだした。

「でもさ、わたしたちにはどうせむりなんだから、文句《もんく》をいうのはやめようよ。マーチおばさまはまるで、アラビアンナイトに出《で》てくる、おんぶじいさんみたいに、ずっとわたしにおぶさって背中《せなか》からおりてくれないんだけど、こっちが重《おも》たいと文句《もんく》をいわなくなったら、すぐにおりたり、羽根《はね》みたいに軽《かる》くなっちゃったりするんだろうな。そしたら、もうおばさまを重荷《おもに》だとは思《おも》わなくなるってわけ。」

自分《じぶん》の言葉《ことば》にジョーはちょっと元気《げんき》づけられたけれど、メグにはまるできき目がなかった。

「あのうるさい子《こ》どもたちの世話《せわ》をしにいくのに、自分《じぶん》のかっこうを気《き》にすることなんかないわよね。わたしがきれいかどうかなんて、だれも見《み》てないんだし。そのうちに、どんどん年《とし》とって、みっともなくなるんだわ。貧乏《びんぼう》なんだから、ほかの女《おんな》の子《こ》たちのように、人生《じんせい》を楽《たの》しめないってこと。ああ、最悪《さいあく》！」

ぶすっとした顔《かお》のまま、メグは朝食《ちょうしょく》の席《せき》についた。

その日《ひ》、家族《かぞく》はそろってふきげんだった。ベスは頭痛《ずつう》がするといい、エイミーは勉強《べんきょう》がよくわからず、いらいらしていた。ジョーはいつものように口笛《くちぶえ》を吹《ふ》き、バタバタそうぞうしく音《おと》をたてながら、出《で》かけるしたくをしている。マーチ夫人《ふじん》はいそぎの手紙《てがみ》を書《か》こうとあせっており、ハンナは夜更《よふ》かしのせいで、仏頂面《ぶっちょうづら》だ。

「こんなにきげんのわるい家族《かぞく》、見《み》たことない。」

ジョーはかんしゃくをおこした。インクつぼをひっくりかえし、ブーツのひもを切《き》らし、あげく、だいじな帽子《ぼうし》の上《うえ》にすわってぺちゃんこにしてしまった。

「最低《さいてい》なのはジョーお姉《ねえ》さまっ！」

エイミーが腹《はら》だちまぎれにいうと、メグがベスをしかりつけた。

「この猫《ねこ》ったら、ほんとにじゃま。わたしの背中《せなか》に爪《つめ》をたてたの。ベス、追《お》いはらってくれないと、おぼれさせるわよ。」

「みんな、お願《ねが》い、しずかにして。こんなにうるさくては、手紙《てがみ》が書《か》けません。」

お母《かあ》さまもいらいらしている。

そこへ救《すく》い主《ぬし》のハンナが、あつあつのパイをふたつもってきた。姉妹《しまい》はこれを「マフ」とよんでいた。寒《さむ》いときに手《て》にはめるマフのかわりになるからだ。寒《さむ》い外《そと》へ出《で》るときにはかならず、ハンナがこれを焼《や》いてくれるのだった。

メグとジョーは出《で》がけに角《かど》のところでいつもうしろをふりかえる。お母《かあ》さまが窓辺《まどべ》にかならずいて、うなずきながら、手《て》をふってくれる。これがないと一日《いちにち》が無事《ぶじ》にすごせない気持《きも》ちになるのだった。

「でもさ、きょうのふきげんなわたしたちには、お母《かあ》さまも手《て》をふるかわりに、にぎりこぶしをふりあげたいくらいだろうね、きっと。でも、いつかきっと、わたしはお金持《かねも》ちになる。そしたら、メグには馬車《ばしゃ》も、アイスクリームも、ハイヒールも、花束《はなたば》も、ほしいだけもてるようにしてあげるよ。」

快活《かいかつ》にジョーはいい、姉《あね》の肩《かた》をぽんとたたいた。そして、ふたりとも、あつあつのパイをかかえ、あまり気《き》の進《すす》まない仕事場《しごとば》へむかったのだった。

父《ちち》のマーチ氏《し》が気《き》の毒《どく》な友人《ゆうじん》を助《たす》けるために財産《ざいさん》をうしなってしまったあと、年長《ねんちょう》の姉妹《しまい》ふたりは、自分《じぶん》たちもお金《かね》をかせぎたいと申《もう》し出《で》た。メグはキング家の小さい子どもたちの家庭教師となり、わずかなお給料でもあるていどはお金持《かねも》ちになった気分《きぶん》を味《あじ》わっていた。貧乏《びんぼう》がつらいといつもこぼしているメグは、同世代《どうせだい》のゆたかな娘《むすめ》たちがうらやましくてならない。キング家《け》では、豪華《ごうか》なパーティー・ドレスを目《め》にしたり、劇場《げきじょう》、コンサート、そり遊《あそ》びなどのにぎやかな話《わ》題《だい》を耳《みみ》にすることがある。メグの心《こころ》には、どうしてわたしだけが、という不公平感《ふこうへいかん》がつのるばかりだった。

ジョーは、父《ちち》のおばにあたる、高齢《こうれい》で脚《あし》のわるいマーチおばさまの家《いえ》へ通《かよ》って、お世話《せわ》をしていた。気《き》むずかしい人《ひと》だったけれど、ジョーとはけっこう相性《あいしょう》がよかった。

子《こ》どものいないおばさまはかつて、マーチ四姉妹《しまい》のうちのだれかを養女《ようじょ》にしたいといってきたことがある。お金持《かねも》ちのおばさまの相続人《そうぞくにん》になれば、暮《く》らしがどれほどらくになるかはわかっていたけれども、マーチ夫妻《ふさい》はおばさまにいったのだ。

「どんなにお金《かね》をいただいても、娘《むすめ》たちを手放《てばな》すつもりはありません。わたしたちはつねにいっしょで、おたがいに助《たす》けあって生《い》きていきたいのです。」

腹《はら》をたてたおばさまはしばらくマーチ家《け》とは没交渉《ぼっこうしょう》だったけれど、あるときたまたまジョーに出会《であ》い、ジョーの活発《かっぱつ》なふるまいや、くるくる変《か》わるゆたかな表情《ひょうじょう》が気《き》に入《い》り、話《はな》し相手《あいて》に来《き》てもらいたいといってきた。

ジョーは気《き》が進《すす》まなかったけれども、ほかにもっといい仕事《しごと》が見《み》つからなかったので、しかたなくひきうけた。けれど、意外《いがい》や意外《いがい》、ふたりはうまくやっているのだった。

ジョーがおばさまの相手《あいて》をやめずにいる最大《さいだい》の理由《りゆう》は、そこのりっぱな図書室《としょしつ》だった。おばさまの亡《な》き夫《おっと》のマーチおじさまは、とても親切《しんせつ》なやさしい人《ひと》で、ジョーはよく、図書室《としょしつ》の分厚《ぶあつ》い事典《じてん》を鉄道《てつどう》や橋《はし》に見立《みた》てて遊《あそ》ばせてもらったものだ。うす暗《ぐら》い、ほこりっぽい図書室《としょしつ》には、偉人《いじん》の胸像《きょうぞう》がずらりとならび、安楽《あんらく》いすがあり、地球儀《ちきゅうぎ》があり、そして、読《よ》みきれないほどの本《ほん》がある。ジョーはそこにはいりこんで、至福《しふく》のときをすごすのだった。

おばさまが昼寝《ひるね》をしはじめたとたん、ジョーはそこの安楽《あんらく》いすに丸《まる》くなって、好《す》きな本《ほん》を読《よ》みはじめる。ところが、肝心《かんじん》なところへさしかかったときにきまって、おばさまは声《こえ》を張《は》りあげるのだ。「ジョゼフィーン、ジョゼフィ――――ン！」ジョーは本《ほん》をあきらめ、おばさまのために、ベルシャム作《さく》の退屈《たいくつ》なエッセイ集《しゅう》をえんえんと読《よ》まされるはめになるのだった。

いつかなにかすごいことをやりたい、とジョーは思《おも》っている。でもそれがなにかはわからない。とはいえ、いまのところは、思《おも》いきり本《ほん》が読《よ》めないこと、とんだりはねたりが好《す》きなのに、思《おも》いきりできないことが不満《ふまん》だった。

ジョーは、短気《たんき》で、いいたいことをずばっといい、せっかちで落《お》ちつきがないので、いつもあちこちで問題《もんだい》を起《お》こす。だから、マーチおばさまのところでがまんを強《し》いられることは、ジョーにとってよい訓練《くんれん》となっていた。おばさまに「ジョゼフィ――――ン！」としょっちゅうよびたてられはしているものの、すこしでもお金《かね》をいただいていることがなによりのしあわせでもあったのだ。

ひっこみ思案《じあん》のベスは、人《ひと》がたくさんいる学校《がっこう》にどうしてもいくことができなかった。何度《なんど》かトライはしたものの、やっぱりつづけられなかったので、家《いえ》でお父《とう》さまに勉強《べんきょう》を教《おし》えてもらっていた。だが、そのお父《とう》さまが留守《るす》となったいま、ベスはひとりでこつこつと勉強《べんきょう》をつづけていた。とにかく家庭的《かていてき》なことが好《す》きなベスは、家族《かぞく》のために につくすことが生《い》きがいだと思《おも》っていて、だれにほめられなくても、ただみんなから愛《あい》されてさえいればしあわせだった。

友《とも》だちはお人形《にんぎょう》たち、それも、姉妹《しまい》がもういらないといった人形《にんぎょう》たちばかり。エイミーが捨《す》てた、よごれた人形《にんぎょう》たちをひろいあげてかわいがり、ジョーが乱暴《らんぼう》にあつかってぼろきれのようになった人形《にんぎょう》を救《すく》ってやったのもベスだった。髪《かみ》の毛《け》がなくなっていたので、帽子《ぼうし》をつくってやり、かわいそうに手足《てあし》がもげていたので、からだを毛布《もうふ》でくるんでやった。

ほかの三人《にん》とおなじく、ベスにもなやみはもちろんあった。音楽《おんがく》が好《す》きで、ピアノをひきたいのに、家《いえ》にあるのはがたがたのぼろピアノだけ。ひとりのときは、調子《ちょうし》っぱずれで、黄色《きいろ》くなった鍵盤《けんばん》の上《うえ》にそっと涙《なみだ》をこぼしても、家族《かぞく》のために音楽《おんがく》を奏《かな》でるベスだった。

もしだれかがエイミーに、最大《さいだい》のなやみはなにかとたずねたら、即座《そくざ》にエイミーは答《こた》えるだろう、「あたくしの鼻《はな》」と。赤《あか》ちゃんだったときに、ジョーがうっかり、エイミーを石炭入《せきたんい》れの中《なか》に落《お》としてしまったのが原因《げんいん》だと、エイミーはいいはっている。大《おお》きすぎるわけでもなく、赤鼻《あかばな》でもなく、ただすこし平《ひら》たいだけなのに。いくらひっぱっても、エイミーの理想《りそう》とする貴族的《きぞくてき》な鼻《はな》とはならない。でも、ギリシャ風《ふう》の鼻《はな》がほしくてたまらないエイミーは、かっこいい鼻《はな》の絵《え》を山《やま》のように描《か》いては、気持《きも》ちをなぐさめていた。

家族《かぞく》に「小《ちい》さなラファエル」とよばれているエイミーには、絵《え》の才能《さいのう》があった。絵《え》を描《か》いていればしあわせだったので、学校《がっこう》でも、計算問題《けいさんもんだい》をとかずに、絵《え》を描《か》きちらし、先生《せんせい》にしょっちゅう注意《ちゅうい》されていた。でも、愛想《あいそ》がよく、うまく相手《あいて》をよろこばせる術《すべ》を心得《こころえ》ていたので、クラスの人気者《にんきもの》だった。

とはいえ、末《すえ》っ子《こ》だったので、どうしてもあまやかされ、みんなにかわいがられて、虚栄心《きょえいしん》がじわじわとふくらんできていたのはたしかだった。しかし、けっしてゆたかではないマーチ家《け》の姉妹《しまい》は、親戚《しんせき》のおさがりの服《ふく》を着《き》ざるをえなかったので、色《いろ》や柄《がら》が気《き》に入《い》らない服《ふく》を着《き》ていくしかないエイミーは、それがいやでたまらなかった。

エイミーの文句《もんく》をきいてくれるのはいつも姉《あね》のメグだった。そして、性格《せいかく》が反対《はんたい》だからかもしれないけれど、ベスの相談相手《そうだんあいて》はジョーだった。そうぞうしいジョーだけには、はずかしがりやのベスも心《こころ》のうちをうちあけることができた。年上《としうえ》のふたりはそれぞれ小《ちい》さなママのように、年下《としした》のふたりをたいせつに守《まも》ってやっていた。

ある晩《ばん》、みんながすわって裁縫《さいほう》をしていたとき、メグがいいだした。

「なんだか気分《きぶん》がぜんぜん晴《は》れないから、だれか、おもしろい話《はなし》をしてくれない？」

さっそく、お話《はな》し好《ず》きのジョーが口《くち》を切《き》った。

「きょう、おばさまのところでおかしいことがあったよ。いつもの退屈《たいくつ》なベルシャムのエッセイ集《しゅう》をだらだら読《よ》んでたらね、おばさまがいねむりをはじめたから、わたしはすぐに自分《じぶん》の好《す》きな本《ほん》を読《よ》みはじめたわけ。『ウェイクフィールドの牧師《ぼくし》』って本《ほん》でね、はらはらする場面《ばめん》にきたとき、思《おも》わず、声《こえ》をあげてわらっちゃったんだ。そしたらおばさまが目《め》をさまして、わたしが読《よ》んでいた本《ほん》は、そんなにおもしろいのかときくの。だから、読《よ》んできかせたら、『なにがなんだかわからないけど、とにかくつづけてお読《よ》み。』というから、わたしはさきへどんどん進《すす》んで、いちばん興奮《こうふん》する場面《ばめん》でわざとやめて、『おばさま、おつかれでしょう。もうやめましょうか？』といったわけ。そしたら、おばさまはぎろっとわたしをにらんで、『おわりまでお読《よ》み、いうとおりにしなさい。』といったの。ねえ、おかしくない？」

「おばさまは、その本《ほん》が気《き》に入《い》ったといったの？」

メグが知《し》りたがった。

「まさか、いうわけないよ。だけどさ、あとでわたしがおきわすれた手袋《てぶくろ》をとりにもどったら、おばさま、必死《ひっし》であの本《ほん》を読《よ》んでた。わらっちゃったよ。すなおじゃないよね。おばさまだって、もっとすなおになれば、楽《たの》しい人生《じんせい》を送《おく》れるのに、おしいな。お金持《かねも》ちにも、貧乏人《びんぼうにん》とおなじように、なやみや問題《もんだい》はいっぱいあるんだって思《おも》うよ。」

「それで思《おも》いだしたんだけど、わたしにも話《はなし》をさせて。」

メグがいいだした。

「きょう、キングさんちにいったとき、みんながざわざわしていたの。長男《ちょうなん》がなにかわるいことをして、ご主人《しゅじん》が長男《ちょうなん》を追《お》い出《だ》したんですって。キングの奥《おく》さんは泣《な》いていて、ご主人《しゅじん》ががみがみおこっていて、子《こ》どもたちは目《め》を泣《な》きはらしていて……わたしは罪《つみ》をおかして家族《かぞく》の恥《はじ》になるような男《おとこ》のきょうだいがいなくてよかったと思《おも》ったわ。」

「恥《はじ》といえば、学校《がっこう》で恥《はじ》をかくのはほんとうにつらいことよ。」

首《くび》をふりふりエイミーがいう。

「きょうね、スージー・パーキンスがきれいな紅玉髄《べにぎょくずい》の指輪《ゆびわ》をもってきてね、あああ、あたくしはスージーがうらやましくてたまらなかった。でも、あとでスージーがデイヴィス先生《せんせい》のひどい似顔絵《にがおえ》を石盤《せきばん》に描《か》いてたら、先生《せんせい》に見《み》つかっちゃってね、先生《せんせい》に耳《みみ》を、耳《みみ》をよ、ぐいとひっぱられて、石盤《せきばん》をもったまま、三十分《ぷん》、前《まえ》に立《た》たされたの。あんなはずかしい思《おも》いをするくらいなら、あの子《こ》のきれいな指輪《ゆびわ》なんか、百万個《まんこ》あってもうれしくないと思《おも》ったわ、あたくしは。」

最後《さいご》にベスがいいだした。

「お昼《ひる》にいおうと思《おも》っていてわすれていた話《はなし》があるの。ハンナにたのまれてカキをいくつか買《か》いに魚屋《さかなや》さんにいったら、ちょうどローレンスさんがいらしていたの。そのとき、どこかのまずしそうな女《おんな》の人《ひと》が、バケツとモップをもってやってきて、魚屋《さかなや》さんに、そうじをさせてほしい、それでお魚《さかな》をすこしわけてほしいといったの。魚屋《さかなや》さんはつめたく『だめだ!』といったんだけど、ローレンスさんがね、いきなりつえのさきのとがったところを大《おお》きな魚《さかな》につきさして、それを女《おんな》の人《ひと》にさしだしたの。ローレンスさんがびっくりしている女《おんな》の人《ひと》に、『早《はや》くもっていって、料理《りょうり》しなさい。』とおっしゃったので、女《おんな》の人《ひと》はその大《おお》きな魚《さかな》をだいじそうにかかえて、お礼《れい》をいっぱいいいいいながら、帰《かえ》っていったわ。」

みんなはベスの話《はなし》をきいて心《こころ》あたたまる気持《きも》ちになり、こんどはお母《かあ》さまに話《はなし》をしてほしいといいだした。

「そうね、きょうは、救援事務所《きゅうえんじむしょ》にいって、お父《とう》さまのことを考《かんが》えながら、戦地《せんち》の兵隊《へいたい》さんたちの服《ふく》の裁断《さいだん》をしていたら、ひどくつかれて、不安《ふあん》そうなおじいさんがそばへやってきたので、話《はな》しかけたんですよ。『おたくの息子《むすこ》さんたちも入隊《にゅうたい》されているんですか?』『はい、息子《むすこ》は四人《にん》ですが、ふたりは戦死《せんし》、もうひとりは敵《てき》につかまり、もうひとりはワシントンの病院《びょういん》に入院《にゅういん》しています。』思《おも》わずわたしはこういいましたよ、『お国《くに》のために、たいへんな犠牲《ぎせい》をはらわれたのですね。』と。すると、おじいさんはほがらかに答《こた》えました。『当然《とうぜん》のことをしたまでですよ。わしも若《わか》かったらいくところですが、いかれないので、息子《むすこ》たちをいかせたんです。』

おじいさんが心《こころ》からそう思《おも》っていっているのがわかって、わたしは自分《じぶん》がはずかしくなりました。夫《おっと》を戦地《せんち》に出《だ》して、それでとてつもなくたいへんだと思《おも》っているのに、このおじいさんはお国《くに》のために四人《にん》も送《おく》り出《だ》している。かたやわたしには、四人《にん》の娘《むすめ》たちがそばにいる。でも、おじいさんの四人《にん》めの息子《むすこ》は遠《とお》くの病院《びょういん》で死《し》にかけているのですからね。わたしはおじいさんにお金《かね》をつつんでわたし、いい話《はなし》をきかせてくださったお礼《れい》をいいましたよ。」

すこしのあいだ、みんなはしんとしていたが、ジョーが沈黙《ちんもく》をやぶった。

「ありがとう、お母《かあ》さま、こういう話《はなし》、好《す》きだな。もっと話《はな》してください。」

マーチ夫人《ふじん》はにっこりし、すぐに話《はな》しはじめた。みんながどんな話《はなし》をよろこぶか、よくわかっていた。

「むかしむかし、あるところに四人《にん》の娘《むすめ》たちがいました。食《た》べるもの、着《き》るものもあり、いろいろ楽《たの》しみもあり、きょうだいや両親《りょうしん》にもめぐまれていました。けれど、娘《むすめ》たちは満足《まんぞく》していませんでした。」

ここまでくると、四人《にん》はおたがいに目《め》を見《み》あわせながらも、だまって裁縫《さいほう》をつづけた。

「娘《むすめ》たちは善人《ぜんにん》になりたいと思《おも》っていたので、そのための決意《けつい》をたくさんしたものです。けれど、なかなかそれを実現《じつげん》できません。つねに、『これがあれば』『これさえできれば』と思《おも》い、すでに自分《じぶん》たちがもっているもの、これまでできたことをすっかりわすれていました。そこで、ある物知《ものし》りの老女《ろうじょ》に、どうしたらしあわせになれるのかきいてみると、老女《ろうじょ》はいいました。『不満《ふまん》があるのなら、いま、あなたがどんなことにめぐまれているかを考《かんが》え、それに感謝《かんしゃ》することです。』

かしこい娘《むすめ》たちは老女《ろうじょ》にいわれたようにやってみました。すると、いろいろな発見《はっけん》があったのです。ひとりはお金持《かねも》ちの家《いえ》にも恥《はじ》や悲《かな》しみはあることを知《し》り、またひとりは、安楽《あんらく》な生活《せいかつ》を楽《たの》しめない老婦人《ろうふじん》とちがい、貧乏《びんぼう》でも自分《じぶん》には若《わか》さ、健康《けんこう》、元気《げんき》があることをよろこび、三人《にん》めはたっぷりの食《た》べものがなくて食事《しょくじ》のしたくがたいへんではあるけれど、物乞《ものご》いをするほうがつらいことを知《し》り、四人《にん》めはすてきな指輪《ゆびわ》をもっていても、行《おこな》いがよくなければ意味《いみ》がないことをさとったのです。そこで、四人《にん》は不満《ふまん》をこぼすのをやめ、自分《じぶん》たちにあたえられているめぐみをありがたくうけとめて暮《く》らしていくことにしたのでした。」

「お母《はは》さまったら、おもしろいお話《はなし》かと思《おも》ったら、それって、わたしたちのことじゃないですか！」

メグが声《こえ》をあげた。

「あたし、こういうお話《はなし》は大好《だいす》き。よくお父《とう》さまがしてくださったもの。」

ベスは思《おも》い出《で》にふけって、しんみりいった。

おとなり同士《どうし》

「ジョー、いったいなにをしようとしているの？」

ある雪《ゆき》の日《ひ》の午後《ごご》、ジョーがゴム長靴《ながぐつ》をはき、古着《ふるぎ》を着《き》て、フードをかぶり、ほうきを手《て》にして外《そと》へ出《で》ようとしているのを見《み》て、メグはびっくりした。

「運動《うんどう》さ。」

目《め》をいたずらっぽく光《ひか》らせて、ジョーがいった。

「うう、さぶそう。外《そと》は寒《さむ》いし、くもってるし。火《ひ》にあたってたほうがいいわよ。」

身《み》ぶるいしながらメグがいう。

「いやだよ。それじゃ猫《ねこ》みたいだ。外《そと》へ出《で》て、冒険《ぼうけん》してくるね。」

意気揚々《いきようよう》とジョーは出《で》かけていった。

雪《ゆき》はふわふわと軽《かる》く、すぐにほうきで庭《にわ》に道《みち》をつくることができた。その庭《にわ》は、マーチ家《け》ととなりのローレンス家《け》とをへだてていて、あたりはしずかで牧歌的《ぼっかてき》な感《かん》じがする。あちこちに木立《こだち》や芝生《しばふ》が見《み》られる、郊外《こうがい》の住宅地《じゅうたくち》だ。ひくい生《い》け垣《がき》でとなりあった二軒《けん》のうちの片方《かたほう》がマーチ家《け》だ。古《ふる》ぼけた褐色《かっしょく》の家《いえ》で、夏《なつ》のあいだはかべをおおっていたツル植物《しょくぶつ》も、庭《にわ》の花《はな》も枯《か》れ、みすぼらしいようすに見《み》える。

だが、もういっぽうは、堂々《どうどう》たる石造《いしづく》りの邸宅《ていたく》だ。馬車小屋《ばしゃごや》や温室《おんしつ》があり、どっしりしたカーテンのすきまから豪華《ごうか》な邸内《ていない》が見《み》えかくれしていた。けれど、印象《いんしょう》がさびしい。芝生《しばふ》に子《こ》どもの姿《すがた》はなく、窓辺《まどべ》にやさしい母《はは》の顔《かお》も見《み》えず、人《ひと》の出入《ではい》りがほとんどなく、ときおり老紳士《ろうしんし》と孫息子《まごむすこ》が見《み》えるだけだった。

このすばらしい邸宅《ていたく》は、ジョーにとって魔法《まほう》の城《しろ》だった。だから、そこに住《す》む「ローレンス少年《しょうねん》」と知《し》り合《あ》いになりたいとずっと思《おも》っていた。あのダンス・パーティーの夜以来《よるいらい》、その思《おも》いは強《つよ》まるばかりだったのに、なかなか会《あ》う機会《きかい》がなかった。でも、ある日《ひ》、上《うえ》のほうの窓《まど》からのぞいている顔《かお》が見《み》えた。庭《にわ》でエイミーとベスが雪合戦《ゆきがっせん》をしているのをうらやましそうに見《み》ていたのだ。

「あの人《ひと》、きっとさびしいんだ。」ジョーは思《おも》った。「おじいさまはあの人《ひと》が遊《あそ》び友《とも》だちをほしがっているのを知《し》らないんだ。あのおじいさまに会《あ》って、そういってあげようかな。」

そう思《おも》うと、ジョーはやってみたくてたまらなくなった。そして、その雪《ゆき》の日《ひ》の午後《ごご》、ジョーはそれを実行《じっこう》することにしたのである。

ローレンス氏《し》が馬車《ばしゃ》で出《で》かけたのを見《み》ると、ジョーは雪《ゆき》をかきわけて生《い》け垣《がき》のところまで歩《ある》き、となりの邸宅《ていたく》を見上《みあ》げた。だれもおらず、しーんとしている。

しかし、上《うえ》の窓辺《まどべ》に細《ほそ》いうでをのせてよりかかっている、黒《くろ》い巻《ま》き毛《げ》の頭《あたま》が見《み》えた。

「あ、いた。かわいそうに、たったひとりなんだ。雪玉《ゆきだま》を投《な》げて、ふりむかせて、なにか声《こえ》をかけようっと。」

すぐにジョーは雪玉《ゆきだま》をつくって投《な》げた。くるりと頭《あたま》がこちらをむき、その目《め》がぱっと明《あか》るくなって、口《くち》もとがほころんだ。ジョーはうなずき、わらって、ほうきをふりまわしながらいった。

「どうしてます？　ご病気《びょうき》？」

「ひどいかぜをひいていたけど、だいぶよくなりました。」

「なにか気晴《きば》らしはしているの？」

「なにも。ここはまるでお墓《はか》みたいだ。」

「本《ほん》は読《よ》まないの？」

「あんまり。」

「だれか読《よ》んでくれる人《ひと》は？」

「おじいさまがたまにね。家庭教師《かていきょうし》のブルック先生《せんせい》にたのむのはわるいし。」

「だれかに来《き》てもらったらどうかしら？」

「だれも知《し》らないし、男《おとこ》の子《こ》はうるさいからな。」

「じゃ、わたしたちはどう？」

「あ、そうか、来《き》てくれます？」

「ええ、それじゃ、お母《かあ》さまがいいとおっしゃったら、すぐにうかがいます。」

ローリーはお客《きゃく》さまをむかえるというのであわてて部屋《へや》をかたづけ、髪《かみ》にブラシをあてたり、シャツのカラー（衿《えり》）をとりかえたりした。

まもなくジョーが玄関《げんかん》のベルを鳴《な》らした。見《み》ると、片手《かたて》に布《ぬの》をかけたお皿《さら》をもち、もう片方《かたほう》の手《て》には、かわいい子猫《こねこ》を三匹《びき》かかえている。

「お母《かあ》さまがよろしくって。メグはお得意《とくい》の手作《てづく》りブラマンジェをもたせてくれたの。こちらはベスの猫《ねこ》ちゃんたち。あなたのなぐさめになるからっていうから、連《つ》れてきたわ。」

三匹《びき》の子猫《こねこ》のおかげで、ローリーはわらいだし、ふたりはたちまちうちとけた。

白《しろ》いぷるぷるしたブラマンジェは、エイミーがだいじに育《そだ》てているゼラニウムの赤《あか》い花《はな》と緑《みどり》の葉《は》できれいにかざられていた。

「このお菓子《かし》、食《た》べちゃうのはもったいないくらいきれいだ。」

「これ、するっとのどにはいるから、すぐに食《た》べられるわよ。ああ、なんて居心地《いごこち》のいいお部屋《へや》でしょう！」

「もっとかたづいていればよかったんだけど。」

「じゃ、わたしがあっというまにかたづけてあげる。見《み》てて。」

そのとおり、ジョーはてきぱきと暖炉《だんろ》の前《まえ》をはき、暖炉棚《だんろだな》の上《うえ》をせいとんし、あたりにちらばった本《ほん》だの、びんだのをきれいにならべ、ソファの位置《いち》を変《か》え、クッションをふくらませた。

じっと感心《かんしん》したようにそのようすを見《み》ていたローリーは、ジョーに手招《てまね》きされてソファにふかぶかとすわった。

「ありがとう。ばっちりだよ。さ、きみもここへすわって。お礼《れい》になにか楽《たの》しいことを考《かんが》えてあげなくちゃいけないな。」

「いいえ、わたしはお見舞《みま》いにきたのよ。本《ほん》でも読《よ》みましょうか？」

「いや、話《はな》すほうがいい。」

「それならよかったわ。わたしはほっておいたら、いつまででもしゃべる人《ひと》だって、ベスにいわれているもの。」

「ベスって、バラ色《いろ》のほおをした子《こ》で、いつも家《いえ》にいるけど、たまに買《か》いものかごをもって出《で》かける子《こ》？」

「そう、わたしのお気《き》に入《い》りの妹《いもうと》。」

「きれいな人《ひと》がメグで、巻《ま》き毛《げ》の子《こ》がエイミーだろ？」

「え、どうして知《し》ってるの？」

ぱっとローリーは赤《あか》くなったけれど、すぐに答《こた》えた。

「だってさ、きみたちはいつも名前《なまえ》をよびあっているから。ひとりでここにいると、どうしてもきみの家《うち》のほうに目《め》がいくんだ。カーテンをひきわすれているときなんか、きみたちがテーブルについていて、お母《かあ》さまの顔《かお》が真正面《ましょうめん》に見《み》えるんだけど、その顔《かお》がすごくやさしそうで……。ぼくには母《はは》はもういないから。」

声《こえ》がちょっとつまった。

ローリーの瞳《ひとみ》にうかんだあこがれとさびしさが、十五歳《さい》のすなおなジョーの心《こころ》にまっすぐにとどいた。

(この人《ひと》、すごくさびしいんだ、考《かんが》えると、わたしたちって、ほんとうにしあわせなのね。)

見上《みあ》げたジョーの顔《かお》には、やさしさがあふれ出《で》ていた。

「これからはけっしてカーテンをひかないから、どうぞ見《み》てちょうだい。見《み》るだけじゃなくて、あなたにも家《うち》に来《き》ていただきたいな。おじいさまはおゆるしくださるでしょ？」

「ああ、見《み》かけはきびしそうだけど、おじいさまは、ほんとは親切《しんせつ》な人《ひと》なんだ。だけど、知《し》らない人《ひと》の家《いえ》に入《はい》ったりしたらめいわくじゃないかと思《おも》っているだけだよ。」

「知《し》らない人《ひと》なんかじゃないわ、わたしたち、おとなり同士《どうし》じゃないの。」

「おじいさまは本《ほん》に埋《う》もれて暮《く》らしているから、まわりの人《ひと》たちのことには関心《かんしん》がないんだ。家《か》庭教師《ていきょうし》のブルック先生《せんせい》はここに住《す》んでないから、ぼくのめんどうをみてくれる人《ひと》はいない。だから、家《うち》にいるしかないってことさ。」

「そんな、もっと外《そと》へ出《で》て、友《とも》だちをつくるべきよ。はずかしがることなんか、ぜんぜんないのに。」

ジョーはいいたいことをずばずばいうたちだった。でも、ローリーはジョーの思《おも》いやりの気持《きも》ちがよくわかったので、なにもいわず、話題《わだい》を変《か》えてきいてみた。

「きみ、学校《がっこう》は？」

「いってないわ。働《はたら》いているから。大《おお》おばさまの家《いえ》へいって、お世話《せわ》をしているの。気《き》むずかしくて、おこりっぽい人《ひと》なのよ。」

ローリーはちょっとおどろいていろいろきこうとしたけれど、失礼《しつれい》にあたるかもしれないと遠《えん》慮《りょ》した。

するとジョーが自分《じぶん》からおばさまのことをあれこれしゃべりだした。おばさまの家《いえ》の太《ふと》ったプードル犬《けん》、スペイン語《ご》もしゃべるオウム、すばらしい図書室《としょしつ》のことなど。さらに、おばさまに求婚《きゅうこん》しにきた老紳士《ろうしんし》が、肝心《かんじん》なところでオウムにかつらをとられてあせった話《はなし》になったとき、ローリーはあまりのおかしさに涙《なみだ》が出《で》るほどわらってしまい、びっくりしたメイドが顔《かお》を出《だ》したほどだった。

「ああ、ゆかいだ。もっと話《はな》して。」

ソファのクッションにうずめていた顔《かお》をあげ、ローリーは話《はなし》をせがんだ。

ジョーはすっかり得意《とくい》になり、姉妹《しまい》の楽《たの》しみや、牧師《ぼくし》のお父《とう》さまが戦争《せんそう》にいっていることなどを話《はな》してきかせた。

やがてふたりは本《ほん》の話《はなし》でもりあがり、ジョーはローリーも読書好《どくしょず》きだとわかってうれしくなった。ジョーよりもたくさん本《ほん》を読《よ》んでいるのもわかった。

「もしよかったら、家《うち》の図書室《としょしつ》を見《み》においでよ。おじいさまは出《で》かけているから、だいじょうぶだよ。」

「べつにこわくなんかない。」

ジョーは胸《むね》をはった。

だが、ローリーは、いきなりおじいさまに出会《であ》ったりしたら、ジョーがびくっとするだろうと思《おも》っていた。

ふたりは広《ひろ》い邸内《ていない》を歩《ある》いて、図書室《としょしつ》へやってきた。入《はい》るなり、ジョーは思《おも》わずパチパチと手《て》をたたいてしまった。かべにびっしりならんだ本《ほん》、あちこちにおいてある偉人《いじん》の彫像《ちょうぞう》、絵画《かいが》、貴重《きちょう》なコインやめずらしいかざりものがはいった戸棚《とだな》、すみっこにおかれたいすとテーブル、そしてなによりすてきなのは、古風《こふう》なタイル貼《ば》りのりっぱな暖炉《だんろ》だった。

ビロード張《ば》りのいすにどっかり腰《こし》かけて、ジョーはため息《いき》をついた。

「すごすぎる！　ローリー、あなたは世界一《せかいいち》のしあわせ者《もの》よ！」

「人《ひと》は本《ほん》のみにて生《い》くるにあらず！」

首《くび》をふりふりローリーはいった。

そのとき、玄関《げんかん》のベルが鳴《な》る音《おと》がした。

「あ、たいへん！　おじいさまがお帰《かえ》りになった。」

ジョーはあわてていすから飛《と》びあがった。

「へえ、だからどうなの？　こわくないんだろ？」

ちょっといじわるっぽくローリーがいう。

「ううん、ほんのすこしはこわいかも。」

ジョーは目《め》をあげずにゆかを見《み》ている。

「ぼっちゃま、お医者《いしゃ》さまが見《み》えました。」

メイドがよびにきた。

「ジョー、診察《しんさつ》してもらってくるから、ここで待《ま》っててくれる？」

「もちろんよ、どうぞいってらっしゃい。わたしはここで大満足《だいまんぞく》。」

ローリーが出《で》ていくと、ジョーは図書室《としょしつ》じゅうをゆっくり見《み》てまわった。

老紳士《ろうしんし》の肖像画《しょうぞうが》の前《まえ》に立《た》ったとき、ギイとドアがあいたけれど、ジョーは気《き》づかず立《た》ったまま、感想《かんそう》を口《くち》にした。

「この人《ひと》、こわくないわ。やさしい目《め》をしているもの。口《くち》もとはきっぱりしていて、意志《いし》のしっかりしたかたみたい。うちのおじいさまみたいにハンサムじゃないけど、わたし、好《す》きよ。」

「ありがとうよ、お嬢《じょう》さん。」

うしろで、ひくい声《こえ》がした。はっとふりむくと、それはローレンス氏《し》だった。あわれなジョーは、これ以上《いじょう》なれないほどまっかになった。心臓《しんぞう》がどきどき早鐘《はやがね》のように打《う》ちだした。すぐにもにげだしたかったのだけれど、そんな卑怯《ひきょう》なことはできない。ジョーは意《い》を決《けっ》して、ローレンス氏《し》を見《み》た。すると、もじゃもじゃした白髪《しらが》まじりのまゆの下《した》で、目《め》にゆかいそうな光《ひかり》がともっていて、ジョーのおそれはかなりやわらいだ。

一瞬《いっしゅん》、しんとしたあと、老人《ろうじん》はまえにもましてひくい声《こえ》でいった。

「あんたはわしがこわくないんだね？」

「ええ、そんなには。」

「わしは意志《いし》がしっかりしとるとな？」

「はい、そう思《おも》っただけです。」

「しかし、わしを好《す》きだと？」

「ええ、そうです。」

ジョーの返事《へんじ》は老人《ろうじん》をよろこばせた。すこしわらい声《ごえ》をあげ、ジョーと握手《あくしゅ》をし、ジョーのあごの下《した》に手《て》をおくと、顔《かお》をじっくりながめてから、手《て》をはなし、うなずいた。

「なるほど、あんたはおじいさんの精神《せいしん》をうけついどるな。りっぱな人《ひと》だったよ。勇敢《ゆうかん》で、正直《しょうじき》な人《ひと》だった。わしはあの人《ひと》の友《とも》だちだったことを誇《ほこ》りに思《おも》っとる。」

「ありがとうございます。」

ジョーは心《こころ》がほっとあたたまる思《おも》いだった。

「ところで、あんたはうちの孫《まご》になにをしていたんだね？」

老人《ろうじん》はいきなりたずねた。

「おとなり同士《どうし》のごあいさつにきたんです。」

「孫《まご》に元気《げんき》がないから？」

「はい、ちょっとさびしそうだと思《おも》います。わたしたち姉妹《しまい》でも、なにかお役《やく》に立《た》てればと思《おも》って。こないだはあんなにすてきなクリスマス・プレゼントをいただきましたから。」

「なんの、なんの、あれは孫《まご》の思《おも》いつきだよ。あのまずしいご婦人《ふじん》はどうしたかね？」

ジョーはハンメル一家《いっか》がすごくよろこんだ話《はなし》をした。

「それこそ、あんたがたのお母《かあ》さんの父親《ちちおや》、つまりおじいさんがなさったのとおなじやりかただ。お母《かあ》さんによろしくいっといてくだされ。おや、お茶《ちゃ》のベルが鳴《な》った。いっしょにどうですか。いきましょう。」

「わたしでよろしかったら。」

「よろしくなければ、おさそいしませんわい。」

といって、ローレンス氏《し》はうやうやしくジョーにうでを貸《か》した。

そのうでに手《て》をのせて、しずしずと歩《ある》きながら、ジョーはひとりごちた。

（メグが見《み》たら、びっくり仰天《ぎょうてん》するね、きっと。）

そのときバタバタと階段《かいだん》をかけおりてきたローリーは、ジョーがおじいさまとうでを組《く》んで歩《ある》いているのを見《み》るや、おどろいて立《た》ちどまってしまった。

「おじいさまがもどられたのを、知《し》らなかったので、その……。」

「やっぱりの。もっと行儀《ぎょうぎ》よくふるまいなさい。」

おじいさまは、四杯《はい》もお茶《ちゃ》をおかわりし、そのあいだじっと若《わか》いふたりを観察《かんさつ》していた。まえから知《し》りあっていたように楽《たの》しげにふたりはしゃべっている。孫《まご》にあきらかな変化《へんか》があらわれているのを老人《ろうじん》は見《み》てとり、ジョーのちょっと風変《ふうが》わりな、かざらないしゃべりかたが気《き》に入《い》った。

（この娘《むすめ》は、男《おとこ》の子《こ》っぽいところがあるから、孫《まご》のことがよくわかるのだろうな。）

ローレンス氏《し》とローリーが、とりすましたような、料簡《りょうけん》のせまい人《ひと》たちだったら、ジョーはたぶんさっさと帰《かえ》ってしまっただろう。でも、このふたりにはへんなこだわりがなく、うちとけた人《ひと》たちだった。ジョーもまた、ふたりにとてもよい印象《いんしょう》をのこした。

帰《かえ》りぎわに、ローリーはジョーを温室《おんしつ》へ連《つ》れていった。中《なか》はちょっと湿《しめ》り気《け》があり、あまい香《かお》りに満《み》ちていた。ローリーは、とくべつ美《うつく》しい花《はな》をおしげもなく切《き》って花束《はなたば》にし、うれしそうにジョーに手《て》わたした。

「お母《かあ》さまにわたして、よこしてくださったお薬《くすり》がとても気《き》に入《い》ったとつたえてください。」

広《ひろ》い客間《きゃくま》へもどったとき、ふたりはローレンス氏《し》が暖炉《だんろ》の前《まえ》に立《た》っているのを見《み》つけた。ジョーはふたのあいたグランドピアノを見《み》たとたん、興奮《こうふん》して、となりにいたローリーにたずねた。

「あなた、おひきになるの？」

「ときどきね。」

「じゃ、いまひいてくださらない？　ベスにぜひ話《はな》してやりたいの。」

そこでローリーはひきはじめた。それはみごとな演奏《えんそう》で、ジョーは手放《てばな》しでほめた。

すると、ローレンス氏《し》がやってきていった。

「そんなにほめると、天狗《てんぐ》になるからそのへんでよいでしょう。ローリーにはピアノだけでなく、ほかのことをもっと真剣《しんけん》にやってもらいたいんだが。おや、もうお帰《かえ》りですか？」

老人《ろうじん》の態度《たいど》にすこしひっかかるものを感《かん》じたジョーは、外《そと》へ出《で》たときにローリーにきいてみた。

「わたし、おじいさまにおかしなことをいった？」

「ちがうよ。おじいさまはぼくがピアノをひくのがあまりお好《す》きじゃないのさ。」

それ以上《いじょう》、ローリーはいいたくなさそうだったので、ふたりはそのまま再会《さいかい》を約束《やくそく》して別《わか》れた。

家《いえ》にもどったジョーが午後《ごご》のおとなり訪問《ほうもん》の話《はなし》をすると、みんなはこぞっておとなりへいきたいといいだした。だが、ジョーは気《き》になっていることをききたくてうずうずしていた。

「お母《かあ》さま、なぜローレンスのおじいさまはローリーがピアノをひくのがおいやなの？」

「くわしくは知《し》らないけれど、おじいさまの息子《むすこ》さん、つまりローリーのお父《とう》さまが、音楽家《おんがくか》のイタリア女性《じょせい》と結婚《けっこん》したのが原因《げんいん》だと思《おも》いますよ。すてきな女性《じょせい》だったけれど、おじいさまはお気《き》にめさなかったし、ローリーが幼《おさな》いときにふたりとも亡《な》くなられてしまったの。そこで、おじいさまがローリーをひきとられたわけ。でも、お母《かあ》さまの血《ち》をうけたローリーが音楽家《おんがくか》になるのはお望《のぞ》みでないのですよ。」

「まあ、なんてロマンティック！」メグが声《こえ》をあげた。

「ばかみたい。」ジョーは鼻《はな》を鳴《な》らした。「好《す》きな音楽《おんがく》をやらせてあげるべきだよ。いやがってるのに、大学《だいがく》へいかせようとしたりしてさ。」

「ローリーのきれいな黒《くろ》い目《め》とか、マナーのいいところはイタリア人《じん》の血《ち》が入《はい》っているからなのね。それに、お母《かあ》さまがよこしてくださった〝お薬《くすり》〟が気《き》に入《い》ったなんて、おしゃれなことをいうのも、すてき。」

「それって、ブラマンジェのこと？」

「やあだ、おばかさんねえ。ジョーのことにきまってるでしょ。」メグがいう。

「へえ、考《かんが》えもしなかった。」

ジョーは男女《だんじょ》のあいだのことなどまるでわかっていないので、ぽかんとした顔《かお》をしている。十五歳《さい》でも、まだまだうぶなジョーだった。

ベス、美《び》の宮殿《きゅうでん》へ

おとなりのローレンス家《け》はマーチ家《け》の者《もの》たちにとって、まさしく美《び》の宮殿《きゅうでん》だった。

やがて、みんながおとなりを訪問《ほうもん》するようになるのだけれど、はずかしがりやのベスだけはなかなかそれができない。ローレンス氏《し》はマーチ家《け》にやってきて、お母《かあ》さまと楽《たの》しそうにむかしの話《はなし》をしたり、姉妹《しまい》に親切《しんせつ》な言葉《ことば》をかけたりしたので、みんなはすっかりおじいさまが気《き》に入《い》ってしまった。でも、ベスにはまだまだローレンス氏《し》はこわい存在《そんざい》だった。また、マーチ家《け》はまずしく、ローレンス家《け》はゆたかなので、それをひけめに感《かん》じてもいた。

でも、おじいさまはお母《かあ》さまや姉妹《しまい》がやさしくうけいれてくれることをなによりよろこび、みんなになにかしてあげることを楽《たの》しみにしていた。それがわかると、みんなはつまらないプライドは捨《す》てることにしたのだった。

両家《りょうけ》にあたらしい友情《ゆうじょう》が花《はな》ひらいた。みんな、ローリーを大好《だいす》きになり、ローリーは家庭教師《かていきょうし》のブルックさんに「マーチ姉妹《しまい》はほんとうにすてきなんだ。」とこっそりうちあけた。姉妹《しまい》がローリーを心《こころ》からあたたかくむかえたので、母《はは》も姉妹《しまい》もいないローリーは四人姉妹《にんしまい》の大《だい》ファンになってしまい、ことあるごとにマーチ家《け》にいりびたった。

それまで人《ひと》づきあいをしなかったローリーは、どんどん社交的《しゃこうてき》になり、そのかわり勉強《べんきょう》をしなくなった。ブルックさんは渋《しぶ》い顔《かお》をした。だが、おじいさまはいうのだ。

「好《す》きなようにさせておきなさい。しあわせそうじゃないか。あの子《こ》のことはマーチ夫人《ふじん》にまかせておこう。わしらよりずっとうまくあの子《こ》を育《そだ》ててくれるよ。」

メグはおとなりの温室《おんしつ》を歩《ある》きまわり、きれいな花束《はなたば》をつくらせてもらった。ジョーは図書室《としょしつ》にちょくちょくいっては、おじいさまと本《ほん》の話《はなし》に花《はな》をさかせた。エイミーは絵画《かいが》を模写《もしゃ》させてもらい、心《こころ》ゆくまで美《び》を鑑賞《かんしょう》した。

おとなりのグランドピアノの話《はなし》をきいて胸《むね》がざわついたのはベスだった。けれども、どうしてもおとなりへいく勇気《ゆうき》が出《で》ない。あるとき、おじいさまがもじゃもじゃまゆ毛《げ》の下《した》からのぞくようにして「やあ!」と大《おお》きな声《こえ》であいさつしたので、ベスはとっさににげだし、二度《にど》とおとなりへはいかないといったのだ。

だが、そのことを知《し》ったローレンス氏《し》は、一計《いっけい》を案《あん》じ、マーチ家《け》にやってきて、なにげないようすでいった。

「このごろ、ローリーは音楽《おんがく》をやらんようでしてね、ひいてくれる人《ひと》がいなくなってピアノがさびしがっていますよ。どなたかがひきにきてくれるといいんですがのう。」

はっとしてベスは一歩《ぽ》ふみだし、両手《りょうて》を胸《むね》の前《まえ》でかたく組《く》みあわせた。思《おも》わず拍手《はくしゅ》しそうになってしまったからだ。

お母《かあ》さまが口《くち》をひらくまえに、ローレンス氏《し》が意味《いみ》ありげにうなずきながら、ほほえんだ。

「わざわざ声《こえ》をかけなくとも、ただ入《はい》ってきてくだされぱいいですよ。午前《ごぜん》九時以降《じいこう》、わしは書斎《しょさい》にこもっとりますし、使用人《しようにん》たちも客間《きゃくま》には近《ちか》づかないですからの。」

氏《し》が立《た》ちあがったとたん、その手《て》にベスの小《ちい》さい手《て》がすべりこんだ。ベスは感謝《かんしゃ》の気持《きも》ちを顔《かお》いっぱいにあらわして、かぼそい声《こえ》でいった。

「ああ、ありがとう、ありがとうございます!」

「ほう、あんたがピアノ好《ず》きのお嬢《じょう》さんだね。」

「はい、ベスです。ぜったいにうかがいます。もしだれにもきこえなかったら。」

「だいじょうぶ、だれにもきこえません。どうせ家《いえ》はだいたいからっぽなんですから。」

ローレンス氏《し》がいかにも親《した》しげに見《み》おろしたので、ベスはまっかになった。でも、もはや氏《し》をこわいとは思《おも》っていなかった。老人《ろうじん》はそっとベスの前髪《まえがみ》をはらい、腰《こし》をひくくしてかがみ、キスをし、いままでだれもきいたことのないくらい、やわらかな口調《くちょう》でいった。

「むかし、あんたのような瞳《ひとみ》の孫娘《まごむすめ》がわしにもいたんじゃがね。」

そっというと、氏《し》は足早《あしばや》に出《で》ていった。


ベスの興奮《こうふん》ぶりは家族《かぞく》みんなのわらいをさそうことになった。夜中《よなか》に寝《ね》ぼけて、となりで寝《ね》ているエイミーの顔《かお》をピアノだと思《おも》ってたたき、起《お》こしてしまったのである。

そしてつぎの日《ひ》、となりの家《いえ》からローリーとローレンス氏《し》が出《で》ていくのを見《み》るや、わきのドアからそうっとローレンス家《け》の客間《きゃくま》にしのびこんだのだった。ピアノの上《うえ》には、ベスがひきやすい楽譜《がくふ》がおいてあった。ふるえる指《ゆび》を鍵盤《けんばん》にのせ、最初《さいしょ》はあちこち見《み》まわしたりしながらおずおずとひいていたけれど、たちまち我《われ》をわすれ、はずかしさもおそれもすべてが消《き》え去《さ》り、ベスは夢《む》中《ちゅう》でピアノをひきつづけた。

お昼《ひる》にハンナがむかえにきたけれど、ベスは食欲《しょくよく》などまるでなく、いつまでもピアノの前《まえ》にすわっていたいようすだった。

それからというもの、ほとんど毎日《まいにち》のように、小《ちい》さな褐色《かっしょく》のフードをかぶったベスの姿《すがた》が広《ひろ》い客間《きゃくま》へすべりこんでいくのが見《み》られるようになった。

じつはベスが知《し》らなかったことがいくつかある。ローレンス氏《し》はよく書斎《しょさい》の扉《とびら》をあけはなしてピアノの調《しら》べに耳《みみ》をかたむけていたし、ローリーはホールに立《た》って、召《め》し使《つか》いたちをそばへ近《ちか》よらせないようにしていた。また、ピアノにおいてあった楽譜《がくふ》は、ベスのためにわざわざ用意《ようい》しておいたものだった。

数週間後《すうしゅうかんご》のある日《ひ》、感謝《かんしゃ》の気持《きも》ちがあふれてこぼれそうになったベスは、お母《かあ》さまにいった。

「あたし、ローレンスのおじいさまに部屋《へや》ばきをつくってさしあげたいの。いい？」

「もちろんですとも。きっとおよろこびになるわ。みんな、手伝《てつだ》いますよ。」

めったに自分《じぶん》の望《のぞ》みをいったことのないベスが、やりたいことをいいだしたので、お母《かあ》さまはとてもよろこんだ。

みんなでどんな部屋《へや》ばきにしようかと考《かんが》え、メグとジョーがデザインをきめて材料《ざいりょう》を買《か》い、さっそくみんなは制作《せいさく》にとりかかった。

濃《こ》い紫色《むらさきいろ》の地《じ》に、かわいらしいパンジーの花《はな》をあしらったもので、ベスは姉《あね》たちに手伝《てつだ》ってもらいながら、ていねいに針《はり》を動《うご》かし、完成《かんせい》させた。それに短《みじか》い手紙《てがみ》をそえ、ローリーにたのんで、おじいさまが起《お》きてくるまえに、書斎《しょさい》のつくえの上《うえ》においてもらった。

その日《ひ》はなにごともなくすぎ、つぎの日《ひ》になった。おじいさまが気《き》をわるくされたのでないかとベスは不安《ふあん》でたまらなくなった。午後《ごご》、ちょっと外《そと》へ出《で》かけて帰《かえ》ってくると、居間《いま》の窓《まど》から姉《し》妹《まい》とお母《かあ》さまが顔《かお》を出《だ》して、手《て》をふっているではないか。

「手紙《てがみ》よ、おじいさまからのお返事《へんじ》がきた！」

「ベス、す、すごいの、おじいさまがね、ピ……。」

エイミーの言葉《ことば》は、いきなりジョーが窓《まど》をしめたのでとぎれてしまった。

戸口《とぐち》で姉妹《しまい》はベスをつかまえ、うやうやしく居間《いま》へ連《つ》れていき、いっせいに声《こえ》をあげた。

「見《み》て、見《み》てごらん！」

よろこびとおどろきがいっしょくたになって、ベスは一瞬青《いっしゅんあお》ざめてしまった。目《め》の前《まえ》にあったのは、小型《こがた》ピアノで、つやつやしたふたの上《うえ》には、「ベス・マーチ嬢《じょう》へ」と書《か》いた手紙《てがみ》がのっている。

「あたしに？」

ベスはあえぎ、ジョーに支《ささ》えてもらわなければ倒《たお》れるところだった。

「そう、あんたによ。早《はや》くお手紙《てがみ》を読《よ》んで。なんて書《か》いてあるか、知《し》りたくてがまんできない。」

しかしベスはジョーのエプロンに顔《かお》をうずめ、「お願《ねが》い、読《よ》んで。あたしにはむり。」というだけだった。

そこでジョーは手紙《てがみ》をひらき、読《よ》みはじめた。

親愛《しんあい》なるマーチ嬢《じょう》へ

拝啓《はいけい》

このたび贈《おく》っていただいた部屋《へや》ばきほど、小生《しょうせい》にぴったりのものはありませんでした。パンジーは好《この》みの花《はな》です。ぜひともお礼《れい》の気持《きも》ちをあらわしたく、孫娘《まごむすめ》がひいていたピアノをお贈《おく》りさせていただきたいと思《おも》います。どうぞおうけとりください。心《こころ》からの感謝《かんしゃ》をこめて。

あなたの忠実《ちゅうじつ》な僕《しもべ》、ジェイムズ・ローレンス

「なんてすてきなおじいさま！　ローリーは、おじいさまが亡《な》くなった孫娘《まごむすめ》をすごくかわいがっていて、その子《こ》のものをぜんぶとっておいたっていってたよ。そのピアノをくださったんだから、すごいことだね。」

ジョーは興奮《こうふん》のあまりがたがたふるえているベスをだきかかえていった。

美《うつく》しいピアノのふたをあけたりして見《み》て、メグが感嘆《かんたん》の声《こえ》をあげた。

「見《み》て、このきれいなろうそく立《た》て、おしゃれな楽譜置《がくふお》き、かわいいいす、なにもかも完璧《かんぺき》よ。」

「あなたの忠実《ちゅうじつ》な僕《しもべ》、なんて言葉《ことば》、ふつうじゃ書《か》けないわよね。あたくし、みんなにいいふらしたいな。」

エイミーはローレンス氏《し》の手紙《てがみ》の書《か》きかたに感動《かんどう》している。

つねに家族《かぞく》のよろこびをいっしょにわかちあってきたハンナが声《こえ》をかけた。

「ベスお嬢《じょう》さま、このピアノの音《おと》をきかせてくださいまし。」

そこでベスはひきはじめた。その音色《ねいろ》はみんながこれまできいたことがないほど美《うつく》しかった。調律《ちょうりつ》をしなおして、ぴかぴかにみがいてあったからだろう。しかしその美《うつく》しい音《おと》は、しあわせいっぱいのベスが心《こころ》をこめてひいていたからこその音《おと》だった。

「ベス、おとなりへいって、お礼《れい》をいってきたらどう?」

ジョーが冗談《じょうだん》めかしていった。ベスはとてもそんなことを思《おも》いつくはずがないと思《おも》ったからだ。

ところがベスはいった。

「ええ、いってくるわ。」

びっくりしたみんながあんぐり口《くち》をあけているあいだに、ベスは庭《にわ》を横《よこ》ぎって、おとなりの家《いえ》へむかっていった。

「信《しん》じられないっす。こんなことがあるなんて。お嬢《じょう》さまは頭《あたま》がおかしくなったんじゃないすかね。」

ハンナがあきれたようにいい、ほかのみんなはただもう声《こえ》が出《で》なかった。

そのあとベスがなにをしたか、それを知《し》ったら、みんなはもっとびっくり仰天《ぎょうてん》したことだろう。

ベスは家《いえ》に入《はい》ると、書斎《しょさい》のドアをノックした。中《なか》から「おはいり。」というひくい声《こえ》がきこえ、ベスは入《はい》っていき、ローレンス氏《し》とむかいあった。

ベスはすこし声《こえ》をふるわせただけで、こういった。

「あたし、きました。お礼《れい》を……。」

とここまでいうと、さきがつづけられなくなった。おじいさまがなんともいえないやさしいまなざしで見《み》つめたからだ。ベスはおじいさまがかわいい孫娘《まごむすめ》を亡《な》くしたのを思《おも》いだし、思《おも》わずうでをおじいさまの首《くび》にまわして、キスしたのである。

もしも屋根《やね》がくずれて落《お》ちたとしても、おじいさまはこのときほどはおどろかなかっただろう。おじいさまはおどろくどころか、ベスのキスをものすごくよろこび、いかめしさなどかなぐりすてて、ベスをひざにのせ、そのバラ色《いろ》のほおに、しわのよった自分《じぶん》のほおをよせた。ベスはベスで、おじいさまをこわいなどとはまったく思《おも》わなくなり、にこにこしながらいろいろな話《はなし》をしたのだった。愛《あい》は、おそれもごちごちのプライドも吹《ふ》きとばしてくれた。

おじいさまに送《おく》られてベスが帰《かえ》ってくるところを見《み》たジョーは、やった！　といわんばかりに踊《おど》りだし、エイミーはおどろいて窓《まど》から落《お》ちそうになり、メグは両手《りょうて》をあげてさけんだ。

「まったく、この世《よ》のおわりがきても、こんなにおどろかないんじゃないかしら。」

エイミーの屈辱《くつじょく》の谷《たに》

ある日《ひ》、さっそうと馬《うま》に乗《の》っているローリーを見《み》て、エイミーがいった。

「あの人《ひと》って、キュクロプスみたいね。」

「エイミー、なにいってるの。キュクロプスって、ひとつ目《め》の巨人《きょじん》のことだよ。それをいうなら、ケンタウロスでしょ。ギリシャ神話《しんわ》をちゃんと読《よ》んでないから、そんなまちがったことをいうんだ。」

ジョーは妹《いもうと》の知識《ちしき》のなさをばかにした。

「いじわる。あたくしはお金持《かねも》ちのローリーがうらやましかっただけ。馬《うま》に使《つか》うお金《かね》をすこしでもわけてほしいと思《おも》ったの。」

「え、どうして？」メグがたずねた。

「お金《かね》がすごくいるの、あたくし。友《とも》だちに借《か》りがたくさんあるから。」

「借《か》りってどういうこと、エイミー？」

メグはびっくりした。

「すくなくとも十二個《こ》のライム（ライムのピクルス）を返《かえ》さなくちゃならないの。とても買《か》えっこないし、お母《かあ》さまはお店《みせ》でつけで買《か》うのはゆるしてくださらないもの。」

「ちょっと待《ま》って。ちゃんと最初《さいしょ》から話《はな》しなさい。こんどは、ライムがはやっているってわけ？」

はやりものに目《め》がないくせに、すぐにあきるのはわかっていたけれど、エイミーがあまりに真《しん》剣《けん》な顔《かお》をしているので、メグはついわらいそうになったのをこらえた。

「女《おんな》の子《こ》たちが学校《がっこう》にライムを買《か》ってもってくるの。けちだと思《おも》われないためには、そうしなくちゃならないの。みんな、つくえの中《なか》に入《い》れておいて、授業中《じゅぎょうちゅう》にそれをしゃぶったり、休《やす》み時間《じかん》にはえんぴつとかビーズの指輪《ゆびわ》とかと交換《こうかん》したりしてるの。好《す》きな子《こ》にはライムをあげて、きらいだったら、その子《こ》の前《まえ》でしゃぶってみせて、でも、わざとあげないの。あたくしはもういっぱいもらっちゃったんだけど、お返《かえ》しができてないから、こまってるとこ。」

「借《か》りを返《かえ》すためにいくら必要《ひつよう》なの？」

財布《さいふ》をとりだしながらメグがきいた。

「二十五セントもあればたりるけど。お姉《ねえ》さまもライムが好《す》きよね？」

「いいえ、そうでもないわ。さ、お金《かね》をあげるから、だいじに使《つか》ってね。」

「ああ、ありがとう。今週《こんしゅう》は一度《いちど》もしゃぶれなかったから、すっごくうれしい！」

つぎの日《ひ》、エイミーは学校《がっこう》にすこし遅刻《ちこく》してしまった。だが、ライムを入《い》れた茶色《ちゃいろ》の袋《ふくろ》を見《み》せびらかさずにはいられなかったので、たちまち、エイミー・マーチがおいしいライムを二十四個《こ》(ひとつはとちゅうで食《た》べてしまった)ももってきたといううわさが流《なが》れた。

メアリ・キングズリーは、腕時計《うでどけい》を休《やす》み時間《じかん》まで貸《か》してあげるといい、いつもライムをもっていないことでエイミーをちくちくいじめていたジェニー・スノウは、むずかしい算数《さんすう》の問題《もんだい》の答《こた》えを気前《きまえ》よく教《おし》えてくれた。しかし、エイミーはかつてジェニーに、鼻《はな》がひくいことをばかにされたのにはげしく傷《きず》ついていたので、ジェニーにはぜったいにライムをわけようとしなかった。

たまたまその日《ひ》、町《まち》の名士《めいし》が学校《がっこう》をおとずれ、エイミーの描《か》いた地図《ちず》を見《み》て、さかんにほめてくれた。エイミーはすっかり得意《とくい》になり、うぬぼれ心《ごころ》に火《ひ》がついた。

すると、復讐心《ふくしゅうしん》に燃《も》えたジェニーはここぞとばかり、デイヴィス先生《せんせい》に告《つ》げ口《ぐち》したのだ。

「先生《せんせい》、エイミー・マーチはつくえの中《なか》にライムをかくしています。」

先生《せんせい》は、ライムを学校《がっこう》にもちこむことをかたく禁《きん》じており、最初《さいしょ》にその禁《きん》をやぶったのがばれた生徒《せいと》を、鞭《むち》で打《う》つと宣言《せんげん》していた。これまでも先生《せんせい》は教室内《きょうしつない》での、ガム、小説《しょうせつ》、新聞《しんぶん》、手紙《てがみ》のやりとり、あだ名《な》など、さまざまなことを禁止《きんし》し、それによって生徒《せいと》たちをコントロールしてきていた。ギリシャ語《ご》、ラテン語《ご》、数学《すうがく》など、学問《がくもん》の素養《そよう》はいちおうあるので、りっぱな先生《せんせい》だといわれてはきたけれど、道徳心《どうとくしん》や生徒《せいと》の気持《きも》ちなどには無頓着《むとんちゃく》だった。

そんな先生《せんせい》に告《つ》げ口《ぐち》をされたエイミーは、じつに運《うん》がわるかったのだ。朝《あさ》、先生《せんせい》が飲《の》んだコーヒーは濃《こ》すぎ、東風《ひがしかぜ》が吹《ふ》いて神経《しんけい》に障《さわ》り、生徒《せいと》たちはできがわるかった。冬眠《とうみん》からさめたばかりのクマのようにきげんがわるくなっていた先生《せんせい》に、ライムの告《つ》げ口《ぐち》は、火《ひ》に油《あぶら》をそそぐようなものだった。

「マーチさん、前《まえ》に出《で》なさい。つくえの中《なか》にあるライムをもってきなさい。」

見《み》つかるかもしれないとひそかにおそれていたエイミーだったけれど、となりの子《こ》に「ぜんぶもっていかないで。」といわれ、あわてて袋《ふくろ》からいくつかをふり捨《す》てて、前《まえ》にもっていった。おいしそうなにおいがただよった。

でも運《うん》わるく、先生《せんせい》はそのにおいが大《だい》きらいだった。

「これでぜんぶ?」

「い、いえ。」

エイミーは口《くち》ごもった。

「すべてもってきなさい。」

となりの子《こ》にうらめしそうなまなざしを投《な》げ、エイミーはのこりをもっていった。

「では、このライムをふたつずつ、窓《まど》から投《な》げ捨《す》てなさい。」

教室《きょうしつ》は一瞬《いっしゅん》、しずまりかえった。

はずかしさといかりで顔《かお》をまっかにそめ、エイミーは六回《かい》も窓《まど》と教卓《きょうたく》のあいだを行《い》き来《き》し、ライムを捨《す》てた。ライムが投《な》げ落《お》とされるたびに、下《した》から「わーい。」という声《こえ》がきこえてきた。たまたま下《した》にいたアイルランド人《じん》の子《こ》どもたちが大《おお》よろこびしていたのだ。

いくらなんでもひどすぎる。教室《きょうしつ》じゅうの女《おんな》の子《こ》たちが、非情《ひじょう》な先生《せんせい》にうらみがましい顔《かお》をむけた。

「みなさん、一週間前《しゅうかんまえ》にわたしがなんといったか、おぼえていますか？　規則《きそく》をけっしてやぶってはいけないといいました。だから、わたしもその言葉《ことば》を守《まも》ります。マーチさん、手《て》を出《だ》しなさい。」

エイミーははっとして目《め》を見《み》ひらき、とっさに両手《りょうて》をうしろへまわした。

エイミーはじつのところ、デイヴィス先生《せんせい》のお気《き》に入《い》りの生徒《せいと》だったので、もしもエイミーがうっかり「ちぇっ。」と舌《した》を鳴《な》らしたりしなければ、先生《せんせい》もここまでがんこに鞭《むち》で打《う》つのを実行《じっこう》しはしなかっただろう。

しかしエイミーのかすかな舌打《したう》ちがきこえてしまったので、先生《せんせい》はもうあとへはひけなくなった。

「手《て》を出《だ》しなさい！」

エイミーは歯《は》を食《く》いしばり、頭《あたま》をうしろへふりたて、その小《ちい》さな手《て》に何度《なんど》かふりおろされた鞭《むち》のいたさに必死《ひっし》でたえた。

たいした強《つよ》さではなかったとはいえ、そんなことは問題《もんだい》ではなかった。生《う》まれてはじめて、鞭《むち》で打《う》たれて辱《はずかし》めをうけたことは、たえがたいつらさだった。

「休《やす》み時間《じかん》まで、前《まえ》に立《た》っていなさい。」

さらなる屈辱《くつじょく》だった。みんなが見《み》ている前《まえ》に立《た》ったままなんて、とうていがまんできない。その場《ば》に倒《たお》れて、わんわん泣《な》きたかった。だが、エイミーはたえた。これは不当《ふとう》な罰《ばつ》だという思《おも》いと、ジェニー・スノウに対《たい》する憎《にく》しみがむらむらわいてきたからだ。

永遠《えいえん》とも思《おも》えるほど長《なが》い十五分《ふん》がすぎた。教室《きょうしつ》のほかの生徒《せいと》たちにとっては、いっときの小《ちい》さな事件《じけん》にすぎなかったけれど、十二歳《さい》のエイミーにとっては生《う》まれてはじめてのおそろしい体験《たいけん》だった。

やっと放免《ほうめん》されるや、エイミーはさっさと自分《じぶん》のかばんや荷物《にもつ》をとりにいき、学校《がっこう》を「永久《えいきゅう》に」あとにするときめて、出《で》ていった。

落胆《らくたん》のエイミーが家《いえ》に帰《かえ》るやいなや、家族会議《かぞくかいぎ》がひらかれた。

お母《かあ》さまは口数《くちかず》すくなく、なやましい顔《かお》でエイミーをなぐさめ、メグはほおにつたう涙《なみだ》をふいてやり、ベスは悲《かな》しみにしずみ、かわいい子猫《こねこ》たちでもなぐさめにはならないだろうと思《おも》った。ジョーはかんかんになり、デイヴィス先生《せんせい》はすぐにも逮捕《たいほ》されるべきだといきまいた。ハンナもおこってにぎりこぶしをふりたて、力《ちから》まかせにジャガイモをつぶしていた。

学校《がっこう》がおわるまえに、ジョーはデイヴィス先生《せんせい》のところへいき、お母《かあ》さまからの手紙《てがみ》を手《て》わたし、エイミーの持《も》ちものすべてをもち帰《かえ》った。

その夜《よる》、お母《かあ》さまはエイミーにいった。

「学校《がっこう》へはいかなくてけっこうですよ。毎日《まいにち》、ベスといっしょに勉強《べんきょう》なさい。デイヴィス先生《せんせい》の教《おし》えかたや、学校《がっこう》の友《とも》だちにはあまり感心《かんしん》しないので、べつの学校《がっこう》へいくのなら、まずお父《とう》さまに相談《そうだん》しますね。」

「ああ、よかった。あんな学校《がっこう》の子《こ》たちがみんないなくなってしまえばいいのに。そしたら、先《せん》生《せい》もこまるから。あのおいしいライムが消《き》えちゃって、ほんとにくやしい！」

「いいえ、ライムのことはしかたがありません。あなたは規則《きそく》をやぶったのですからね。」

ぴしゃりとお母《かあ》さまにいわれて、エイミーは気落《きお》ちしてしまった。てっきり、ああ、かわいそうに、といわれると思《おも》っていたからだ。

「じゃあ、お母《かあ》さまはあたくしが学校《がっこう》ではずかしい目《め》にあったのがよかったとでも？」

「お母《かあ》さまはね、先生《せんせい》の罰《ばっ》しかたがまちがっていると思《おも》うといっているのです。あなたは最近《さいきん》、ちょっとうぬぼれやさんになっています。それをなおすいいときがきたのです。自分《じぶん》の長所《ちょうしょ》や得《とく》意《い》なことを人《ひと》に見《み》せびらかすのはよくありません。才能《さいのう》はひけらかさずとも、謙虚《けんきょ》でいればおのずと見《み》えてくるものですからね。」

「そのとおり！」

ローリーが声《こえ》をあげた。たまたまジョーとチェスをするために遊《あそ》びにきていたのだ。

「ぼくの知《し》っている女《おんな》の子《こ》で、すばらしい音楽《おんがく》の才能《さいのう》があるのに、それに気《き》づいてもいなくて、それをだれかが教《おし》えてやっても信《しん》じない子《こ》がいるんだ。」

「そんな子《こ》と知《し》り合《あ》いになりたいな。」

ベスがつぶやいた。

「知《し》らないはずがないだろ。」

ローリーはいかにも意味《いみ》ありげにベスを見《み》た。

とたんにベスはその意味《いみ》がわかり、まっかになって、クッションに顔《かお》をかくしてしまった。

ジョーは、妹《いもうと》をほめてくれたローリーに感謝《かんしゃ》をしめすために、ゲームに負《ま》けてやった。そのあと、ローリーは楽《たの》しそうにうたったり、ゆかいなことをいったりして、みんなを楽《たの》しませ、帰《かえ》っていった。

その後《ご》、しばらくエイミーは考《かんが》えにふけっていたけれど、いきなりいいだした。

「ねえ、お母《かあ》さま、ローリーって、なんでもできるすごい人《ひと》なの？」

「ええ、いい教育《きょういく》をうけ、才能《さいのう》にあふれていますね。このままあまやかされなければ、いずれりっぱな紳士《しんし》になるでしょう。」

「じゃ、うぬぼれやさんじゃないってこと？」

「まったくそんなことはありません。そこがローリーのいいところだし、わたしたちが彼《かれ》を好《す》きな理由《りゆう》ですよ。」

するとジョーがいった。

「つまりさ、もってる帽子《ぼうし》とかドレスとかリボンをぜんぶつけて人《ひと》に見《み》せびらかすなんて、みっともないし、ばかみたいだってこと。」

その言葉《ことば》にみんなはどっとわらった。

ジョー、魔王《まおう》に会《あ》う

「お姉《ねえ》さまたち、どこへいくの？」

土曜日《どようび》の午後《ごご》だった。エイミーは、姉《あね》たちがこっそり出《で》かけようとしているのを見《み》つけて、たずねた。

「いいの、小《ちい》さい子《こ》はなにもきかないで。」

ジョーがぴしゃっといった。

その言《い》いかたにエイミーはかっとなり、どうしても姉《あね》たちの出《で》かけるさきを知《し》りたくなった。

そこで、自分《じぶん》の味方《みかた》であるメグのほうをむき、あまえた声《こえ》でさぐりを入《い》れた。

「お願《ねが》い、教《おし》えて。あたくしも連《つ》れていってよ。ベスはピアノばっかりひいてるから、あたくし、ひとりでつまんないの。」

「ごめんなさいね。あなたは招《まね》かれてないから。」

メグがいうと、ジョーがわってはいった。

「メグ、もういわなくていい。エイミー、あんたはとにかくいけないからね。」

「あっ、わかった、ローリーとどこかへいくんでしょ。きのうの夜《よる》だって、みんなで楽《たの》しそうにわらってて、あたくしが部屋《へや》にはいったら、きゅうにだまっちゃったりしたじゃない。」

「そう。だから、あんたはだまっておとなしくしてればいいの。」

エイミーはだまったけれど、メグがきれいな扇子《せんす》をポケットに入《い》れたのを見《み》てしまった。

「そうか！　劇場《げきじょう》に『ダイヤモンド湖《こ》の七つの城《しろ》』を見《み》にいくんだ。ああ、あたくしもいきたい。お母《かあ》さまがいつかいかせてあげるとおっしゃっていたもの。」

「来週《らいしゅう》になったら、ベスとハンナといっしょにいかせてくださるそうよ。それまで待《ま》ちなさいな。」

メグはさとした。

「いやっ、あたくしはいま、お姉《ねえ》さまたちとローリーといっしょにいきたいの。ずっとかぜをひいてて家《いえ》にこもってたから、あきあきしてるの。メグ、お願《ねが》い、連《つ》れてって。いい子《こ》にしてるから。」

「あたたかくしてやって、連《つ》れていく？」

メグが折《お》れはじめた。

「だめ、エイミーがいくんなら、わたしはいかない。ローリーは、わたしたちふたりを招待《しょうたい》してくれたんだから、エイミーなんか連《つ》れてったら、失礼《しつれい》だよ。」

せっかくの楽《たの》しみをふいにされるとジョーは思《おも》って、ぷんぷんしている。

早《はや》くもブーツをはきはじめたエイミーは、ジョーのいじわるな言《い》いかたで頭《あたま》に血《ち》がのぼった。

「ぜったいいく。メグがいいっていったもの。お金《かね》は自分《じぶん》ではらうから、ローリーには関係《かんけい》ないでしょ。」

「いいえ、だめ。わたしたちの席《せき》は指定席《していせき》なの。あんたがきたら、ひとりですわらせておくわけにいかないから、ローリーは自分《じぶん》の席《せき》をゆずることになるじゃない。または、あたらしく席《せき》をとらなくちゃならなくなる。そんなの失礼《しつれい》だよ。だから、あんたは首《くび》をつっこまないの！」

片脚《かたあし》をブーツに入《い》れたまま、エイミーはわあっと泣《な》きだした。姉《あね》ふたりはめそめそしている妹《いもうと》をおいて、出《で》ていこうとした。

のこされたエイミーは階段《かいだん》の手《て》すりから身《み》をのりだして、不吉《ふきつ》な言葉《ことば》を投《な》げつけた。

「ジョー・マーチ、見《み》てなさい、いつかきっと後悔《こうかい》させてやるから。」

「ふん！」

ジョーはバタンと玄関《げんかん》のドアをしめた。

ふたりは劇場《げきじょう》ですばらしい夕《ゆう》べをすごした。『ダイヤモンド湖《こ》の七つの城《しろ》』は、豪華絢爛《ごうかけんらん》な絵《え》巻物《まきもの》のようだった。

でも、興奮《こうふん》のさなかにも、ジョーは一抹《いちまつ》のにがい思《おも》いを味《あじ》わっていた。妖精《ようせい》の女王《じょおう》の金髪《きんぱつ》を見《み》ては、エイミーを思《おも》いだし、後悔《こうかい》させてやるというのはどういうことなのか、どうしても考《かん》えてしまうのだった。ジョーもエイミーも、感情《かんじょう》のはげしいところが似《に》ていた。けんかしても、すぐにさめて、仲直《なかなお》りをするのだけれど、ジョーの心《こころ》に住《す》む魔王《まおう》はいったん火《ひ》の玉《たま》になると、なかなかおさえられなくなるのだった。

ふたりが家《いえ》に帰《かえ》ったとき、エイミーは居間《いま》で読書《どくしょ》をしていた。ふたりが入《はい》ってきても、目《め》もあげない。

帽子《ぼうし》をとってかけて、二階《かい》へあがるときに、ジョーはふと書《か》きものづくえに目《め》をやった。いつかけんかをしたときに、エイミーが引《ひ》き出《だ》しの中身《なかみ》をぐちゃぐちゃにしたことがあったからだ。でも、さっと見《み》たところ、変《か》わりはなかったので、ジョーはエイミーがゆるしてくれたのだと思《おも》った。

ところが、それはとんでもないまちがいだった。

つぎの日《ひ》の午後《ごご》、メグとベスとエイミーがくつろいでいると、いきなりジョーがものすごい形《ぎょう》相《そう》で部屋《へや》に飛《と》びこんできた。

「だれか、わたしの原稿《げんこう》をとった？」

メグとベスはすぐさま「いいえ。」といったけれど、エイミーはだまって暖炉《だんろ》の中《なか》を火《ひ》かき棒《ぼう》でつついている。ジョーはその顔《かお》にふっと赤《あか》みがさしたのを見《み》て、どなった。

「エイミー、とったんでしょ！」

「とってない。」

「じゃ、どこにあるのか知《し》ってるね！」

「知《し》らない。」

「うそつき！」

ジョーはエイミーの肩《かた》をつかみ、おそろしい顔《かお》でにらんだ。

「うそじゃない。あたくしはもってないし、どこにあるかも知《し》らない。そんなの、どうでもいい。だって、あんなもの、二度《にど》ともどらないんだから。」

「なんだって？」

「燃《も》やしちゃったから。」

「えええ——っ！　あんなにがんばって書《か》いた、わたしの傑作《けっさく》だよ。お父《とう》さまがもどられるまえに仕上《しあ》げるつもりだったのに。ほんとに燃《も》やしたの？」

「ええ、燃《も》やしました！　きのう、いつか後悔《こうかい》させてやるっていったでしょ、だか——。」

エイミーはもうつづけられなかった。ジョーはかんかんになり、エイミーをつかんで、歯《は》の根《ね》があわないほどはげしくゆさぶった。そして、絶望《ぜつぼう》といかりでまっかになって、さけびたてた。

「ひどすぎる、ほんとにひどい！　あんなの、もう二度《にど》と書《か》けない。一生《いっしょう》、あんたをうらむ。ぜったいにゆるさないから。」

メグとベスは、ふたりを落《お》ちつかせようと必死《ひっし》になったけれど、ジョーはエイミーの横《よこ》っ面《つら》をひっぱたき、屋根裏《やねうら》の自分《じぶん》の部屋《へや》にかけあがって、涙《なみだ》にくれた。

やがてお母《かあ》さまが帰宅《きたく》して、一部始終《いちぶしじゅう》をきいた。エイミーが姉《あね》にわるいことをしたのはあきらかだったので、それをしっかりさとした。ジョーの原稿《げんこう》はジョーの心《こころ》のプライドそのものであり、それは家族《かぞく》の希望《きぼう》でもあるのだといいきかせた。ほんの六編《ぺん》のおとぎ話《ばなし》だったけれど、ジョーはそれに心血《しんけつ》をそそいで書《か》きあげ、いつの日《ひ》か出版《しゅっぱん》されることを祈《いの》って、清書《せいしょ》し、下書《したが》きはもう捨《す》ててしまった。エイミーが燃《も》やしてしまった原稿《げんこう》は、ジョーの数年間《すうねんかん》の汗《あせ》の結晶《けっしょう》だったのである。

ベスは猫《ねこ》が死《し》んでしまったかのように悲《かな》しみ、メグはいくらお気《き》に入《い》りの妹《いもうと》といっても、エイミーを弁護《べんご》しなかった。お母《かあ》さまはきびしい顔《かお》つきで、たいそう心《こころ》をいためていた。あわれなエイミーは、自分《じぶん》がやったことを深《ふか》く後悔《こうかい》し、心《こころ》からあやまるまではだれも自分《じぶん》を愛《あい》してくれないだろうと思《おも》うのだった。

お茶《ちゃ》の時間《じかん》になったとき、ジョーがやってきたので、エイミーは勇気《ゆうき》をふりしぼって、こわい顔《かお》のままのジョーにあやまろうとした。

「お姉《ねえ》さま、ごめんなさい。ゆるしてください。」

「永遠《えいえん》にゆるさない。」

ジョーのつめたい返事《へんじ》だった。それっきり、ジョーは完全《かんぜん》にエイミーを無視《むし》した。

それからというもの、だれも、お母《かあ》さまでさえ、その事件《じけん》のことは口《くち》に出《だ》さなかった。ジョーが「ゆるさない。」といった以上《いじょう》、だれがなにをいってもむだだとわかっていたからだ。なにか、ジョーの気持《きも》ちを変《か》えるようなきっかけがないかぎり、もとどおりにはならないだろう。

家族《かぞく》そろって歌《うた》を楽《たの》しむ時間《じかん》も、味気《あじけ》ないものになった。ベスはただピアノをひくだけ、ジョーは石像《せきぞう》のようにつったったまま、エイミーは泣《な》きだし、うたっているのはメグとお母《かあ》さまだけだった。

おやすみのキスをジョーにしてやったとき、お母《かあ》さまはいった。

「いつまでもおこっていないで、ゆるしておあげなさい。おたがいにあたらしくはじめるほうがいいと思《おも》いますよ。」

ほんとうはジョーだって、お母《かあ》さまの胸《むね》に顔《かお》をうずめて、泣《な》きだしたい思《おも》いだったのだけれど、ゆるせない気持《きも》ちのほうがまさっていた。

ジョーは涙《なみだ》をこらえ、そばでエイミーがきいているのを承知《しょうち》でいった。

「あれはほんとうにひどかった。エイミーに、ゆるされる資格《しかく》なんてぜったいにない。」

せっかくあやまろうとしたのに、ここまでいわれてしまったエイミーは、むしろ腹《はら》がたち、いっそう傷《きず》ついた。

つぎの日《ひ》、腹《はら》にいかりをひめたままのジョーはジョーで、なにごともうまくいかず、くさくさしていた。ぴりぴりと寒《さむ》い朝《あさ》だった。出《で》がけに、ジョーはマフがわりの、ハンナのパイをみぞに落《お》としてしまった。マーチおばさまはいらいら病《びょう》だったし、姉妹《しまい》たちもそれぞれの問題《もんだい》できげんがわるかった。

「ああ、くさくさする。そうだ、ローリーをさそってスケートにいこう。ローリーはいつだって親切《しんせつ》だし、明《あか》るいし。」

ジョーはそうひとりごとをいって、したくをはじめた。

スケート靴《ぐつ》のカチャカチャした音《おと》をききつけたエイミーは、声《こえ》をあげた。

「お姉《ねえ》さまはこんどはあたくしを連《つ》れていってくださるといっていたのに。もう最後《さいご》の氷《こおり》になるんだから。でも、あんなおこりんぼにお願《ねが》いしたって、むだよね。」

するとメグがいった。

「あなただって、いけないことをしたんだから、それはいいすぎよ。でも、もしかしたらゆるしてもらえるチャンスがあるかもしれないから、そっとふたりのあとについていって、ジョーのきげんのいいときをみはからって、キスをして、ゆるしてほしいといったらどうかしら。きっとうまくいくわよ。」

メグのアドバイスが気《き》に入《い》ったエイミーはさっそくしたくをして、ふたりを追《お》いかけた。

スケートができる川《かわ》までは遠《とお》くなかった。しかし、エイミーがついたときにはもう、ふたりはすべりだすしたくができていた。ジョーはエイミーがやってきたのに気《き》づいたけれど、背中《せなか》をむけた。

いっぽう、ローリーはまったく気《き》づいていなかった。というのは、この寒《さむ》さがくるまえに、いっときあたたかい時期《じき》があったので、氷《こおり》の状態《じょうたい》を気《き》にしていたからだ。

「あそこの曲《ま》がり角《かど》までぼくがさきにいって、氷《こおり》がだいじょうぶかどうか見《み》てくるよ。そしたら、競走《きょうそう》しよう。」

ローリーの声《こえ》がエイミーにもきこえた。毛皮《けがわ》のついたロシア帽《ぼう》をかぶったローリーが、すばやくすべっていく。

追《お》いかけてきたエイミーが、息《いき》をハアハアつきながら、寒《さむ》さでかじかむ手《て》で、スケート靴《ぐつ》のひもがうまく結《むす》べず、あせっているのがわかった。だがジョーは、妹《いもうと》がこまっているのを知《し》りながらも、いじわるな満足感《まんぞくかん》にひたっていた。そのとき、曲《ま》がり角《かど》をまがったローリーがふりむいて、さけんだ。

「岸《きし》のそばですべるんだ。まんなかはあぶないよ。」

その忠告《ちゅうこく》はジョーにはきこえたけれども、まだ靴《くつ》ひもと格闘《かくとう》していたエイミーにはきこえなかった。肩越《かたご》しにそれを見《み》ていたジョーの心《こころ》に、魔王《まおう》がささやいた。

「きこえようがきこえまいが、知《し》ったこっちゃない。」

やがてローリーの姿《すがた》は見《み》えなくなった。ジョーが曲《ま》がり角《かど》へやってきたとき、ずっとおくれ

て、エイミーが、すべすべしたまんなかの氷面《ひょうめん》にむかってすべりだした。一瞬《いっしゅん》、ジョーは心《こころ》がざわついて立《た》ちどまった。

そのとき、バリバリッ、氷《こおり》のわれる音《おと》がし、エイミーが両手《りょうて》をあげて水中《すいちゅう》に落《お》ちていくのが見《み》えたのだ。

バッシャーン！　エイミーの叫《さけ》び声《ごえ》がジョーを恐怖《きょうふ》におとしいれた。ローリーをよぼうとしたけれど、まったく声《こえ》が出《で》ない。まっ青《さお》になって、立《た》ちつくし、どす黒《ぐろ》い水《みず》の上《うえ》に見《み》える青《あお》い帽子《ぼうし》を見《み》つめていた。

そのとき、なにかがそばを走《はし》りぬけた。ローリーだ。

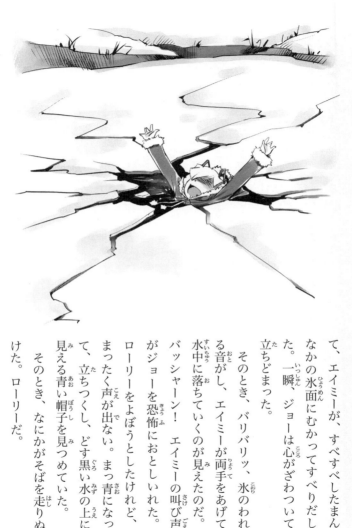

「柵《さく》の横木《よこぎ》をとってきて、早《はや》く!」

そのあと自分《じぶん》がどうしたか、ジョーはまるでおぼえていない。だが、とにかくローリーにいわれたようにした。

ローリーは氷《こおり》の上《うえ》に腹《はら》ばいになって、うでとホッケーのスティックでエイミーを支《ささ》え、ジョーが横木《よこぎ》をもってくるのを待《ま》っていた。そして、ふたりしてエイミーをひきあげた。

「よし、いそいで家《いえ》へ連《つ》れてかえろう。だけどまずさきに、からだをおおって、靴《くつ》をぬがせないと。」

そういうときにかぎって、靴《くつ》ひもはやたらこんがらがって、なかなかほどけなかった。がたがたふるえながら、ふたりはびしょびしょのエイミーを連《つ》れてかえり、しばらくすると、暖炉《だんろ》の前《まえ》で、あたたかい毛布《もうふ》にもこもこにくるまれてエイミーは、安心《あんしん》したようにねむりこんだ。

このさわぎのあいだ、ジョーはひとことも口《くち》をきかなかった。ただ、青《あお》い顔《かお》をして、バタバタしているだけだった。服《ふく》はやぶけ、手《て》は氷《こおり》と横木《よこぎ》でけがをして血《ち》が出《で》ており、持《も》ちものもそこらじゅうにほうりっぱなしだった。

やっとエイミーが寝《ね》ついて、しんとしたとき、ベッドのそばにすわっていたお母《かあ》さまがジョーをよび、血《ち》の出《で》た手《て》を包帯《ほうたい》でくるんでくれた。

「お母《かあ》さま、エイミーは助《たす》かりますよね？」

目《め》の前《まえ》で、氷《こおり》の下《した》にしずんでしまったかもしれない金髪《きんぱつ》の頭《あたま》を見《み》ながら、ジョーはそっとささやいた。

「ええ、もうだいじょうぶ。かぜもひかないでしょう。すばやく家《いえ》に連《つ》れてかえってくれたのがよかったのですよ。」

「ぜんぶローリーがやってくれたことなの。わたしはなにもしなかった。ああ、お母《かあ》さま、もしエイミーが死《し》んだりしたら……。」

ジョーは泣《な》きくずれた。自分《じぶん》のわるい心《こころ》のささやきに身《み》をまかせてしまったことをはげしく後悔《こうかい》し、どんな罰《ばつ》でもうけようと思《おも》っていた。

「わたしのはげしい気性《きしょう》のせいなの。なおそうと思《おも》っても、だめなの。どうしたらいいのかわからない。」

「とにかく時間《じかん》をかけて、なおそうとつとめることですよ。なおらないなんて、けっして思《おも》ってはいけません。」

お母《かあ》さまはジョーの長《なが》い栗色《くりいろ》の髪《かみ》をなでながら、涙《なみだ》でぬれたほおにキスした。

「ううん、わたしはほんとにわるい娘《むすめ》なの。激情《げきじょう》にかられると、手《て》がつけられなくなる。人《ひと》を傷《きず》つけて、それを楽《たの》しんでいるようなところもあるんだと思《おも》う。ああ、お母《かあ》さま、助《たす》けてください。」

「ええ、できるだけ助《たす》けますとも。でも、きょうのことはけっしてわすれないようにして、二度《にど》とこんな気持《きも》ちを味《あじ》わわないですむようになさいね。あなたは自分《じぶん》の気性《きしょう》はだれよりもひどいと思《おも》っているみたいだけど、お母《かあ》さまもむかし、あなたのようだったのですよ。」

「えっ、まさか。おこったことなんか、ないじゃありませんか。」

「わたしはね、四十年間《ねんかん》、この気性《きしょう》をなおそうとしてきたのですよ。やっとコントロールできるようになったばかり。まえはしょっちゅうおこってばかりいたのですけれど、それを見《み》せないように努力《どりょく》してきたのです。」

お母《かあ》さまがうちあけてくれたこの言葉《ことば》は、どんなお説教《せっきょう》より、ジョーにききめがあった。お母《かあ》さまのような人《ひと》が、自分《じぶん》とおなじ欠点《けってん》をもっていて、それをなおそうとつとめていたことがわかったので、自分《じぶん》にもできるかもしれないという希望《きぼう》がわいた。

とはいえ、十五歳《さい》のジョーにとっては、四十年《ねん》はたしかに長《なが》い。

「ねえ、お母《かあ》さまはときどき、くちびるをきゅっと結《むす》んで部屋《へや》を出《で》てしまうけれど、それっておこっているときなの？」

「ええ、そうですよ。思《おも》わずいってはいけないことをいいそうになったときに、ぐっとこらえて、さっと部屋《へや》を出《で》るのです。気持《きも》ちを落《お》ちつかせて、自分《じぶん》をいましめるためにね。」

「どうやってそうする術《すべ》を学《まな》ばれたのですか？　わたしなんか、自分《じぶん》でとめるひまもなく、きつい言葉《ことば》が口《くち》から出《で》てしまうのに。」

「わたしの母《はは》が教《おし》えてくれたのですよ。でもね、わたしが十代《だい》のころ、母《はは》は亡《な》くなったので、わたしはひとりでなやんでいました。そこへお父《とう》さまがあらわれたのです。わたしがあなたたち四人《にん》の子《こ》どものことでなやんでいると、お父《とう》さまはけっして希望《きぼう》をうしなってはいけない、そして、わたしが子《こ》どもたちのお手本《てほん》になりなさいと、しんぼう強《づよ》く教《おし》えてくださいました。自分《じぶん》のためではなく、あなたたちのためにと思《おも》えば、わたしはがんばれると思《おも》いました。そして、みんながわたしを信頼《しんらい》してくれて、愛《あい》してくれることが、ごほうびとなったのです。」

「わたしがいまの半分《はんぶん》でもいい子《こ》だったらよかったのに……。」

　ジョーはすすり泣《な》く。

「だいじょうぶ、なれますよ。いつも『心《こころ》の魔王《まおう》』があばれださないように気《き》をつけなさいね。」

「はい、そうします。でも、わたしを見守《みまも》って、なにかあったら、教《おし》えてくださいね。よくお父《とう》さまが、お母《かあ》さまを見《み》て、くちびるに指《ゆび》をあてていたみたいに。それは、お母《かあ》さまに気《き》をつけなさいという意味《いみ》だったの？」

「ええ、そのとおりですよ。」

そういいながら、お母《かあ》さまの目《め》に涙《なみだ》がうかび、くちびるがふるえたのをジョーは見逃《みのが》さなかった。

「あ、ごめんなさい。わたし、いいすぎましたか？」

「いいえ、ちっとも。あなたはなんでもいっていいのですよ。それがわたしにとっていちばんしあわせなことなんですから。」

「よかった、悲《かな》しませるようなことをいったのかと思《おも》ったので。」

「ちがいますよ、ただ、お父《とう》さまがおいでにならないのがきゅうにさびしくなったからです。」

「でも、お母《かあ》さまはお父《とう》さまに、どうぞいってくださいとおっしゃったでしょう。そのあとも、泣《な》き言《ごと》をいっさいおっしゃらなかったし。」

「わたしはね、自分《じぶん》の愛《あい》する人《ひと》をお国《くに》にさしだしたのです。だから、出発《しゅっぱつ》まえには涙《なみだ》を見《み》せないようにしていました。天上《てんじょう》のおおいなる神《かみ》がわたしたちを守《まも》ってくださっています。それを信《しん》じて、お父《とう》さまが無事《ぶじ》におもどりになるのをいっしょに待《ま》ちましょうね。」

ジョーは返事《へんじ》のかわりに、お母《かあ》さまをだきしめ、神《かみ》に心《こころ》からの深《ふか》い祈《いの》りをささげた。

エイミーが身《み》じろぎし、ねむりの中《なか》でため息《いき》をついた。それにはっとして、あげたジョーの顔《かお》には、あやまちをゆるしてもらうためならなんでもしようという思《おも》いがあふれていた。

「エイミーを憎《にく》んで、ぜったいにゆるすものかと思《おも》っていたけど、もし、ローリーがいなかったら、手《て》おくれになっていたわ。わたしはなんてひどいことをしたんだろう。」

妹《いもうと》の上《うえ》にかがみこみ、ジョーはまくらに広《ひろ》がった、ぬれた髪《かみ》をやさしくなでた。

ジョーのその声《こえ》がきこえたかのように、エイミーは目《め》をあけ、両《りょう》うでをのばして、にっこりした。

そのやわらかいほほえみがまっすぐにジョーの心《こころ》にとどいた。

どちらも言葉《ことば》はなく、ただ見《み》つめあい、だきしめあう。すべてはあたたかなキスに溶《と》けた。

メグ、虚栄《きょえい》のパーティーへいく

四月《がつ》のある日《ひ》。

「キング家《け》の子《こ》たちがはしかにかかったので、わたし、出《で》かけられるの。ほんと、ラッキーだわ。」

メグは妹《いもうと》たちにかこまれて、「外国行《がいこくい》き」のトランクに荷物《にもつ》をつめているところだった。

ジョーがいった。

「アニー・モファットが約束《やくそく》を守《まも》ってくれて、よかったね。これから二週間《しゅうかん》、お楽《たの》しみがつづくんだもの、すごいや。」

「お天気《てんき》がいいのも、あたし、うれしい。」

やさしいベスは、自分《じぶん》のだいじなリボンをメグに貸《か》すために、えらんでいる。

「いいな、あたくしもこんなにきれいな服《ふく》を着《き》て、楽《たの》しみたい。」

メグのもっていく針刺《はりさ》しに針《はり》をきれいにならべて刺《さ》しながら、エイミーがいう。

「そうよね、みんないっしょにいけたらどんなにいいかと思《おも》うけど、そうはいかないから、帰《かえ》ってきたら、いっぱい話《はな》してあげるわ。みんなも、たいせつなものをいろいろ貸《か》してくれたしね。」

部屋《へや》じゅうに広《ひろ》げた服《ふく》や持《も》ちものはごくシンプルなものばかりだったけれど、メグの目《め》には完《かん》璧《ぺき》なしたくに思《おも》えた。

「お母《かあ》さまは、だいじな宝箱《たからばこ》からなにを貸《か》してくださったの？」

エイミーが知《し》りたがる。

「絹《きぬ》のストッキングと、模様入《もようい》りの扇子《せんす》、きれいな青《あお》いサッシュ。すみれ色《いろ》の絹《きぬ》の服《ふく》がほしかったけど、とてもむりだから、古《ふる》いうす地《じ》のモスリンのでがまんしなくちゃ。」

「だいじょうぶさ、わたしのあたらしいモスリンのスカートも貸《か》すから。サンゴのブレスレットをこわしてなければ、貸《か》してあげられたのに、ごめん。」

ジョーはなんでも気前《きまえ》よく貸《か》す気《き》はあるのだけれど、荒《あら》っぽいので、だいたいのところ、こわしたりして、役《やく》に立《た》たなくなったものが多《おお》いのだった。

「宝箱《たからばこ》にはきれいな真珠《しんじゅ》のアクセサリーがあるけど、お母《かあ》さまは若《わか》い娘《むすめ》には生花《せいか》がいちばん似合《にあ》うとおっしゃるの。だから、ローリーが生花《せいか》を贈《おく》ってくれるんですって。」

メグはいった。

「グレーの散歩服《さんぽふく》はあるけど、春《はる》には重《おも》たい感《かん》じがするし。ああ、すみれ色《いろ》の絹《きぬ》の服《ふく》があればねえ。」

とため息《いき》をついた。

するとエイミーがなぐさめる。

「パーティーにはあの白《しろ》いモスリンでOK《オーケー》よ。お姉《ねえ》さまは白《しろ》が似合《にあ》うからすてきだってば。」

「もっとえりぐりが深《ふか》ければよかったんだけど、しかたないわ。帽子《ぼうし》もサリー・ガーディナーのにくらべるといまひとつだし、日傘《ひがさ》も気《き》に入《い》らないの。アニーのは絹地《きぬじ》でね、上《うえ》に金色《きんいろ》の金具《かなぐ》がついてるの。」

「じゃ、買《か》った店《みせ》でとりかえてもらえば。」

ジョーがすぱっという。

「まさか、お母《かあ》さまにわるいわよ。せっかく買《か》ってきてくださったんですもの。そうそう、ジョー、あなたが貸《か》してくれたあたらしい手袋《てぶくろ》はほんとにありがたいわ。エレガントな気分《きぶん》になれるから。それにしても、服《ふく》や帽子《ぼうし》に好《す》きなだけかざりをつけられるようになったら、どんなにしあわせな気持《きも》ちになれるかしらねえ。」

メグはまだまだ不満《ふまん》があるようだ。

「お姉《あね》さまったら、こないだはアニー・モファットのところへいかれれば完璧《かんぺき》に幸福《こうふく》だといっていたのに。」

ベスがしずかな口調《くちょう》でいった。

「ほんと！　わたしったら、文句《もんく》たらたらだったわ。人《ひと》って、なにかを手《て》にすると、もっともっとほしくなるものなのね。」

メグはちょっと反省《はんせい》した。

つぎの日《ひ》は上天気《じょうてんき》だった。メグは意気揚々《いきようよう》と二週間《しゅうかん》のお楽《たの》しみの旅《たび》に出《で》かけていった。じつはお母《かあ》さまは、メグが出《で》かけることにあまり賛成《さんせい》してはいなかったのだけれど、メグの懇願《こんがん》に負《ま》けたのだ。サリーが自分《じぶん》にまかせてほしいといったので、ついに折《お》れたのだった。

モファット家《け》の人々《ひとびと》はたしかに流行《りゅうこう》の先端《せんたん》をいっていた。はじめのうち、質素《しっそ》な暮《く》らしになれているメグは圧倒《あっとう》されて、うろたえてしまったけれど、みんなに親切《しんせつ》にされて、しだいにうちとけていった。なんとなく、この人《ひと》たちがそれほど知的《ちてき》で文化的《ぶんかてき》ではないことは感《かん》じてはいたものの、毎日《まいにち》のゆたかで豪華《ごうか》な暮《く》らしぶりにすっかり酔《よ》いしれてしまった。

やがてメグは、モファット家《け》の人《ひと》たちのふるまいや話《はな》しぶりをまねするようになり、きどったかっこうをしたり、会話《かいわ》にフランス語《ご》を入《い》れたりするようになった。だが、アニー・モファットのきれいな持《も》ちものを見《み》るたびに、ますますうらやましくなり、お金持《かねも》ちだったらどんなにいいだろうとそればかり思《おも》っていた。

こうして、メグとサリーとアニーは遊《あそ》びほうける毎日《まいにち》をすごしていた。

アニーの姉《あね》たちはもうレディで、うちのひとりはもう婚約《こんやく》していた。なんてロマンティックと、メグはため息《いき》をつく。

モファット氏《し》はかっぷくのいい、ほがらかな人《ひと》で、メグのお父《とう》さまを知《し》っていた。モファット夫人《ふじん》も、ふくよかな明《あか》るい人《ひと》で、メグをかわいがってくれた。

いよいよパーティーの夜《よる》がやってきた。モファット家《け》にとっては「小《しょう》パーティー」でも、メグは気後《きおく》れするばかり。

メグはもってきた古《ふる》いモスリンのドレスをとりだしたけれど、サリーの新品《しんぴん》ぱりぱりのドレスにくらべると、いかにもみすぼらしかった。着《き》がえているときにみんなにちらちら見《み》られたので、プライドの高《たか》いメグはつらさにじっとたえるしかなかった。

そのとき、メイドが花《はな》のはいった箱《はこ》をもってあらわれた。

アニーがさっと箱《はこ》をあけて、さけんだ。

「これはベルお姉《ねえ》さまにきたのよ、きっと。」

「いいえ、これはメグさまあてだそうです。お手紙《てがみ》が入《はい》っています。」

と、メイドがいった。

「ええっ、そうなの！　いったいだれから？」

娘《むすめ》たちは興奮《こうふん》してメグのまわりに集《あつ》まってきた。

「手紙《てがみ》は母《はは》からで、お花《はな》はローリーからです。」

ローリーがわすれずに花《はな》を贈《おく》ってくれたのがメグはうれしかった。でも、アニーたちはなぜローリーがこんなにすてきな花《はな》を贈《おく》ったのか、ふしぎがっているようだった。

メグはシダとバラをすこし自分《じぶん》のためにとっておき、のこりの花々《はなばな》で、アニーたちに、胸《むね》や髪《かみ》やスカートにかざる花束《はなたば》をつくってやった。

「なんてやさしい、かわいい人《ひと》。」

といわれ、メグの株《かぶ》はかなりあがった。

メグはくるくるカールした髪《かみ》にシダをかざり、バラの花《はな》をドレスの胸《むね》につけた。おかげで、ドレスがそれほどみすぼらしいとは思《おも》えなくなった。

その晩《ばん》のパーティーはなんと楽《たの》しかったことだろう。すばらしい歌声《うたごえ》だといわれたり、だれかが「はじめて見《み》たが、あのきらきらした瞳《ひとみ》のかわいい娘《むすめ》さんはだれだろう?」といったのをきいたり。ちやほやされて、すっかりいい気持《きも》ちになっていたときに、花《はな》にかざられたかべのむこうがわから、声《こえ》がきこえた。

「あの彼《かれ》って、何歳《なんさい》なのかしら?」

「十六か十七でしょう。」

「サリーがいうには、あの四人姉妹《にんしまい》は彼《かれ》とてても仲《なか》よしだそうよ。あそこのご老人《ろうじん》が姉妹《しまい》をとてもかわいがっているんですって。」

「マーチ夫人《ふじん》にはもくろみがあるんですよ。でも、あの子《こ》はなんにも気《き》づいていないみたいだけど。」

と、モファット夫人《ふじん》の声《こえ》。

「でも、あの子《こ》ったら、花《はな》がとどいたら、顔《かお》を赤《あか》らめていましたよね。いい服《ふく》をもっていないのがかわいそうだけど、木曜《もくよう》のパーティーに、ドレスを貸《か》してあげたら失礼《しつれい》かしら?」

「プライドがありますからね。でも、あのやぼったいモスリンはいまにもやぶけそうだから、貸《か》してあげればよろこぶでしょうよ。」

そのとき、ダンスの相手《あいて》があらわれたので、メグはその場《ば》を立《た》ち去《さ》ったけれど、きいてしまったことが頭《あたま》をはなれなかった。「マーチ夫人《ふじん》のもくろみ」だの「やぼったいモスリン」だの、失《しっ》礼《れい》な言葉《ことば》が耳《みみ》にひびき、泣《な》きだしたくなって、家《うち》へ逃《に》げ帰《かえ》りたくなった。

とはいえとてもそんなことはできないのはわかっていたので、メグはそれならいっそ元気《げんき》に明《あか》るくふるまおうと決心《けっしん》し、だれもメグがつらい思《おも》いをかかえていることに気《き》づかなかった。ローリーとは無邪気《むじゃき》に仲《なか》よくしていたのに、人《ひと》の目《め》からはそうは見《み》えないのをあらためて知《し》らされた思《おも》いだった。

モファット夫人《ふじん》は自分《じぶん》のものさしでしか人《ひと》を測《はか》れず、これまでシンプルなドレスで満足《まんぞく》していたメグに、よけいなおせっかいをしようとして、そういうドレスこそがわるいのだと思《おも》わせてしまったのだった。

あわれなメグはねむれぬ夜《よる》をすごし、はれぼったい目《め》、重《おも》たい頭《あたま》で朝《あさ》をむかえた。

昼《ひる》になったころ、メグはみんなの自分《じぶん》に対《たい》する態度《たいど》に変化《へんか》があらわれているのに気《き》づいた。なんだか、まえよりていねいになり、興味《きょうみ》しんしんに接《せっ》してくる。おべっかを使《つか》う子《こ》もいた。

そんな態度《たいど》にメグはおどろいたのだけれど、やっとその理由《りゆう》がわかったのは、ベルたちが話《はな》しかけてきたからだった。

「いま、わたしね、あなたのお友《とも》だちのローレンスさんに招待状《しょうたいじょう》を書《か》いたところなの。お近《ちか》づきになりたいし、おいでくだされぱあなたもうれしいでしょうと思《おも》って。」

メグは顔《かお》を赤《あか》らめたけれど、とっさにいたずら心《ごころ》が芽生《めば》えた。

「ご親切《しんせつ》に。でも、おいでになれないと思《おも》います。」

「あら、どうして？」

「だって、お年寄《としよ》りですから。」

「ええっ、なにをいっているの！　おいくつだっていうの？」

と、クララ。

「たぶん七十歳《さい》くらい。」

そしらぬふりでメグがいう。

「まあ、なにをいうかと思《おも》ったら。お若《わか》いかたのほうにきまってるでしょ。」

ベルはわらいだした。

「ローリーはまだ子《こ》どもです。」

「あなたくらいでしょ。」

と、ナン。

「妹《いもうと》のジョーくらいです。わたしは八月《がつ》にはもう十七ですもの。」

メグは頭《あたま》をふりたてる。

「あのかたが花《はな》を贈《おく》ってくださってよかったわねえ。」

アニーが話題《わだい》を変《か》えた。

「ええ、いつもわたしたち姉妹《しまい》にそうしてくださいます。温室《おんしつ》をおもちですし、母《はは》とローレンスさんは親《した》しくしていますし。」

クララがベルにむかって、そっとささやいた。

「まだまだメグは無邪気《むじゃき》だわね。」

そこへモファット夫人《ふじん》がやってきた。

「買《か》いものにいってきますけど、なにかいるものがありますか？」

「いいえ、おばさま、けっこうです。」サリーが答《こた》える。「木曜《もくよう》のパーティーにはあたらしいピンクの絹《きぬ》のドレスがありますから。」

「わたしもとくに……。」

といいはじめたメグは、はっとした。ほしいものはいろいろあっても、買《か》うことなどできやしないのに気《き》づいたからだ。

「あなた、どのドレスを着《き》るの？」

と、サリーにきかれ、メグはどぎまぎしたけれど、わざと気楽《きらく》に答《こた》えた。

「白《しろ》いドレスよ。昨晩《さくばん》、やぶけちゃったけど、つくろえばなんともないから。」

「おうちに連絡《れんらく》して、べつのをもってきてもらえばいいでしょ。」

お嬢《じょう》さま育《そだ》ちのサリーはなにもわかっていない。

「べつのなんかないわ。」

やっとメグはそういったのに、鈍感《どんかん》なサリーはさらにいった。

「ええっ、白《しろ》いのしかないの？　まさか——。」

するとちゅうでベルがさえぎった。

「メグ、たとえたくさんもっていても、わざわざおうちに連絡《れんらく》することはないわ。もしよければ、わたしの空色《そらいろ》の絹《きぬ》のドレスを着《き》てくださらない？　わたしはもう着《き》られないし、あなたが着《き》てくださったら、それがなによりうれしいわ。」

「ご親切《しんせつ》にありがとうございます。でも、わたしは古《ふる》いドレスでもかまわないのです。わたしのような小娘《こむすめ》にはちょうどいいのですから。」

メグは答《こた》えた。

「そんなこといわないで、わたしをよろこばせてちょうだい。かわいい美人《びじん》にしてあげたいんですもの。あなたはシンデレラ、わたしは魔法《まほう》を使《つか》う妖精《ようせい》なの。」

そこまでいわれてメグの心《こころ》は動《うご》いた。「かわいい美人《びじん》」になりたくなってしまい、モファット家《け》の人々《ひとびと》に対《たい》する不信感《ふしんかん》などどこかへ吹《ふ》きとんでしまった。

木曜日《もくようび》の夕方《ゆうがた》、ベルはメイドに手伝《てつだ》わせて、メグのしたくにとりかかった。髪《かみ》をくるくるに縮《ちぢ》らせ、首《くび》とうでに香《かお》りのいいパウダーをはたき、くちびるの色《いろ》をあざやかにした。空色《そらいろ》の絹《きぬ》の美《うつく》しいドレスは、じつはすこしきつかったうえに、えりぐりがあきすぎていて、鏡《かがみ》を見《み》たメグは思《おも》わず顔《かお》を赤《あか》くした。ブレスレット、ネックレス、ブローチ、イヤリングと、アクセサリーもふんだんにつけた。最後《さいご》に、青《あお》いハイヒールの靴《くつ》をはいたとき、メグはもう望《のぞ》むものはなにもないと思《おも》ったくらいだった。

長《なが》いすそをひきずりながら歩《ある》くと、イヤリングがチリンチリンと音《おと》をたて、巻《ま》き毛《げ》がゆれ動《うご》き、胸《むね》がどきどきした。

パーティー開始《かいし》のベルが鳴《な》ると、メグはサリーにそっといわずにはいられなかった。

「下《した》へおりるのがこわいわ。緊張《きんちょう》してからだがこわばっているし、半分《はんぶん》はだかみたいな気《き》がするの。」

「いつものあなたとはぜんぜんちがうけど、すごくすてきよ。」

そういいながらも、サリーは、メグが自分《じぶん》よりきれいだと思《おも》うと、心安《こころやす》らかではなかった。

メグはドレスのすそをふんで転《ころ》ばないようにしずしずと階段《かいだん》をおりていった。人々《ひとびと》が楽《たの》しそうに歓談《かんだん》している。

すぐにメグはあることに気《き》づいた。これまでメグに目《め》もくれなかったレディたちや、若《わか》い紳士《しんし》たちが、はっと気《き》づいたようにメグを見《み》つめ、愛想《あいそ》がよくなったり、名前《なまえ》をたずねたりしはじめたのだ。ひとえにメグのはなやかなドレスのおかげだった。

モファット夫人《ふじん》が、そういう人《ひと》たちに答《こた》えている。

「あの人《ひと》はマーチ嬢《じょう》です。お父上《ちちうえ》は軍隊《ぐんたい》においでになります。この町《まち》のむかしからの名家《めいか》ですわ。いまは財産《ざいさん》はおありにならないけれど。ローレンス家《け》とも親《した》しくしておられますのよ。うちのネッドがあのお嬢《じょう》さんに夢中《むちゅう》でしてね。」

レディの仲間《なかま》入《い》りをした気分《きぶん》のメグだったけれど、じつはドレスがきつくて、わき腹《ばら》がいたくなり、長《なが》いすそをしょっちゅうふんづけそうになるし、いつイヤリングがどこかへふっとんでしまうかと不安《ふあん》になっていた。そんな気持《きも》ちをまぎらわすために、扇子《せんす》をぱたぱたあおぎ、愛想《あいそ》わらいをしていた。

でも、とつぜん、その顔《かお》が困惑《こんわく》の表情《ひょうじょう》に変《か》わった。ローリーが目《め》に入《はい》ったのである。彼《かれ》はおどろきと、とまどいと不満《ふまん》をかくさなかったけれど、さっとおじぎをして、にこっとしてくれた。メグは思《おも》わず顔《かお》を赤《あか》らめ、あの古《ふる》ぼけたドレスを着《き》ていたらよかったのにと思《おも》ってしまった。

しかし、ローリーはいかにも子《こ》どもっぽく、どぎまぎして見《み》えたので、メグは思《おも》いなおした。

「いいわ、わたしはこのままで。変《か》える必要《ひつよう》なんてないもの。」

そして、メグはきどってあいさつした。

「いらしてくださってよかったわ。おいでにならないかと思《おも》って、心配《しんぱい》していたのよ。」

「ジョーにぜひいってほしいといわれたんだ。あなたのようすを見《み》てきてほしいって。」

「あら、じゃ、なんて報告《ほうこく》するつもり？」

「最初《さいしょ》はメグだってわからなかったというよ。ひどくおとなっぽくて、メグらしくなくて、なんだかこわいくらいだったたってね。」

「もしジョーが見《み》たら、びっくり仰天《ぎょうてん》して、見《み》つめるかしら？」

「と思《おも》うよ。」

「じゃ、あなたはこのわたしをどう思《おも》う？」

「感心《かんしん》しない。」

ローリーの返事《へんじ》はそっけない。

「え、どうして？」

メグは気《き》になった。

ローリーの目《め》が、メグのくるくるした髪《かみ》、あらわになった肩《かた》、ごてごてかざりたてたドレスを射《い》るように見《み》たので、メグは落《お》ちつかなくなった。

「ごちゃごちゃしてるのは好《す》かないんだ。」

年下《としした》のローリーにここまでずけずけいわれると、メグも腹《はら》がたった。

「まっ、失礼《しつれい》ねっ！」

そういいすてて立《た》ち去《さ》ったものの、なんだか胸《むね》のざわざわがおさまらず、しずかな窓《まど》ぎわへいって、上気《じょうき》したほおを冷《ひ》やした。

どこかの紳士《しんし》がそばを通《とお》りすぎ、やがてその人《ひと》がだれかにしゃべっている声《こえ》が耳《みみ》にはいった。

「あの娘《むすめ》をみんなでよってたかっておもちゃにしているみたいだ。あれじゃまるでただの人形《にんぎょう》だよ。」

「ああ、わたしったら！」メグはため息《いき》をついた。「ばかだった。自分《じぶん》のドレスを着《き》るべきだったのよ。ローリーにも愛想《あいそ》をつかされちゃった。自分《じぶん》でもいやになる、ああ。」

そのままメグはひんやりした窓《まど》ガラスにひたいをおしつけ、大好《だいす》きなワルツがはじまってもじっとしていた。

するとだれかが肩《かた》をぽんとたたいた。ローリーだ。

「さっきはごめん。あやまります。いっしょに踊《おど》ってください。」

「わたしと踊《おど》るなんて、おいやじゃないの？」

「とんでもない。ぜひお願《ねが》いします。そのドレスは好《す》きじゃないけど、やっぱりあなたはすてきだと思《おも》うよ。」

ふたりはホールのまんなかへすべるように出《で》ていき、優雅《ゆうが》に踊《おど》りだした。ぴったり息《いき》があったふたりの踊《おど》りを、みんなはうっとりと見《み》つめていた。

メグは息《いき》が切《き》れたので、ちょっと休《やす》みたくなった。

「ねえ、ローリー、ひとつお願《ねが》いがあるの。家《うち》のみんなには、今夜《こんや》のドレスのことをいわないで。わかってもらえないだろうし、お母《かあ》さまにもわるいし。」

「じゃ、なぜ、こんなことをしたのさ？」

「あとでお母《かあ》さまにはぜんぶ話《はな》すつもりよ。自分《じぶん》がどんなにおろかだったか、ちゃんというわ。」

「わかった、じゃ、だまっているよ。約束《やくそく》する。だったら、報告《ほうこく》はなんていえばいい？」

「ただ、わたしがとてもきれいで、楽《たの》しんでいたっていってちょうだい。」

「きれいだったのはほんとうだけど、楽《たの》しんでいたようには見《み》えないなあ。」

ローリーにそういわれ、思《おも》わずメグは本音《ほんね》をいってしまった。

「ええ、いまはね。わたしはただ楽《たの》しみたかっただけなんだけど、むしろつかれてしまったわ。」

「おや、ネッド・モファットがきた。なにか用《よう》かな？」

「あの人《ひと》、三回《かい》もわたしとダンスをしたいと申《もう》し込《こ》んでいるの。もう、うんざりなのに。」

メグのいかにもめいわくそうな顔《かお》を見《み》て、ローリーはくすっとわらってしまった。

そのあと、夕食《ゆうしょく》までローリーはメグと言葉《ことば》をかわさなかった。

メグにべたべたしているネッドたちとメグがシャンパンを飲《の》んでいるのを見《み》て、マーチ家《け》姉妹《しまい》を守《まも》ってやらなくてはという思《おも》いをひしひしと感《かん》じていた。

そこで、いすにぐったりよりかかっているメグのそばへいき、ささやいた。

「そんなに飲《の》むと、明日《あした》、頭痛《ずつう》がひどくなるよ。お母《かあ》さまがまゆをひそめるんじゃないかな。」

「いいの、今夜《こんや》のわたしはメグじゃないの。ただの人形《にんぎょう》なの。明日《あした》になったら、すべてさっぱり捨《す》てて、もとのメグにもどるから。」

その言葉《ことば》どおり、メグは踊《おど》りまくり、おしゃべりをし、愛嬌《あいきょう》をふりまいた。見《み》ていたローリーはまずいなと思《おも》い、なにかいってやりたくなったけれど、その機会《きかい》をメグはあたえなかった。

とうとう「おやすみなさい」の時間《じかん》がきた。

くたくたにつかれ、早《はや》くも頭《あたま》がずきずきしてきたメグはベッドに倒《たお》れこんだ。つぎの日《ひ》はずっとぐあいがわるく、土曜日《どようび》に家《いえ》へ帰《かえ》ったけれど、二週間《しゅうかん》のお楽《たの》しみで身《み》も心《こころ》も使《つか》いはたしたような気《き》がしていた。

日曜日《にちようび》の夜《よる》、ジョーとお母《かあ》さまと居間《いま》でくつろいだメグはしみじみといった。

「ああ、わが家《や》って、ほんとにほっとするわあ。」

「それをきいてうれしいですよ。あれほどきらびやかなところへいってきたあとでは、この家《いえ》がさぞくすんで見《み》えるだろうと思《おも》っていましたよ。」

母親《ははおや》の目《め》は早《はや》くも娘《むすめ》の変化《へんか》をするどく察知《さっち》していた。

メグはみんなにモファット家《け》でのさまざまな経験《けいけん》を明《あか》るく話《はな》してきかせた。

でも、ベスとエイミーが寝《ね》てしまったあと、暖炉《だんろ》の火《ひ》を見《み》つめながら、メグは顔《かお》をくもらせ、なにやら考《かんが》えこんでいる。

時計《とけい》が九時《じ》を告《つ》げたとき、いきなりメグは立《た》ちあがり、ストゥールに腰《こし》かけると、両《りょう》ひじをお母《かあ》さまのひざにのせた。

「お母《かあ》さま、うちあけたいことがあります。」

ジョーが気《き》をきかせて、「わたし、いないほうがいい?」というと、メグは首《くび》をふった。

「いいえ、いてちょうだい。ジョーにはきいてほしいから。」

お母《かあ》さまはすこし不安《ふあん》そうな顔《かお》をしながらも、にっこりした。

「どうぞ、きかせてちょうだいな。」

「みんながわたしをすごくかざりたてた話《はなし》はしたけれど、パウダーをつけたり、髪《かみ》をくるくるにしたりして、まるで人形《にんぎょう》みたいにしたことはいわなかったでしょ。ローリーはわたしの行動《こうどう》はまちがっていると思《おも》ったの、そうはいわなかったけれどね。だれかがわたしをただの人形《にんぎょう》だといったわ。そうなのよ、わたしはたしかにきれいだったかもしれないけど、ばかみたいだったの。」

「へえ、それだけ?」

ジョーはべつにいいじゃないかと思《おも》っているようだ。

「いいえ、わたしはシャンパンを飲《の》んだり、男《おとこ》の人《ひと》たちに愛嬌《あいきょう》をふりまいたり、ほんとうにみっともないまねをしたのよ。」

「メグ、ほんとうはもっとあるのでしょう?」

お母《かあ》さまにいわれて、メグはほおをそめ、いいにくそうにのっそりと話《はな》しだした。

「ええ、そのとおりです。じつはね、みんながローリーとわたしたち姉妹《しまい》のことをあれこれうわさしているのがいやでたまらなかったの。」

そして、メグは人々《ひとびと》がいっていたうわさを話《はな》した。お母《かあ》さまはくちびるをきつく結《むす》んで、心《こころ》ないうわさにメグがつらい思《おも》いをさせられたことを心苦《こころぐる》しく思《おも》っているようだった。

ジョーはかっとなった。

「ばかばかしい。なんで、みんなにはっきりちがうっていってやらなかったのさ。こんど、アニー・モファットに会《あ》ったら、わたしが話《はなし》をつけてやる。お母《かあ》さまがお金持《かねも》ちのローリーに親切《しんせつ》にしているのは、いずれわたしたちのだれかとローリーを結婚《けっこん》させるためのたくらみだなんて、ひどいよ。そんなことをきいたら、ローリーがなんていうか。かんかんになるよ、きっと。」

「いっちゃだめ、いったら、ゆるさないわよ。ねえ、お母《かあ》さま、いってはいけないでしょ?」

「もちろんです。こんなばかばかしいうわさはもうおわすれなさい。あんなところへメグをいかせたお母《かあ》さまにも責任《せきにん》があります。つらい思《おも》いをさせてしまって、ごめんなさいね。」

「だいじょうぶ、わたしはもう気《き》にしません。いやなことはわすれて、楽《たの》しかったことだけおぼえていることにします。ただ、きれいだってほめられたことは単純《たんじゅん》にうれしかったわ。」

「それはごくしぜんな喜《よろこ》びですよ。それでいいのです。けれど、きれいでいるだけでなく、つねに謙虚《けんきょ》でいることで、ほんとうの賞賛《しょうさん》をうけられるのですよ。」

そばでふたりの会話《かいわ》をきいていたジョーは、うしろ手《で》に手《て》を組《く》み、立《た》っていたけれど、なんだか自分《じぶん》だけとりのこされた気持《きも》ちを味《あじ》わっていた。

姉《あね》が美人《びじん》だといわれたり、恋人《こいびと》のうわさをされたりしたことなどで、たった二週間《しゅうかん》のうちに、姉《あね》がきゅうにおとなになってしまったように感《かん》じたのだ。

ああ、わたしはついていけないいな、まだ……。


メグがためらいがちにお母《かあ》さまにたずねた。

「あのう、モファットのおばさまがいっていたような、将来《しょうらい》の計画《けいかく》をお母《かあ》さまはもっていらっしゃるの？」

「ええ、もちろん。どこの母親《ははおや》もおなじですよ。でも、モファットさんのおっしゃることとはすこしちがいますけれどね。メグ、あなたはまだ若《わか》いけれど、わたしのいうことはわかる歳《とし》です。ジョーの番《ばん》はそのつぎですけれど、あなたたちふたりには、もう話《はな》してもいいでしょうね。」

お母《かあ》さまは娘《むすめ》ふたりの手《て》をひとつずつとって、話《はな》しはじめた。

「娘《むすめ》たちには清《きよ》く、美《うつく》しく、しっかり自分《じぶん》のやりたいことをなしとげる人生《じんせい》を送《おく》ってほしいです。よい男《おとこ》のかたに愛《あい》されて、結《むす》ばれることがなによりのしあわせです。お金持《かねも》ちだから、豪華《ごうか》な屋敷《やしき》をもっているから、その人《ひと》と結婚《けっこん》しなさいとすすめたりはしませんよ。お金《かね》はたいせつですけれど、正《ただ》しく使《つか》われてこそのものです。ですから、相手《あいて》がまずしいかたでも、あなたたちがしあわせを感《かん》じられるなら、そのほうがよいと思《おも》っています。」

「ベルがいっていたわ、まずしい娘《むすめ》たちにはチャンスはないって。」

メグはため息《いき》をつく。

「じゃあ、オールドミスのままでいればいい。」

ジョーが元気《げんき》にいった。

「そうですね。不幸《ふこう》な妻《つま》になるくらいなら、幸福《こうふく》なオールドミスになるべきですよ。いい夫《おっと》をもとめて、あくせくするばかりの娘《むすめ》でいる必要《ひつよう》はありません。お母《かあ》さまもお父《とう》さまもいつだって、あなたたちの味方《みかた》ですからね、ふたりが結婚《けっこん》しようと、独身《どくしん》でいようと、わたしたちの誇《ほこ》りとなり、なぐさめになってくだされればうれしいのですよ。」

「はい、そうします！」

ふたりは声《こえ》をそろえていった。

P《ピー》・C《シー》とP《ピー》・O《オー》

春《はる》のおとずれ。日《ひ》が長《なが》くなり、外《そと》での活動時間《かつどうじかん》がたっぷりとれるようになったので、姉妹《しまい》は庭《にわ》仕事《しごと》に精出《せいだ》した。ひとりひとり、自分《じぶん》の小《ちい》さな花壇《かだん》をもっていた。

ハンナはいう。

「どの花壇《かだん》が、どのお嬢《じょう》さまの担当《たんとう》かなんて、見《み》ればすぐにわかるです。」

メグの花壇《かだん》にはバラ、ギンバイカ、オレンジの木《き》がきれいに植《う》わっている。ジョーの花壇《かだん》は、いつもあれこれ実験的《じっけんてき》に植《う》えるので、シーズンごとの変化《へんか》がはげしい。ベスはむかしながらのかわいい花々《はなばな》が好《す》きだった。朝顔《あさがお》やスイカズラなど、目《め》で見《み》て美《うつく》しい花《はな》を育《そだ》てているのはエイミーだ。

庭仕事《にわしごと》、散歩《さんぽ》、川《かわ》での舟遊《ふなあそ》び、花摘《はなつ》みなどは、天気《てんき》のいい日《ひ》のお楽《たの》しみだったけれど、雨《あめ》の日《ひ》は家《いえ》の中《なか》のお楽《たの》しみがあった。そのひとつが、P《ピー》・C《シー》だった。

姉妹《しまい》が愛読《あいどく》している作家《さっか》チャールズ・ディケンズの小説《しょうせつ》『ピクウィック・ペーパーズ』にちな

んでつけられた、姉妹《しまい》の秘密《ひみつ》クラブ「ピクウィック・クラブ」のことだ。

このクラブはもう一年《ねん》もつづいており、毎週《まいしゅう》土曜日《どようび》の午後《ごご》七時から、屋根裏部屋《やねうらべや》で会合《かいごう》をもつ。毎週発行《まいしゅうはっこう》の「ピクウィック新聞《しんぶん》」には、クラブ員全員《いんぜんいん》が、記事《きじ》を書《か》くことになっている。白地《しろじ》に「P《ピー》・C《シー》」と書《か》いたバッジがクラブ員《いん》の印《しるし》だ。

メグが年長《ねんちょう》なので、会長《かいちょう》のサミュエル・ピクウィック氏《し》、ジョーは編集長《へんしゅうちょう》のオーガスタス・スノドグラス氏《し》、ベスはふっくら丸《まる》いトレイシー・タップマン氏《し》、エイミーはいつもできもしないことをやろうとするので、ナサニエル・ウィンクル氏《し》だ。

ある日《ひ》、ピクウィック氏《し》ことメグが、レンズのはいっていないめがねをかけ、テーブルをたたき、咳《せき》ばらいをしてから、おもむろに読《よ》みあげはじめた。

「ピクウィック新聞《しんぶん》、五月二十日《がつはつか》発行《はっこう》、『詩人《しじん》の広場《ひろば》』より……。」

スノドグラス氏《し》ことジョーが、「詩人《しじん》の広場《ひろば》」に「記念日《きねんび》の詩《し》」をよせた。姉妹《しまい》四人《にん》がそれぞれ『ピクウィック・ペーパーズ』の登場人物《とうじょうじんぶつ》になっている、このクラブのますますの発展《はってん》を願《ねが》う詩《し》だ。

そのあとにピクウィック氏《し》ことメグが、「仮面《かめん》の結婚《けっこん》——ヴェニス物語《ものがたり》」という、恋物語《こいものがたり》を書《か》いている。さらに、タップマン氏《し》ことベスが、「カボチャの話《はなし》」という、かわいらしい話《はなし》をのせた。カボチャが種《たね》から育《そだ》って実《み》を結《むす》び、「マーチ家《け》の人《ひと》たちに食《た》べられました。めでたし、めでたし。」というものだ。ウィンクル氏《し》ことエイミーは、句読点《くとうてん》がほとんどない、いかにも読《よ》みにくい文《ぶん》をよせ、それに対《たい》して、編集長《へんしゅうちょう》がコメントを書《か》いた。

「句読点《くとうてん》を研究《けんきゅう》されれば、もうすこしましなものが書《か》けるでしょう。」

そのほか、猫《ねこ》の失踪事件《しっそうじけん》、その猫《ねこ》の死《し》を悼《いた》む詩《し》などがあり、最後《さいご》に、四人《にん》のクラブ員《いん》の一週間《しゅうかん》の行動評価《こうどうひょうか》がのっている。

「メグ――良《りょう》、ジョー――だめ、ベス――優良《ゆうりょう》、エイミー――まあまあ。」

ピクウィック氏《し》ことメグが新聞《しんぶん》を読《よ》みおえると、拍手喝采《はくしゅかっさい》があり、スノドグラス氏《し》ことジョーが、立《た》ちあがって、きどった言《い》いかたで、ある提案《ていあん》をした。

「みなさま、わがクラブにあたらしいメンバーの参加《さんか》を要請《ようせい》いたしまする。資格《しかく》はじゅうぶんあるかたで、参加《さんか》を心《こころ》から望《のぞ》んでおられます。わがクラブへの貢献《こうけん》はうたがう余地《よち》もありませぬ。ローリー・ローレンス氏《し》を名誉《めいよ》クラブ員《いん》としてうけいれていただきたく、提案《ていあん》いたすしだいです。ねえ、仲間《なかま》に入《い》れてやろうよ。」

とたんにジョーの口調《くちょう》が変《か》わったので、みんなわらいだした。だが、みんな、なんとなく不安《ふあん》顔《がお》をしている。

そこで、メグがいった。

「それでは、投票《とうひょう》できめましょう。よろしいですか？」

ジョーは大《おお》きな声《こえ》で「賛成《さんせい》。」といったけれど、おどろいたことに、ベスがおずおずとこういったのだ。

「『反対《はんたい》』の人《ひと》がいたら、そういってください。」

メグとエイミーは反対《はんたい》だった。エイミーはその理由《りゆう》をのべた。

「男性《だんせい》の参加《さんか》を望《のぞ》みません。これは女性《じょせい》のクラブですから。」

「ローレンスさんはきっとわれわれの新聞《しんぶん》をばかにしてわらうでしょう。」

と、メグ。

ジョーは立《た》ちあがり、必死《ひっし》で弁護《べんご》した。

「ローリーはそんな人《ひと》じゃありません。書《か》くのが好《す》きですから、記事《きじ》を投稿《とうこう》してくれますし、わたしたちの書《か》いたものがめめしいものになるのを防《ふせ》いでくれるでしょう。彼《かれ》はわたしたちにいろいろよくしてくれていますが、わたしたちはお返《かえ》しができていません。参加《さんか》したいというのですから、仲間《なかま》に入《い》れてあげたいです。」

熱意《ねつい》あふれる言葉《ことば》に、ベスの心《こころ》は動《うご》いた。

「そうですね、そうすべきだと思《おも》います。彼《かれ》の参加《さんか》に賛成《さんせい》します。おじいさまも歓迎《かんげい》します。」

きっぱりベスがいったことで、みんなの気持《きも》ちはかたまった。ジョーはふたたび立《た》ちあがり、「では、再度《さいど》投票《とうひょう》をいたしましょう。ローリーをむかえ入《い》れることに賛成《さんせい》ですね！」

「賛成《さんせい》、賛成《さんせい》、賛成《さんせい》！」

三人《にん》の声《こえ》がひびいた。

すると、ジョーがいきなりそばの戸棚《とだな》のドアをあけた。

はぎれの布入《ぬのい》れの袋《ふくろ》の上《うえ》にすわっていたのはローリーだった。わらいをこらえて、顔《かお》を赤《あか》くし、目《め》がきらきら光《ひか》っている。

「ずるい！　うらぎり者《もの》。こんなところにいたのね。ジョーったらひどい！」

三人《にん》はいっせいに非難《ひなん》した。

いかめしい顔《かお》をつくりながらも、思《おも》わずわらいそうになりながら、メグがいった。

「ふたりともうまくわれわれをだましてくれましたねえ。」

あたらしいクラブ員《いん》がさっそく口《くち》をひらいた。

「みなさま、わたしはサム・ウェラーと申《もう》します。クラブの下僕《げぼく》としてつくし、忠誠《ちゅうせい》を誓《ちか》います。」

「グッド、グッド！」

ジョーがさけぶ。

ローリーは手《て》をふりながらつづけた。

「今夜《こんや》の作戦《さくせん》は、わたしの忠実《ちゅうじつ》な友《とも》でありクラブ員《いん》のジョーのしくんだものではありません。すべてわたしが計画《けいかく》し、ジョーにたのみこんで実行《じっこう》したものであります。」

「もういいの、なんでも自分《じぶん》のせいにしないで。戸棚《とだな》にかくれてといったのは、わたしなんだからさ。」

「いや、わるいのはこのわたしであります。しかし、誓《ちか》っていいますが、二度《にど》とこんなまねはいたしません。これからは、クラブのために誠心誠意《せいしんせいい》つくす所存《しょぞん》であります。」

「ヒヤヒヤ！」

ジョーが、あんか（湯《ゆ》たんぽ）のふたをシンバルのように鳴《な》らして、はやしたてる。

「もっと、もっと。」

と、エイミーとベスが催促《さいそく》した。そこでローリーはつづけた。

「クラブ員《いん》としてみとめていただいたお礼《れい》と、おとなり同士《どうし》の関係《かんけい》をさらに深《ふか》めるために、わたしがおこなったことがあります。庭《にわ》の生《い》け垣《がき》に、P《ピー》・O《オー》（ポスト・オフィス）を設置《せっち》したことであります。もとはツバメの小屋《こや》でありましたが、改良《かいりょう》しまして、あらゆる郵便物《ゆうびんぶつ》を入《い》れることができるようにしました。手紙《てがみ》、原稿《げんこう》、本《ほん》、荷物《にもつ》など。両家《りょうけ》がそれぞれかぎをもちますので、便利《べんり》です。どうかこのかぎを、みなさんに贈呈《ぞうてい》させていただきたく、おうけとりくださいますよう、お願《ねが》いいたします。」

ローリーがテーブルにかぎをおくや、大拍手《だいはくしゅ》が起《お》こった。さっきのあんかのふたがはげしくふられて、鳴《な》りひびき、なかなかおさまらなかった。

もはやだれもあたらしいクラブ員《いん》、サム・ウェラー氏《し》の参加《さんか》に異《い》を唱《とな》えなかった。こうしてローリーはクラブにあたらしい活気《かっき》をもたらし、新聞《しんぶん》の論調《ろんちょう》にもあたらしい息吹《いぶき》をあたえたのだった。

た。

P《ピー》・O《オー》、つまり郵便局《ゆうびんきょく》は大《おお》はやりとなった。ありとあらゆる、変《か》わったものがやりとりされ悲劇《ひげき》の原稿《げんこう》、ネクタイ、詩《し》、ピクルス、種《たね》、長《なが》い手紙《てがみ》、楽譜《がくふ》、ジンジャーブレッド、ゴムのオーバーシューズ、招待状《しょうたいじょう》、おしかりの言葉《ことば》、子犬《こいぬ》までも。ローレンス老人《ろうじん》もたいそうおもしろがって、さまざまな荷物《にもつ》を送《おく》ってきたりした。ローレンス家《け》の庭師《にわし》は、マーチ家《け》のハンナにほれているので、ジョーに託《たく》してラブレターを送《おく》り、それがばれたとき、みんなはどんなにわらったことか。

しかし、それから何年《なんねん》ものあいだに、どれほどたくさんのラブレターがこの郵便局《ゆうびんきょく》を行《い》き来《き》することになるか、それはだれも想像《そうぞう》もしていなかったのである。

一週間《しゅうかん》の実験《じっけん》

「六月《がつ》になったわ！　明日《あした》、キングさんたちは休暇《きゅうか》で海辺《うみべ》へいってしまうの。だからわたしは解放《かいほう》される、三か月《げつ》も！　ああ、うれしい。」

あるあたたかい日《ひ》、家《いえ》に帰《かえ》るやいなやメグが晴《は》れやかな声《こえ》をあげた。

いっぽう、ジョーはいつになくぐったりしたようすで、ソファに横《よこ》になり、ベスがほこりっぽいジョーの靴《くつ》をぬがせてやっていた。

エイミーはというと、家族《かぞく》のためにさわやかなレモネードをこしらえている。

ジョーがいった。

「きょう、マーチおばさまが別荘《べっそう》へ出《で》かけていったんだ。ああ、ほっとした。いっしょにいこうといわれたらどうしようと思《おも》ってたんだけどさ、あのプラムフィールドってところは、広《ひろ》いけど、やたら陰気《いんき》なところだもの。やっとおばさまを馬車《ばしゃ》に乗《の》せたと思《おも》ったら、おばさまが窓《まど》から顔《かお》を出《だ》して、『ジョーや、ジョゼフィンや？　いっしょに……。』なんていいだしたもんだから、わたしはだーっとかけだして、逃《に》げてきたってわけ。ああ、くたびれた。」

「たいへんだったわねえ。ジョーお姉《ねえ》さまったら、クマに追《お》いかけられたみたいな顔《かお》で帰《かえ》ってきたのよ。」

ベスはジョーのいたむ足《あし》をやさしくさすっている。

「おばさまって、ドラキュみたいな人《ひと》ねえ、お姉《ねえ》さまは血《ち》まですわれそう。」

レモネードの味見《あじみ》をしながら、エイミーがいう。

「おばかさん、それをいうなら、ドラキュラだよ。でも、きょうはぐったりしてるから、言葉《ことば》のまちがいなんて、どうでもいいけど。」

「お姉《ねえ》さまたち、休暇《きゅうか》をどうすごしたいの？」

ばつがわるくなったエイミーは、さっと話題《わだい》を変《か》えた。すぐさまメグが答《こた》えた。

「おそくまで寝《ね》ていて、なんにもしないの。毎日《まいにち》、朝早《あさはや》くから起《お》こされて、働《はたら》いていたから、たまには思《おも》いきりゆっくりしたいわあ。」

「わたしはそんなのごめんだな。だらだらするのは性《しょう》にあわない。本《ほん》をいっぱい積《つ》みあげて、日《ひ》のあるかぎり、読《よ》んで読《よ》んで読《よ》みまくるつもり。」

ジョーははりきっている。

「ねえ、ベス、あたくしたちはすこしお勉強《べんきょう》を休《やす》んで、ずっと遊《あそ》ぶことにしない？」と、エイミー。

「いいわ、お母《かあ》さまがいいとおっしゃれば。あたしはあたらしい歌《うた》をいくつか練習《れんしゅう》したいし、お人形《にんぎょう》さんたちに夏服《なつふく》をつくってやりたいし。」

「お母《かあ》さま、そうしてもいいですか？」

いつものように「お母《かあ》さまのコーナー」にすわって、縫《ぬ》いものをしていたお母《かあ》さまに、メグはきいた。

「ええ、それでは一週間《しゅうかん》の実験《じっけん》をやってみましょう。でもね、土曜日《どようび》の夜《よる》までにはきっとわかるでしょう、遊《あそ》んでばかりで働《はたら》かないなんて、働《はたら》きづめで遊《あそ》ばないのとおなじだってことが。」

「まさか、きっと楽《たの》しくてたまらないと思《おも》うわ。」メグが反論《はんろん》する。

ジョーはレモネードのコップを高々《たかだか》とあげた。

「遊《あそ》びだけ、家事《かじ》はなし、に乾杯《かんぱい》！」

みんなは元気《げんき》よくレモネードを飲《の》み、その日《ひ》はそのままゆっくりくつろいですごし、一週間《しゅうかん》の実験《じっけん》をスタートさせた。

つぎの朝《あさ》、メグは十時《じ》まで寝《ね》ていた。ひとりで食《た》べた朝食《ちょうしょく》はいかにも味気《あじけ》ないものとなった。食堂《しょくどう》が雑然《ざつぜん》として、ものさびしい感《かん》じだったのは、ジョーが花《か》びんに花《はな》を生《い》けるのをわすれ、ベスがほこりはたきをせず、エイミーの本《ほん》があちらこちらにちらばっていたからだった。「お母《かあ》さまのコーナー」以外《いがい》は、ごちゃごちゃしていた。それでもメグはそこでゆったり読書《どくしょ》をしたのだけれど、あくびを連発《れんぱつ》した。

ジョーはローリーと川《かわ》で遊《あそ》び、午後《ごご》は、リンゴの木《き》の上《うえ》で人気小説《にんきしょうせつ》『広《ひろ》い広《ひろ》い世界《せかい》』を読《よ》んでおいおい泣《な》いた。

ベスは大《おお》きな戸棚《とだな》の中身《なかみ》をぜんぶ出《だ》してせいとんしようとしたのだけれど、半分《はんぶん》もかたづかないうちに、くたびれてしまった。

エイミーはお気《き》に入《い》りの木《こ》かげにきどってすわり、きれいな白《しろ》い服《ふく》を着《き》て、絵《え》を描《か》きはじめた。じつは、とおりがかりの人《ひと》がよってきて「お上手《じょうず》ですね。」といってくれるのを期待《きたい》していたのだ。しかし、だれも来《こ》ず、足長《あしなが》グモがはいあがってきただけ、おまけに家《いえ》に帰《かえ》るときに、夕立《ゆうだち》にあって、びしょぬれになってしまった。

お茶《ちゃ》の時間《じかん》になって、みんなが集《あつ》まったとき、四人《にん》は、楽《たの》しかったけれど一日《いちにち》がやたらに長《なが》かったといいあった。

じつはその日《ひ》の午後《ごご》、メグは買《か》いものに出《で》かけ、空色《そらいろ》のモスリンの布地《ぬのじ》を買《か》ってきたはいいけれど、洗濯《せんたく》のきかない布地《ぬのじ》だとわかり、きげんがわるくなった。

ジョーは川《かわ》で舟遊《ふなあそ》びをしたせいで、鼻《はな》の皮《かわ》が日焼《ひや》けしてむけてしまい、本《ほん》の読《よ》みすぎで頭痛《ずつう》がした。

戸棚《とだな》の整理《せいり》ができず、ベスはいらいらし、あたらしい歌《うた》をいっぺんに三つも四つもおぼえようとしてできず、なおさらいらいらした。

夕立《ゆうだち》で服《ふく》をぬらしてしまったエイミーはつぎの日《ひ》にひらかれるパーティーに着《き》ていくものがなくなって、こまりはてていた。

とはいえ、みんなはお母《かあ》さまには、実験第一日《じっけんだいいちにち》めはうまくいったと報告《ほうこく》したのだった。

お母《かあ》さまはハンナに手伝《てつだ》ってもらって、ほったらかしの家事《かじ》をかたづけた。

日《ひ》がたつにつれて、みんなは一日《いちにち》がいっそう長《なが》く感《かん》じられるようになってきた。お天気《てんき》は変《か》わりやすく、みんなのきげんも変《か》わりやすかった。落《お》ちつかない気分《きぶん》がまんえんした。

メグは縫《ぬ》いものをもちだしたけれど、時間《じかん》をもてあましていたので、おしゃれなモファット風《ふう》のドレスにしてみようと布地《ぬのじ》をあちこち切《き》ったりしていじりまわしたあげく、だいなしにしてしまった。

本《ほん》を読《よ》むのにあきてしまったジョーはいらいらして、気《き》のいいローリーとけんかをし、マーチおばさまといっしょにいったほうがよかったかもしれないなどと、やけくそになっていた。

ベスだけはどうにかやっていたものの、すぐに「遊《あそ》びだけ、家事《かじ》はなし」のルールをわすれ、ついつい家事《かじ》をやりそうになったりして、いつもの調子《ちょうし》が出《で》ず、なんとなくうろうろしていた。

いちばんつまらない目《め》にあっているのがエイミーだった。人形遊《にんぎょうあそ》びもおとぎ話《ばなし》も子《こ》どもっぽくていやだし、ずっと絵《え》を描《か》いているわけにもいかないし、お茶会《ちゃかい》もピクニックもすてきなものじゃないといやだし、などと文句《もんく》たらたら。

「りっぱなお家《うち》があって、楽《たの》しい仲間《なかま》がたくさんいたり、どこか遠《とお》くへ旅行《りょこう》にでもいければ、いいのになあ。自分《じぶん》のことしか考《かんが》えないお姉《ねえ》さんたちや、おとなりのお兄《にい》さんだけじゃ、つまんない。」

しかし、だれも実験《じっけん》にあきたとはいわなかった。

だが、金曜日《きんようび》の夜《よる》になると、全員《ぜんいん》がそろそろ一週間《しゅうかん》がおわると思《おも》ってほっとしていた。そこで、ユーモア心《ごころ》のあるお母《かあ》さまはこの実験《じっけん》をもっと印象《いんしょう》づけるために、一計《いっけい》を案《あん》じた。ハンナに一日《にち》ひまを出《だ》したのである。

土曜日《どようび》の朝《あさ》、目《め》をさました姉妹《しまい》は、びっくりした。台所《だいどころ》の火《ひ》は消《き》え、食堂《しょくどう》には朝食《ちょうしょく》が用意《ようい》してなく、お母《かあ》さまの姿《すがた》もない。

「たいへん！　どうしちゃったんだろう？」

ジョーはおたおたしている。

あわててメグは二階《かい》へかけあがり、お母《かあ》さまの部屋《へや》へいったけれど、すぐにもどってきた。

「ご病気《びょうき》でなくてよかった。でも、すごくつかれているから、一日休《にちやす》みたいんですって。なんだかいつものお母《かあ》さまとはちがって、ようすがおかしいの。とにかくきょうは、わたしたちで家事《かじ》をしましょう。」

「いいよ、なにかしたくなってきていたからさ。これもあたらしい遊《あそ》びだと思《おも》えばいい。」

ジョーははりきった。

家事《かじ》をするとなったら、みんなはきゅうに元気《げんき》づき、いそいそと働《はたら》きはじめた。だが、ハンナがいつもいっている「家事《かじ》はばかにできませんです。」という言葉《ことば》がじわじわと身《み》にしみてきた。

「わたし、お母《かあ》さまに朝食《ちょうしょく》をもっていくわ。」

メグはそういって、いそいそとしたくをはじめた。しかし、お茶《ちゃ》は熱《あつ》すぎてにがく、オムレツはこげこげ、ビスケットはふくらし粉の入《い》れすぎでぼつぼつというありさま。

それでもお母《かあ》さまはありがたくそれをうけとり、お盆《ぼん》をもってきたジョーが部屋《へや》を出《で》ていくや、おなかの底《そこ》からわらいころげた。

「たいへんな目《め》にあっているらしいわ、かわいそうに。でも、いい薬《くすり》になるでしょうよ。」

そういいながらお母《かあ》さまはまえもって用意《ようい》しておいた食《た》べものをとりだし、その朝食《ちょうしょく》をこっそりわからないように始末《しまつ》したのだった。

朝食《ちょうしょく》の失敗《しっぱい》に、ジョーはくやしがったけれど、まだへこたれてはいなかった。

「昼《ひる》はわたしがちゃんとつくるから、心配《しんぱい》しないで。」

ジョーはうでまくりして、なんでもできる気《き》になり、つい調子《ちょうし》にのって、ローリーを昼食《ちゅうしょく》に招待《しょうたい》した。メグははらはらした。

「ちょっと、お客《きゃく》さまをよぶまえに、食材《しょくざい》を考《かんが》えるべきじゃない？」

「だいじょうぶ、コンビーフとジャガイモはある。アスパラガスとロブスターを買《か》ってくる。レタスも買《か》って、サラダをつくればいい。つくりかたは料理《りょうり》の本《ほん》を見《み》ればいいんだから平気《へいき》。デザートはブラマンジェとイチゴでいいね。それにコーヒー。」

「ジョー、そんなにいっぱいつくれるはずないわ。ジンジャーブレッドと糖蜜《とうみつ》キャンディしかつくったことないくせに。わたしは知《し》らないわよ。ローリーをよんだのはあなただから、ちゃんとおもてなししなさいよ。それから、料理《りょうり》の分量《ぶんりょう》は、お母《かあ》さまにきいたほうがいいわ。」

「ふん、わかってるったら。わたしもそこまでばかじゃない。」

ジョーはぷんぷんした。

ところがお母《かあ》さまの反応《はんのう》はそっけないものだった。

「なんでも好《す》きなものを用意《ようい》なさいな。お母《かあ》さまはお昼《ひる》は出《で》かけますから、家《いえ》の中《なか》のことはあなたたちにまかせますよ。」

いつもいそがしそうに動《うご》きまわっているお母《かあ》さまが、朝《あさ》っぱらからゆりいすにすわり、のんびり読書《どくしょ》している姿《すがた》は、あまりに見《み》なれないものだったので、ジョーはなんだか地震《じしん》や噴火《ふんか》が起《お》こるのではないかという気《き》さえした。

「あああ、なにもかもうまくいかないや。あれっ、ベスが泣《な》いてる。エイミーがいじわるでもしたのかな？」

居間《いま》へいくと、ベスがさめざめと泣《な》いているではないか。見《み》ると、かごにはいったカナリヤのピップが、がりがりの細《ほそ》い脚《あし》をのばしたまま、こわばって死《し》んでいたのだ。

「あたしのせいなの。世話《せわ》をわすれてたの。えさも水《みず》もからから。ああ、ピップ、ごめんなさい。あたしがわるかったわ。ごめんね、ごめんね。」

ジョーはすぐさま、ピップを納《おさ》めるお棺《かん》として、小《ちい》さなドミノゲームの箱《はこ》を提供《ていきょう》した。

「オーブンに入《い》れてみたら？　あたたまって、生《い》き返《かえ》るかもしれない。」

エイミーがいいだした。

「この子《こ》は飢《う》えて死《し》んだのよ。焼《や》き鳥《とり》にするなんてひどい。着《き》せるものをつくってやって、お墓《はか》にうめる。もう二度《にど》と小鳥《ことり》は飼《か》わない。飼《か》う資格《しかく》なんかないんだから。」

ピップを両手《りょうて》につつむようにして、ベスは涙《なみだ》をぽろぽろこぼした。

「お葬式《そうしき》は午後《ごご》やりましょう。ピップにはかわいそうなことをしたね。今週《こんしゅう》はなにもかもうまくいかないし、ピップはその被害者《ひがいしゃ》だと思《おも》う。お昼《ひる》がおわったら、ていねいに葬《ほうむ》ってやりましょう。」

すべてを自分《じぶん》がとりしきっているようにジョーは思《おも》っていた。

そして、すぐさま台所《だいどころ》へいったジョーは、大《おお》きなエプロンをし、ちらかったものをかたづけはじめた。

ところが、山《やま》と積《つ》まれたお皿《さら》を洗《あら》う段《だん》になって、火《ひ》が消《き》えているのに気《き》づいた。ストーブの扉《とびら》をバタンとあけ、ジョーは、まだのこっている燃《も》えさしをあわててかきたてた。

そして、お湯《ゆ》がわくまでに、ジョーは市場《いちば》へ買《か》いものにいくことにした。交渉《こうしょう》がうまくいったと内心《ないしん》よろこびながら買《か》ってきたのは、おとなになっていないロブスター、しなびたアスパラガス、すっぱいイチゴ。

いっぽう、ハンナがこねておいてくれたパン種《だね》を、メグはふくらまそうと暖炉《だんろ》の上《うえ》においたまままわすれてしまった。ジョーがはっと気《き》づいたとき、パン種《だね》はお皿《さら》からぶくぶくとはみだして、見《み》るも無残《むざん》なありさまだったけれど、とにかくすぐさまオーブンにつっこまれた。

灰色《はいいろ》の帽子《ぼうし》をかぶったお母《かあ》さまが出《で》かけてしまうと、ふたりはなんともいえず、たよりない思《おも》いで、途方《とほう》にくれた。

そこへいきなり、お客《きゃく》さまがあらわれた。やせた、黄色《きいろ》い顔《かお》をしたオールドミスのクロッカーさんがお昼《ひる》をごちそうになりにきたのだ。この人《ひと》は、なんにでも首《くび》をつっこみたがり、見《み》たことはすぐにうわさにする名人《めいじん》だった。まずい人《ひと》がきたものである。

からきし料理《りょうり》がだめなのに、なんでもひとりでやろうとして、ジョーはアスパラガスをなんと一時間《じかん》もゆで、頭《あたま》はぐたぐた、茎《くき》はすじすじになってしまった。

パンは黒《くろ》こげ。サラダのドレッシングの分量《ぶんりょう》がわからず、とにかく思《おも》いつくものをまぜたところ、とうてい食《た》べられない味《あじ》になった。

ロブスターをどう調理《ちょうり》していいかなやんだ末《すえ》、殻《から》がとれるまでがんがんたたき、やっととりだした中身《なかみ》はあまりにも小《ちい》さく、レタスの上《うえ》にのせると姿《すがた》が見《み》えなくなった。

ジャガイモはあわててゆでたので生煮《なまに》え、ブラマンジェはぷつぷつかたまりがあり、イチゴは見《み》かけだおしで熟《じゅく》しておらず、すっぱかった。

「まあいいや、おなかがすいたら、コンビーフとパンとバターがあるし。だけど、午前中《ごぜんちゅう》いっぱいかかって、これじゃ悲《かな》しいな。」

いつもより三十分《ぷん》おそく、ジョーは昼食《ちゅうしょく》のベルを鳴《な》らした。だが、お客《きゃく》さまが料理《りょうり》を食《た》べてはのこし、食《た》べてはのこすのを見《み》ているうちに、できるものならテーブルの下《した》にかくれたい気持《きも》ちでいっぱいになった。

でも、期待《きたい》をかけていたのはイチゴだ。たっぷり砂糖《さとう》をふりかけておいたし、こってりしたクリームをそえている。

きれいなガラス皿《ざら》がみんなにまわされると、白《しろ》いクリームの中《なか》にバラ色《いろ》の島々《しまじま》がうかんでいるようなデザートを見《み》て、みんなは目《め》をかがやかせた。

最初《さいしょ》に食《た》べたのはクロッカーさんだった。だが、すぐにうっと顔《かお》をしかめ、あわてて水《みず》を飲《の》んだ。あせってローリーを見《み》ると、必死《ひっし》で食《た》べているけれど、くちびるがいささかゆがんでいるで

はないか。

デザート大好《だいす》きのエイミーはひと口《くち》食《た》べたとたん、ナプキンで顔《かお》をおおい、テーブルをたってしまった。

「えっ、どうしたの？」

ジョーはうろたえた。

「お砂糖《さとう》のかわりに、お塩《しお》が入《はい》っているし、クリームは、すっぱくなっていたのよ。」

げっそりした顔《かお》をメグがむけた。

もうだめだ。ジョーはぐったりいすにくずおれてしまった。

台所《だいどころ》にあったふたつの箱《はこ》のどちらが塩《しお》か砂糖《さとう》かたしかめもせずに、イチゴにふりかけたこと と、クリームを冷蔵庫《れいぞうこ》に入《い》れるのをわすれていたのを思《おも》いだした。まっかになったジョーは、わっと泣《な》きだしそうになった。

そのとき、ローリーと目《め》があった。とたんに、この事件《じけん》のこっけいさに気《き》づいたジョーは、あまりのおかしさに、涙《なみだ》がこぼれるほどげらげらわらいだしてしまった。クロッカーさんも思《おも》わずわらいだし、この不幸《ふこう》な昼食会《ちゅうしょくかい》はにぎやかにおわったのだった。

「わたしもう、かたづける力《ちから》がのこってないから、まず、ピップのお葬式《そうしき》をすませようよ。」

と、ジョーが提案《ていあん》して、テーブルをたった。

クロッカーさんもそそくさと帰《かえ》っていった。このゆかいなてんまつを早《はや》く人《ひと》にしゃべりたくてうずうずしていたからだ。

木《こ》かげのシダの茂《しげ》みにローリーがあなを掘《ほ》り、小《ちい》さなピップのからだはみんなの涙《なみだ》とともに葬《ほうむ》られ、コケでおおわれた。

小《ちい》さな墓石《ぼせき》が建《た》てられ、スミレとハコベの花束《はなたば》がかけられた。墓石《ぼせき》には、ジョーが書《か》いた碑銘《ひめい》が書《か》かれていた。

ここにピップ・マーチねむる
六月七日《がつなのか》にこの世《よ》を去《さ》る
みなに愛《あい》され　おしまれて
わすれられることなきピップよ

お葬式《そうしき》がおわると、ベスは部屋《へや》へひきあげたけれど、ベッドがみだれたままだったので、なおさら悲《かな》しみがこみあげてきた。

メグはジョーを手伝《てつだ》って昼食《ちゅうしょく》のあとかたづけをしたけれど、午後《ごご》の半分《はんぶん》はそれでおわってしまった。ふたりはもう夕食《ゆうしょく》をつくる気力《きりょく》がわかず、お茶《ちゃ》とトーストでがまんすることにした。ローリーが、すっぱいクリームを食《た》べてきげんがわるくなったエイミーを馬車《ばしゃ》のドライブにさそいだしてくれた。

家《いえ》に帰《かえ》ってきたお母《かあ》さまは、三人《にん》の娘《むすめ》たちがまっ昼間《ぴるま》にせっせと働《はたら》いているのを見《み》て、実験《じっけん》が成功《せいこう》したことをさとったのだった。

たそがれがおとずれた。六月《がつ》のバラが美《うつく》しくさくポーチにすわって、姉妹《しまい》は大《おお》きなため息《いき》をついた。

「ああ、ひどい一日《いちにち》だった！」

ジョーがうめく。

「いつもより速《はや》く時間《じかん》がたった気《き》がするけど、不《ふ》ゆかいだったわね。」

と、メグ。

「ちっとも家《うち》らしくない感《かん》じ。」

不平《ふへい》をもらすエイミー。

「お母《かあ》さまがお留守《るす》で、ピップもいなくなったんだから、あたりまえよ。」

主《あるじ》のいない鳥《とり》かごを見上《みあ》げて、ベスが悲《かな》しげにいった。

そこへお母《かあ》さまがやってきた。みんなのそばにすわったけれど、休日《きゅうじつ》をとったにしては楽《たの》しそうに見《み》えない。

「四人《にん》とも、実験《じっけん》はうまくいきましたか？　さらに一週間《しゅうかん》、やってみます？」

「まっさか！」

ジョーがさけぶ。

「もうこりごり！」

あとの三人《にん》がいっせいにいった。

「では、仕事《しごと》もすこしやったほうがよいと思《おも》ったわけですね？」

「ぶらぶらして、ただ遊《あそ》んでいるだけじゃ、割《わり》にあわないもの。早《はや》く仕事《しごと》がしたくなっちゃった。」

ジョーの言葉《ことば》に、お母《かあ》さまはこういった。

「ごくかんたんな料理《りょうり》はならっておいたほうがよさそうですね。だいじな家事《かじ》のひとつですから。」

そして、心《こころ》の中《なか》でくすりとわらった。じつは、家《いえ》に帰《かえ》るとちゅうで、クロッカーさんに会《あ》い、あのどたばた昼食事件《ちゅうしょくじけん》の話《はなし》を一部始終《いちぶしじゅう》きいていたからだった。

この一日《いちにち》、ずっと疑問《ぎもん》をいだいていたメグが、思《おも》いきってたずねた。

「お母《かあ》さまはわざと家《うち》を留守《るす》にして、わたしたちがどうするかためそうとしたんじゃない？」

「そうですよ。それぞれが分担《ぶんたん》した家事《かじ》や仕事《しごと》をすることで、みんなの楽《たの》しい暮《く》らしが成《な》り立《た》つことを知《し》ってもらいたかったのです。ハンナとお母《かあ》さまが家事《かじ》をやっていたあいだは、うまくいっていましたが、あなたたちはそれをあたりまえに思《おも》っていましたね。だから、すこしお灸《きゅう》をすえてあげようと思《おも》ったのです。

自分《じぶん》のことしか考《かんが》えないでいたら、どうなるか、わかってもらいたかったわけ。ひとりひとりが毎日《まいにち》の家事《かじ》や仕事《しごと》をやってこそ、遊《あそ》びの時間《じかん》がいっそう楽《たの》しく、ありがたく思《おも》えるようになるのですから。おわかりでしょう？」

「はあい、よくわかりました。」

四人《にん》はすなおに答《こた》えた。

ローレンス・キャンプ

家族《かぞく》の中《なか》で、だいたい家《いえ》にいることが多《おお》いベスは、P《ピー》・C《シー》、つまり庭《にわ》の郵便局《ゆうびんきょく》を毎日《まいにち》チェックして、とどいた手紙《てがみ》などをみんなにくばっていた。七月《がつ》のある日《ひ》のこと、ベスは両手《りょうて》にもちきれないほどの手紙《てがみ》や荷物《にもつ》をもって、家族《かぞく》にくばってまわった。

「お母《かあ》さま、ローリーからいつもの花束《はなたば》よ。あの人《ひと》、かならずとどけてくれるのね。」

そういいながら、お母《かあ》さまのコーナーの花《か》びんにフレッシュな花《はな》を生《い》けた。

「それから、メグには手紙《てがみ》一通《つう》と手袋《てぶくろ》が片方《かたほう》だけ。」

メグはお母《かあ》さまの横《よこ》にすわって、せっせとシャツのそで口《ぐち》を縫《ぬ》っている。

「あら、へんね。なくしたのは両方《りょうほう》なのに、片方《かたほう》だけもどってくるなんて。」

「ベス、もう片方《かたほう》を庭《にわ》に落《お》としたんじゃない？」

「ううん、ポストには片方《かたほう》しかなかった。」

「こまったわねえ、手袋《てぶくろ》が片方《かたほう》だけじゃ、使《つか》い道《みち》がないじゃない。あ、この手紙《てがみ》は、ドイツ語《ご》の歌の翻訳なの。ブルックさんが訳してくださったみたい。ローリーの字《じ》じゃないから。」

その言葉《ことば》に、お母《かあ》さまはちらっとメグを見《み》た。

ギンガムの服《ふく》を着《き》たメグは、ひたいに巻《ま》き毛《げ》をゆらせ、とても娘《むすめ》らしくきれいだ。お母《かあ》さまが胸《むね》に思《おも》ったことなどまったく無頓着《むとんちゃく》に、縫《ぬ》いものに手《て》を動《うご》かし、鼻歌《はなうた》をうたっている。お母《かあ》さまは、まだ早《はや》いわね、というようににっこりした。

「ジョーお姉《ねえ》さまには手紙《てがみ》が二通《つう》と、おかしな古《ふる》ぼけた帽子《ぼうし》。ポストにかぶさるくらい大《おお》きくて、外《そと》に突《つ》きだしていたの。」

わらいながらベスはそれを、書《か》きものをしているジョーにわたした。ジョーはいった。

「毎日《まいにち》、日焼《ひや》けでたいへんだから、大《おお》きい帽子《ぼうし》がはやればいいのに、といったの。そしたらローリーが、はやりなんか気《き》にしないで、大《おお》きい帽子《ぼうし》をかぶればらくになるよ、といってた。だからこれを送《おく》ってきたんだね。かっこわるいけど、これをかぶろうっと。」

ジョーにあてた二通《つう》のうち、一通《つう》はお母《かあ》さまからだった。

「ジョーへ、あなたが毎日《まいにち》、自分《じぶん》のかんしゃくをなだめよう、なだめようと努力《どりょく》しているのをちゃんと見《み》ていますよ。だれも見《み》ていないと思《おも》っているでしょうけれど、お母《かあ》さまは気《き》づいていますからね。ですから、めげずにおつづけなさい。かならず報《むく》われるときがきます。母《はは》より。」

たちまちジョーの瞳《ひとみ》は涙《なみだ》でうるんできた。

「ああ、これさえあれば、わたしはがんばれる。お母《かあ》さま、ありがとう。」

そして、二通《つう》めの手紙《てがみ》をひらいたジョーの目《め》に飛《と》びこんできたのは、ローリーの大《おお》きな、元気《げんき》な字《じ》だった。

「ジョーへ、いい知《し》らせです。明日《あした》、イギリスの友《とも》だちが何人《なんにん》かやってきます。女性《じょせい》も男性《だんせい》もいます。天気《てんき》だったら、ロングメドウにテントを張《は》って、ピクニック・ランチを食《た》べたり、クロッケー（いまのゲートボールのようなゲーム）をやったりしておおいに楽《たの》しみたいと思《おも》います。すごくいい人《ひと》たちだよ。ブルック先生《せんせい》も来《く》るから、男《おとこ》どもを監督《かんとく》してくれるだろうし、女《おんな》の子《こ》たちの監督《かんとく》は、ケイト・ボーンがやってくれるでしょう。だから、きみたち四人《にん》にも参加《さんか》してほしい。ベスもかならず連《つ》れてくるんだよ。だれもいじめないからだいじょうぶ。用意《ようい》はこちらでぜんぶするから、心配《しんぱい》ないよ。ただ、来《き》てくれればいい。じゃあ、いそいでるから、このへんで。ローリー。」

「わあい、すてきだね。」

ジョーはさっそくメグとお母《かあ》さまに知《し》らせた。

「お母《かあ》さま、いってもいいでしょ？　わたしはボートをこげるし、メグはランチのしたくができるし、ベスとエイミーだって役《やく》に立《た》つもの。」

「ボーン家《け》の人《ひと》たちが、あんまりとりすました人《ひと》たちでないといいんだけど。ジョー、なにか知《し》ってる？」

と、メグがたずねた。

「四人《にん》きょうだいだよ。ケイトが長女《ちょうじょ》で、メグより年上《としうえ》。フレッドとフランクはふたごで、歳《とし》はわたしくらい。それに、九歳《さい》か十歳《さい》くらいのグレイスって子《こ》がいるの。ローリーはね、外国《がいこく》で知《し》りあったんだって。フレッドとフランクのことは気《き》に入《い》っているみたいだよ。」

メグはうきうきした。

「フランス模様《もよう》の服《ふく》がきれいになっていてよかったわ。ちょうどぴったりだもの。でも、ジョー、あなたにまともな服《ふく》はあるの？」

「まっかとグレーのボート着《ぎ》ならあるから、それにする。ベス、あんたも来《く》るでしょ？」

「男《おとこ》の子《こ》たちが話《はな》しかけないようにしてくれたら……。」

「まかしといて。」

「いけば、ローリーがよろこんでくれるでしょうし、ブルックさんは親切《しんせつ》だから、こわくないし。ジョーがこまらないようにしてくれれば、あたし、いく。」

「よかった。あんたはそのはずかしがり病《びょう》をなおすようにしなくちゃね。」

すると、エイミーがうれしそうにP《ピー》・O《オー》にとどいたものを見《み》せていった。

「チョコレート・キャンディの箱《はこ》と、模写《もしゃ》する絵《え》がとどいたの。」

「あたしも、ローレンスおじいさまからお手紙《てがみ》をいただいたの。今夜《こんや》、ピアノをきかせてほしいんですって。」

と、ベス。いまや、ローレンスおじいさまとベスはすっかり仲《なか》よしになっていたのだった。


つぎの朝早《あさはや》く、四人姉妹《にんしまい》の部屋《へや》をのぞきこんだ太陽《たいよう》は、ゆかいな光景《こうけい》を目《め》にした。

メグは前髪《まえがみ》をまいた、小《ちい》さなカーラーをいくつもひたいにぶらさげている。ジョーは日焼《ひや》けした顔《かお》に、コールドクリームをてかてかにぬりたくっている。ベスはしばしの別《わか》れとなる、いとしい人形《にんぎょう》をだいて寝《ね》ている。

だが、なんといってもいちばんおかしいのは、エイミーの姿《すがた》だった。洗濯《せんたく》ばさみで鼻《はな》をつまんでいたのだ。平《ひら》たいとか、ひくいとかいわれる鼻《はな》を、すこしでも高《たか》くしたいのだろう。

太陽《たいよう》はにっこりして、朝《あさ》の光《ひかり》をふんだんに姉妹《しまい》たちに投《な》げかけた。とたんにジョーが目《め》をさまし、エイミーの「鼻《はな》かざり」を見《み》て大《おお》わらいしたので、みんなはいっせいに起《お》きあがった。

マーチ家《け》にも、となりのローレンス家《け》にも、朝《あさ》のざわめきとにぎやかな声《こえ》がひびきわたった。最初《さいしょ》にしたくができあがったベスが、おとなりのようすをみんなにくわしく報告《ほうこく》した。

「あ、テントをもって、だれかが歩《ある》いていくわ。大《おお》きなかごにランチをつめている人《ひと》がいる。ローレンスおじいさまが空《そら》を見上《みあ》げて、お天気《てんき》を見《み》ている。参加《さんか》してくだされぱいいのに。あ、ローリーだ。水兵《すいへい》さんみたいなかっこうをしてるわよ。かっこいい。

あれっ、馬車《ばしゃ》がいる。何人《なんにん》も乗《の》ってるじゃないの。背《せ》の高《たか》い女《おんな》の人《ひと》、小《ちい》さな女《おんな》の子《こ》、あたしのにがてな男《おとこ》の子《こ》がふたり。あら、ひとりは脚《あし》がわるいみたい。松葉《まつば》づえをついてる。そんなこと、知《し》らなかった。あれえ、ネッド・モファットもいるわよ。メグ、あの人《ひと》でしょ、買《か》いものをしていたとき、お姉《ねえ》さまにあいさつした人《ひと》って？」

「そうよ、どうしてあの人《ひと》が来《く》るのかしらね？　あ、サリーもいるわ、よかった。ジョー、わたしのかっこう、これでいい？」

「ばっちりきれいだよ。」

「ジョーったら、あなた、そんなひどい帽子《ぼうし》をかぶっていくの？　みっともない。わらわれるわよ。」

あごの下《した》で結《むす》ぶ赤《あか》いリボン、やたらに広《ひろ》いつばのついた帽子《ぼうし》は、いかにも旧式《きゅうしき》な麦《むぎ》わら帽《ぼう》だった。

「いいの、わたしはこれがいい。日《ひ》よけになるし、軽《かる》いし、大《おお》きいから、便利《べんり》だもの。」

さっそうとジョーは歩《ある》きだし、あとの三人《にん》もついていった。すずやかな夏《なつ》の装《よそお》いをして、うれしくてはちきれそうなしあわせ顔《がお》の姉妹《しまい》が歩《ある》いていく。

すぐにローリーが飛《と》びだしてきて、四人《にん》をむかえ、友《とも》だちに紹介《しょうかい》した。

メグは、二十歳《はたち》のケイトのごくシンプルな装《よそお》いを見《み》て、アメリカの女性《じょせい》たちも見習《みなら》うといいと思《おも》った。ネッドが、メグに会《あ》いにわざわざ来《き》たのだといったので、ちょっとだけうれしくなり、いやな気《き》はしなかった。

ケイトは、みんなを上《うえ》から目線《めせん》で、つんとすまして見《み》ている。ローリーがケイトの話《はなし》になると、わざと口《くち》をすぼめるのはそのせいだと、ジョーにはすぐわかった。

ベスははじめて会《あ》った男《おとこ》の子《こ》たちを観察《かんさつ》したあげく、脚《あし》のわるい子《こ》を「そんなにこわくない。」と思《おも》い、その子《こ》に親切《しんせつ》にしようと心《こころ》にきめた。

エイミーは、グレイスを楽《たの》しくて感《かん》じのいい子《こ》だと思《おも》い、最初《さいしょ》はちょっとだまって見《み》つめあっていたけれど、すぐに仲《なか》よしになってしまった。

すでに、テントやランチやクロッケーのしたくはすべてキャンプ地《ち》に送《おく》られていたので、さっそく一行《いっこう》はそこへむかうことになった。ローレンス老人《ろうじん》に見送《みおく》られて、ボートが二艘《そう》、川《かわ》にこぎだされた。

一艘《そう》のこぎ手《て》はローリーとジョー、もう一艘《そう》はブルックさんとネッド。ほかの者《もの》たちはボートに分乗《ぶんじょう》した。

いたずら好《ず》きのフレッド・ボーンは、水《みず》をバチャバチャたたいて波《なみ》を起《お》こし、ボートをひっくりかえそうとした。ジョーのおかしなデカ帽子《ぼうし》は、つばがはためいて、すずしい風《かぜ》を起《お》こし、思《おも》いのほか、役《やく》に立《た》った。

ケイトは、ジョーとローリーのやりとりをきいていて、ジョーのことを「変《か》わってるけど、なかなかかしこい子《こ》だ。」と思《おも》い、ジョーのほうに笑顔《えがお》をむけた。

もう一艘《そう》のボートに乗《の》ったメグの目《め》の前《まえ》には、こぎ手《て》のブルックさんとネッドがすわっていた。

ブルックさんはまじめな、口数《くちかず》のすくない青年《せいねん》で、きれいな褐色《かっしょく》の瞳《ひとみ》と、感《かん》じのいい声《こえ》の持《も》ち主《ぬし》だった。メグは彼《かれ》の上品《じょうひん》な態度《たいど》を好《この》ましく思《おも》い、歩《ある》く事典《じてん》だと尊敬《そんけい》していた。彼《かれ》はめったにメグに話《はな》しかけなかったけれど、ときどき目《め》があうので、メグは彼《かれ》が自分《じぶん》のことをさけているのではないとわかっていた。

いっぽう、大学生《だいがくせい》のネッドは、学業《がくぎょう》は優秀《ゆうしゅう》とはいえなかったけれど、愛想《あいそ》のいい青年《せいねん》だ。サ

リーは、自分《じぶん》の白《しろ》いドレスがよごれやしないかとはらはらしながらも、いたずら好《ず》きのフレッドとおしゃべりしていた。

キャンプをするロングメドウまでは遠《とお》くなかった。みんなが到着《とうちゃく》したころには、テントも、クロッケーのゲート（門《もん》）も用意《ようい》されていた。緑《みどり》の芝生《しばふ》が広《ひろ》がり、中央《ちゅうおう》に枝《えだ》を広《ひろ》げたオークの木《き》が三本《ぼん》あって、そのそばに、クロッケーのできる場所《ばしょ》があった。

「みなさん、ローレンス・キャンプへようこそ！」

ローリーが晴《は》れやかな声《こえ》で宣言《せんげん》した。

「監督《かんとく》はブルック先生《せんせい》、ぼくはキャンプのスタッフ長《ちょう》、あとの男《おとこ》たちはスタッフで、女性《じょせい》たちはお客《きゃく》さまです。テントは女性用《じょせいよう》、あちらのオークの木《こ》かげは客間《きゃくま》、こちらの木《こ》かげは男性用《だんせいよう》、三本《ぼん》めの木《こ》かげは、台所《だいどころ》です。さあ、暑《あつ》くならないうちにまずクロッケーをして、それから、ランチにしましょう。」

フランク、ベス、エイミー、グレイスは、ゲームに参加《さんか》はせず、観客《かんきゃく》となった。ブルックさんは自分《じぶん》のチームに、メグとケイトとフレッドをえらび、ローリーは、サリーとジョーとネッドをえらんだ。

ジョーとフレッドはけんかになりそうなくらい、はげしくやりあった。ジョーがボールを打《う》ち損《そん》じたあと、フレッドの打《う》つ番《ばん》がきた。そのボールは、ゲートにあたって、すこし手前《てまえ》にもどったけれど、だれも近《ちか》くで見《み》ていなかったので、フレッドはつまさきでボールをちょっとおして、ゲートのむこうにうつしてしまった。

「はいった！」

「いいえ、あなた、ボールをおしていれたでしょう。わたし、見《み》てたもの。」

ジョーがさけぶ。

「なにもしてないよ。誓《ちか》ってしてない。」

「アメリカ人《じん》はずるはしないわよ。でも、イギリス人《じん》のあなたは、したければどうぞ。」

ジョーはおこり、ひたいまでまっかになっている。そのあとで自分《じぶん》のボールをとりに茂《しげ》みにいったジョーはしばらくもどらなかった。でも、もどってきたときはもう、落《お》ちついた顔《かお》になり、おとなしく自分《じぶん》の番《ばん》を待《ま》った。

やがて、また自分《じぶん》の番《ばん》がまわってきたときには、木《き》づちをうまくふって、勝利《しょうり》をものにしたのだった。

ローリーは思《おも》わず歓声《かんせい》をあげそうになったけれど、お客《きゃく》が負《ま》けたのをよろこんではいけないと気《き》づき、とちゅうでやめて、ジョーにそっとささやいた。

「よくやったね。フレッドがずるをしたのは、見《み》てたよ。」

ジョーのそばにメグがさっとよってきた。

「ジョー、よくがまんしたわね、えらいわ。」

「ううん、あとすこしで、あいつをひっぱたくところだった。でも、あそこの茂《しげ》みにはいってしばらくじっとしていたから、やっとがまんできただけ。だけど、また腹《はら》がたってきた。フレッドがそばへ来《こ》ないといいな。」


「みなさん、ランチ・タイムでーす！」

時計《とけい》を見《み》ながら、ブルックさんが声《こえ》をあげた。「スタッフ長《ちょう》、火《ひ》をおこして、水《みず》を汲《く》んできてください。そのあいだに、メグさんとサリーさんとぼくで食《た》べものをおく場所《ばしょ》を用意《ようい》しましょうか？　だれかコーヒーをいれるのが得意《とくい》な人《ひと》は？」

「ジョーがいます。」

メグはうれしそうに妹《いもうと》を推薦《すいせん》した。

このあいだの料理《りょうり》の失敗《しっぱい》をとりかえそうと、ジョーははりきってコーヒーをいれるしたくをはじめた。薪《たきぎ》にする小枝《こえだ》を集《あつ》める者《もの》もいた。ベスはフランクとしゃべりながら、草《くさ》を器用《きよう》に編《あ》んで、お皿《さら》がわりのマットをこしらえ、ケイトはみんなのようすをスケッチしていた。

監督《かんとく》のブルックさんの指揮《しき》のもと、たちまちピクニックのしたくがととのった。ジョーがコーヒーがはいったというと、みんなはわっと集《あつ》まってきて、草《くさ》の上《うえ》に広《ひろ》げたテーブル・クロスの上《うえ》の食《た》べものを心《こころ》ゆくまで楽《たの》しんだ。

若者《わかもの》たちのにぎやかなわらい声《ごえ》で、近《ちか》くで草《くさ》を食《は》んでいた馬《うま》がびっくりした。どんぐりがミルクの中《なか》に落《お》ちてきたり、よばれもしないアリが勝手《かって》にお菓子《かし》をいただきにきたり、木《き》の上《うえ》からもじゃもじゃの毛虫《けむし》くんがようすを見《み》におりてきたりしたけれど、だれも気《き》にしなかった。

「ほら、ジョー、塩《しお》はこっちだよ。」

あまいベリーがのった皿《さら》をわたしながら、ローリーがいう。

「塩《しお》なんかいらないってば。こんなに楽《たの》しいときに、こないだの失敗《しっぱい》を思《おも》いださせないでよ！」

ジョーがいうと、ふたりはプッと吹《ふ》きだし、お皿《さら》がたりなくなっていたので、仲《なか》よくおなじお皿《さら》を使《つか》って食《た》べた。

「ねえ、ローリー、ランチのあとはゲームをしない？　ケイトさんならあたらしいゲームを知《し》っているかもしれない。きいてみて。」

「いや、きみがきいてきてくれよ。あの人《ひと》はブルック先生《せんせい》と気《き》があうと思《おも》っていたんだけど、彼《かれ》はメグとばかり話《はな》していてさ、ケイトはあのふたりを詮索《せんさく》するみたいに見《み》てるんだ。」

　ジョーにきかれたケイトは「作《つく》り話《ばなし》ごっこ」を提案《ていあん》した。

「まず、だれかが好《す》きな内容《ないよう》の作《つく》り話《ばなし》をします。どんなものでもかまいません。ただし、ルールがひとつあります。いちばんわくわくするところでわざとお話《はなし》をやめて、つぎの人《ひと》にひきつぐこと。つぎの人《ひと》はとにかく続《つづ》きをつくりながらお話《はなし》をして、そのつぎの人《ひと》につなぎます。全員《ぜんいん》が話《はな》しおわったときには、内容《ないよう》はめちゃくちゃ、ごちゃごちゃになっているでしょうけれど、そこがおもしろいのです。では、一番《ばん》バッターはブルックさん、さあ、はじめてください。」

　ケイトがいかにも命令《めいれい》するようにいったので、メグはびっくりした。メグにとって、ブルックさんは尊敬《そんけい》すべき紳士《しんし》だったのだから。

　日《ひ》のかがやく川面《かわも》を、すんだ褐色《かっしょく》の目《め》で見《み》つめながら、ブルックさんは語《かた》りだした。

「むかし、あるひとりの騎士《きし》が、幸運《こううん》をもとめて旅《たび》に出《で》ました。彼《かれ》は二十八歳《さい》、持《も》ちものは剣《つるぎ》と楯《たて》だけでした。やがて騎士《きし》は、りっぱなお城《しろ》にたどりつきました。王《おう》さまは、あばれ馬《うま》を馴《な》らすことができた者《もの》にほうびをあたえるのだそうです。騎士《きし》が、あばれ馬《うま》を馴《な》らしながら、乗《の》りまわしていると、古《ふる》いお城《しろ》に出《で》くわしました。きくと、そこにはたくさんのお姫《ひめ》さまたちがとらわれているというのです。騎士《きし》はお姫《ひめ》さまたちを救《すく》い出《だ》そうと決心《けっしん》し、城《しろ》の扉《とびら》をたたきました。巨大《きょだい》な扉《とびら》がギイイとあき、出《で》てきたのはなんと……。」

つぎをひきついだのはケイトだった。ケイトはフランスの小説《しょうせつ》が好《す》きだったので、騎士《きし》をフランス人《じん》にしてしまった。

そのつぎはネッドで、「そのフランスのなんたらとかいう騎士《きし》は、大《おお》きなギリシャ語《ご》の辞書《じしょ》でなぐられて、気《き》をうしないかけましたが、すぐに立《た》ちなおり、敵《てき》を窓《まど》から突《つ》き落《お》としたのです。」とつづけ、騎士《きし》が気味《きみ》のわるい生《い》き物《もの》がたくさんいるところへやってきたところで、「マーチさんならキャアッと声《こえ》をあげるでしょう。さあ、どうぞ。」とメグにつぎをふった。

メグはそのさきをつづけ、白《しろ》いベールをかぶったゆうれいがあらわれて、騎士《きし》に迫《せま》ってきたところで、ジョーのほうをむいた。ジョーは勢《いきお》いこんで、いった。

「ゆうれいは騎士《きし》の鼻《はな》さきで『嗅《か》ぎタバコ』の入《い》れ物《もの》をふったのです。それを嗅《か》いだとたん、騎《き》士《し》は七回《かい》もひどいくしゃみをし、首《くび》がころりと落《お》ちてしまいました。ゆうれいは高《たか》わらいをし、大《おお》きな箱《はこ》の中《なか》に、首《くび》のとれた騎士《きし》を入《い》れました。そこにはすでに、ほかの十一人《にん》の首《くび》なし騎士《きし》がつめこまれていたのですが、とつぜん……。」

「首《くび》なし騎士《きし》たちが起《お》きあがって、ダンスをはじめたのです。」

と、フレッドがつづけた。

こんなふうに、みんなはつぎつぎに作《つく》り話《ばなし》をし、すじ書《が》きもなにもめちゃくちゃになったけれど、そのたびにわらいころげたのだった。

サリーは「え、わたしの番《ばん》？　どうしよう。」といいながら、いきなり人魚《にんぎょ》を登場《とうじょう》させ、どうにかさきをつづけた。

そのあとをエイミーがひきつぎ、「野原《のはら》でガチョウを飼《か》っている女《おんな》の子《こ》が、箱《はこ》の中《なか》の首《くび》なし騎《き》士《し》たちをかわいそうに思《おも》って、なにかを頭《あたま》のかわりにつけてやりたいと思《おも》い……。」

「キャベツだ！」

とローリーがさけんだ。

「女《おんな》の子《こ》は畑《はたけ》からキャベツを十二個《こ》とってくると、首《くび》なし騎士《きし》たちにあてがってやりました。たちまち、騎士《きし》たちは全員《ぜんいん》生き返《かえ》りました。だれも自分《じぶん》の首《くび》がキャベツになっていることに気《き》づきませんでした。さて、最初《さいしょ》に登場《とうじょう》したあの騎士《きし》は、城《しろ》で見《み》かけた美《うつく》しいお姫《ひめ》さまがわすれられず、城《しろ》へもどりました。お姫《ひめ》さまは庭《にわ》で花《はな》をつんでいましたが、騎士《きし》がそばへいこうとすると、あいだの垣根《かきね》がどんどん高《たか》くなっていくので、どうしてもいかれません。さて、フランク、どうしたものでしょうか……。」

「こまったな、わかんないよ、ぼく。」

フランクはしどろもどろ。まだ話《はなし》をしていないベスはジョーの背中《せなか》にかくれ、グレイスはぐっすりねむっていた。

「それじゃ、あわれな騎士《きし》はお姫《ひめ》さまには永遠《えいえん》に近《ちか》づけないんですか？」

ブルックさんがそっといった。

「ま、おそらく、お姫《ひめ》さまは騎士《きし》に花束《はなたば》をあげて、門《もん》をあけてやったんじゃないですか。」

ブルックさんにわらいかけながら、ローリーが話《はなし》を結《むす》んだ。

「ほんとうに、支離滅裂《しりめつれつ》なお話《はなし》になっちゃったわね。ねえ、こんどは『正直《しょうじき》ごっこ』をしない？」

サリーがいいだした。

「どんなゲームだい？」フレッドがきく。

「あら、知《し》らないの？　みんなが手《て》をかさねて、なにか数字《すうじ》をきめてから、ひとりずつ手《て》をぬいていくの。そしてきめた数字《すうじ》のときに手《て》をぬいた人《ひと》が、ほかのみんなの質問《しつもん》に『正直《しょうじき》』に答《こた》えるってこと。」

「わ、おもしろそう。」

あたらしいものにすぐに飛《と》びつくジョーが賛成《さんせい》した。

ケイトとブルックさんとメグとネッドはやらないといった。そこで、フレッド、サリー、ジョー、ローリーが手《て》を出《だ》してかさねた。

その数字《すうじ》にあたったのは、ローリーだった。

「あなたのもっとも尊敬《そんけい》する人《ひと》は？」ジョーがたずねた。

「おじいさまとナポレオン。」

「ここにいる女性《じょせい》たちのなかで、だれがいちばんきれいですか？」

と、サリー。

「メグ。」

「だれがいちばん好《す》き？」フレッドがきいた。

「もちろんジョー。」

みんな、どっとわらった。

「なんてばかみたいな質問《しつもん》！」

ローリーが当然《とうぜん》といわんばかりに答《こた》え、それにみんながわらったので、ジョーは肩《かた》をすくめた。

「もっとやろう、おもしろいや、これ。」フレッドがいった。

つぎはジョーの番《ばん》になった。フレッドが質問《しつもん》した。

「きみの最大《さいだい》の欠点《けってん》は？」

「短気《たんき》。」

「いま、いちばんほしいものは？」ローリーがきく。

「レースの靴《くつ》ひも。」

ジョーはローリーの質問《しつもん》をはぐらかした。

「それは『正直《しょうじき》』じゃないな。ちゃんと答《こた》えて。」

「天才《てんさい》。」

ジョーは、ローリーのききたい答《こた》えをいわなかった。

「じゃ、男性《だんせい》に望《のぞ》むことは？」サリーがたずねた。

「勇気《ゆうき》と正直《しょうじき》。」

つぎはフレッドの番《ばん》になった。ローリーはジョーを見《み》て、「よし、あのことをきくからね。」といった。

「フレッド、クロッケーのときにずるをしましたか？」

「うん、ちょっとだけ。」

「正直《しょうじき》でよろしい。それじゃ、作《つく》り話《ばなし》ごっこのとき、『海《うみ》のライオン』という小説《しょうせつ》から話《はなし》をとってこなかった？」

「まあな、どっちかといえば。」

これで、ジョーもローリーも、フレッドをゆるしてやることにしたのだった。

その後《ご》、ネッドとフランクと小《ちい》さな女《おんな》の子《こ》たちは、ジョーが提案《ていあん》したべつのゲームをすることになったけれど、ケイトとブルックさんとメグは、草《くさ》の上《うえ》でのんびりおしゃべりをしていた。

ケイトはまたスケッチ帳《ちょう》をとりだして描《か》きはじめた。メグはそれを見《み》て、感嘆《かんたん》の声《こえ》をあげた。

「すてきですね！　わたしもこんな絵《え》が描《か》けたらいいのに。」

「なら、お習《なら》いになればいいでしょう。」

「でも、時間《じかん》がありません。わたしは家庭教師《かていきょうし》をして働《はたら》いていますから。」

「まあ、そうだったの！」

ケイトの声《こえ》はいかにも「たいへんねえ、お気《き》の毒《どく》に。」といわんばかりだったので、メグはほおを赤《あか》らめ、うっかりいってしまったのを後悔《こうかい》した。

すると、ブルックさんがさっと顔《かお》をあげた。

「アメリカの女性《じょせい》は、独立心《どくりつしん》があって、自分《じぶん》のことは自分《じぶん》でするという精神《せいしん》にあふれているんですよ。ところで、マーチさん、いつかのドイツ語《ご》の歌《うた》はお気《き》にめしましたか？」

ブルックさんは、ケイトの横柄《おうへい》な態度《たいど》にメグが傷《きず》ついているのを見《み》て、助《たす》け船《ぶね》を出《だ》してくれたのだった。

「ええ、あの歌《うた》、大好《だいす》きです。訳《やく》してくださったかたに感謝《かんしゃ》しています。」

メグがそういうと、ケイトはおどろいた顔《かお》になった。

「あなた、ドイツ語《ご》をおやりにならないの？」

「あんまり。父《ちち》が教《おし》えてくれてはいたのですが、ひとりだと発音《はつおん》をなおしてくれる人《ひと》がいませんので。」

「すこしずつやればいいんですよ。シラーの『メアリ・スチュワート』を読《よ》んでみませんか？」

メグに教《おし》えたくてたまらないといったようすで、ブルックさんがいった。

「でも、むずかしそう。」

発音《はつおん》も理解《りかい》も完璧《かんぺき》なケイトがそばにいると思《おも》うと気後《きおく》れしながらも、メグはブルックさんの言《こと》葉《ば》をうれしくうけとめた。そして、ブルックさんが草《くさ》の葉《は》で指《さ》ししめす箇所《かしょ》をすこしずつ、きれいな声《こえ》で読《よ》んでいった。

「よくできました！」

ブルックさんはメグの小《ちい》さなまちがいなどまったく気《き》にせず、ほめた。

ケイトはふたりのようすをしげしげと見《み》つめてから、スケッチ帳《ちょう》をとじ、「グレイスがやんちゃをしているみたいなので、めんどうをみてきますわ。」といって、立《た》ち去《さ》った。心《こころ》の中《なか》では、「まったく、わたしはあんな家庭教師《かていきょうし》ごときのめんどうをみにきたんじゃないのに。あんな人《ひと》たちとローリーが親《した》しくなってだいじょうぶかしら。」とつぶやいていた。

メグとブルックさんはふたりでおしゃべりをつづけていた。

「アメリカは働《はたら》く人《ひと》にとっては最高《さいこう》の国《くに》ですね。ローリーのような生徒《せいと》をもって、ぼくはしあわせです。でも、彼《かれ》も来年《らいねん》にはいなくなるでしょう。」

「大学《だいがく》へいくんですよね？」

メグはそういったけれど、瞳《ひとみ》は「そして、あなたはどうなさるの？」とたずねていた。

「ローリーが大学《だいがく》へいったら、ぼくは軍《ぐん》に入隊《にゅうたい》します。もう父母《ふぼ》もいませんから、心配《しんぱい》してくれる人《ひと》はいません。」

「いいえ、ローリーもおじいさまも気《き》にかけてくださいますよ。わたしたちみんな、あなたのご無事《ぶじ》を願《ねが》っています。」

メグは心《こころ》からそういった。


いっぽう、エイミーとグレイスはネッドに乗馬《じょうば》にさそわれたりしてはしゃいでいたけれど、脚《あし》のわるいフランクはそんな元気《げんき》な者《もの》たちに不満《ふまん》げなまなざしを送《おく》っていた。

それに気《き》づいたベスが、思《おも》いきって声《こえ》をかけた。

「おつかれになったでしょう。なにかあたしにできること、あるかしら？」

「それじゃ、なにか話《はな》して。じっとすわってるだけじゃつまらないや。」

口《くち》べたのベスにとって、これほどむずかしい要求《ようきゅう》はなかった。でも、いつもかくれみのになってくれるジョーがそばにいなかったので、とにかくなにかいわなければならない。

「イギリスにいる鹿《しか》は、アメリカのバッファローよりかわいいですよね。」

ジョーに貸《か》してもらった小説《しょうせつ》を思《おも》いだして、ベスはいってみた。その話題《わだい》にフランクが乗《の》ってきたので、おしゃべりはスムーズに進《すす》んだ。

そのようすを見《み》たジョーたちはおどろき、そしてよろこんだ。

「ベスはえらい！　いっしょうけんめいフランクに親切《しんせつ》にしようとしてる。」

と、ジョーがいうと、メグがうなずいた。

「いつもいうけど、あの子《こ》は聖人《せいじん》みたいな子《こ》よ。」

エイミーと人形遊《にんぎょうあそ》びをしていたグレイスがそっといった。

「あたし、フランクがあんなにわらったのをひさしぶりにきいたみたい。」

「ベスはすごくいい子《こ》で、みんなから奨励《しょうれい》されてるのよ。」

じつはエイミーは、「賞賛《しょうさん》」のつもりでいったのだけれど、言葉《ことば》がまちがっていた。

しかし、グレイスもその言葉《ことば》を知《し》らなかったので、ふたりとも、「奨励《しょうれい》」という言葉《ことば》を好《す》きなように解釈《かいしゃく》して、わかった気《き》になり、にっこりうなずきあったのだった。

夢《ゆめ》のお城《しろ》は？

まだ暑《あつ》い九月《がつ》の午後《ごご》、ローリーはお気《き》に入《い》りのハンモックにゆられながら、おとなりの姉妹《しまい》はなにをしてるんだろうと考《かんが》えをめぐらせていた。でも、わざわざ下《した》へおりて、見《み》にいく気《き》もない。いまひとつ、やる気《き》が出《で》ず、汗《あせ》ばむような日《ひ》だったので、なおさらだらだらし、勉強《べんきょう》をなまけてブルック先生《せんせい》をおこらせ、ピアノをずっとひいていて、おじいさまのごきげんもそこねていた。むしゃくしゃして、召《め》し使《つか》いたちと口《くち》げんかをしたあげく、庭《にわ》のハンモックにとびのって、やっと気分《きぶん》がしずまってきたところだった。

トチノキの緑《みどり》の葉《は》かげで、大海原《おおうなばら》をめぐる世界旅行《せかいりょこう》を夢見《ゆめみ》ていると、どこからか声《こえ》がきこえてきて、はっと目《め》がさめた。ハンモックの網目《あみめ》をすかして見《み》ると、マーチ姉妹《しまい》が家《いえ》から出《で》てきて、どこかへ出《で》かけるらしい。

「あれ、いったいどこへいくんだろ？」

ローリーは姉妹《しまい》のかっこうがなんだかいつもとちがっているので、首《くび》をかしげた。

それぞれが縁《ふち》のひらひらした帽子《ぼうし》をかぶり、茶色《ちゃいろ》の袋《ふくろ》を肩《かた》からかけ、長《なが》いつえまでもっている。メグはクッション、ジョーは本《ほん》、ベスはかご、エイミーはスケッチ帳《ちょう》をもち、庭《にわ》を横《よこ》ぎり、裏《うら》木戸《きど》から出《で》ていった。

「へえ、ピクニックにいくんだ、ぼくをさそわずにさ。つめたいなあ。だけど、どこへいくのか、気《き》になるな。よし、ついていこう。」

いくつも帽子《ぼうし》をもっているのに、たったひとつをさがすのに手間《てま》どったあげく、ローリーは姿《すがた》が見《み》えなくなった姉妹《しまい》を追《お》いかけた。

ボートに乗《の》るんだろうと思《おも》っていたので、さきまわりをしてボート小屋《ごや》にいったものの、だれもあらわれない。そこで丘《おか》をのぼっていくと、松林《まつばやし》のあたりから、少女《しょうじょ》たちの声《こえ》がきこえてきた。

木立《こだち》をすかして見《み》えた景色《けしき》はあたかも一幅《いっぷく》の絵《え》のようだった。

木《こ》かげにすわった姉妹《しまい》に、光《ひかり》と影《かげ》が縞模様《しまもよう》をつくり、かぐわしい風《かぜ》がゆたかな髪《かみ》をなぶり、ほてったほおを冷《ひ》やしている。ピンクの服《ふく》を着《き》たメグはクッションにすわって縫《ぬ》いものをし、ベスは松《まつ》かさを集《あつ》めてならべていた。エイミーはあたりに生《は》えるシダをスケッチし、ジョーは本《ほん》を声《こえ》に出《だ》して読《よ》みながら、編《あ》みものをしていた。

ローリーは自分《じぶん》はおじゃま虫《むし》かもしれないと思《おも》いつつも、この森《もり》のピクニックに心《こころ》をそられて、そのままじっと見《み》つめていた。リスが一匹《ぴき》よってきて、ローリーに気《き》づき、キキッと声《こえ》をあげた。

とたんにベスが目《め》をあげ、シラカバの木立《こだち》にひそんでいたローリーを見《み》つけた。ベスはにっこりして手招《てまね》きした。

「いってもいい？　じゃまじゃない？」

のっそり出《で》ていきながらローリーがいった。

とっさにメグはまゆをぴくっとあげたけれど、ジョーが制《せい》し、すぐにいった。

「もちろん、いいわよ。さそおうと思《おも》ったんだけど、女《おんな》の子《こ》の集《あつ》まりだから、つまんないかと思《おも》って。」

「そんなことない。でも、メグがいやなら、帰《かえ》るよ。」

「そうじゃないの。ただ、ここでは、ぶらぶらしないで、なにかするというのがルールなのよ。」

きっぱりメグがいった。

「やる、やる。うちはサハラ砂漠《さばく》みたいにしーんとしてたから。裁縫《さいほう》、読書《どくしょ》、松《まつ》かさ集《あつ》め、スケッチ、なんでもするよ。」

いそいそとローリーはみんなのそばにすわった。

「それじゃ、わたしがここを編《あ》みあげてしまうまで、続《つづ》きを読《よ》んでちょうだい。」

ジョーが本《ほん》をわたした。

「お安《やす》い御用《ごよう》。」

その物語《ものがたり》は長《なが》くなかったので、すぐにおわった。読《よ》んだごほうびをもらおうと、ローリーはいくつか質問《しつもん》をすることにした。

「あの、みなさん、この会合《かいごう》はあたらしい思《おも》いつきなのですか？」

「話《はな》してもいい？」

メグが三人《にん》にたずねた。

「わらわれるかも。」

と、エイミー。

「べつにいいじゃない。」

ジョーがいう。

「気《き》に入《い》ってくれると思《おも》う。」

と、ベス。

「ぼくはきっと気《き》に入《い》るよ。ぜったいにわらわないから、ジョー、教《おし》えてくれよ。」

「わたしたちは、冬《ふゆ》から夏《なつ》にかけてずっと『天路歴程《てんろれきてい》』の巡礼《じゅんれい》ごっこをやっていたの。あの物語《ものがたり》の主人公《しゅじんこう》のように、いろいろ苦難《くなん》の道《みち》をのりこえて、楽園《らくえん》へいこうとするのを、遊《あそ》びで再現《さいげん》していたのよ。」

「ああ、知《し》ってるよ。」

「えっ、だれにきいたの？」

ジョーはおどろいた。

「それ、あたしがいったの。ローリーが落《お》ちこんでいたときに、元気《げんき》づけようと思《おも》って。だから、ジョー、おこらないで。」

とベスがいった。

「あんたは秘密《ひみつ》を守《まも》れないものね、いいよ。」

「で、その続《つづ》きは？」

ローリーがうながす。

「じゃ、ベスはこのあたらしい集《あつ》まりのことはいわなかったのね。わたしたちは、お休《やす》みの日《ひ》もむだにすごしたくないから、それぞれの仕事《しごと》をもちよって、みんなでここでやろうと思《おも》ったの。」

「そうだったのか。」

自分《じぶん》のだらけた毎日《まいにち》をローリーは反省《はんせい》した。

「お母《かあ》さまはわたしたちが家《いえ》の中《なか》ばかりじゃなくて、外《そと》にもどんどん出《で》なさいとおっしゃるし、ここにくれば仕事《しごと》と外《そと》の空気《くうき》があって一石二鳥《いっせきにちょう》だから。ここは高台《たかだい》なので、はるか遠《とお》くまで見《み》えて、将来《しょうらい》の夢《ゆめ》も見《み》わたせる気《き》がするの。」

ジョーにいわれて、ローリーは顔《かお》を高《たか》くあげ、木立《こだち》のはるかむこうをのぞき見《み》た。

幅広《はばひろ》の川《かわ》が青《あお》く流《なが》れ、そばに草原《そうげん》が広《ひろ》がり、遠《とお》くに大《おお》きな町《まち》の郊外《こうがい》がうっすら見《み》える。秋《あき》の夕日《ひ》が黄金《おうごん》のかがやきを増《ま》してあたりをそめはじめていた。紫色《むらさきいろ》や金色《きんいろ》の雲《くも》が頭上《ずじょう》に広《ひろ》がり、赤い夕日《ゆうひ》にむかってのびている雲《くも》の峰《みね》のとがったさきが銀色《ぎんいろ》に見《み》えた。

「なんてきれいなんだろう！」

ローリーはため息《いき》をもらした。美《うつく》しいものに敏感《びんかん》な彼《かれ》は、感動《かんどう》もすばやい。

「ほんとね。美《うつく》しい景色《けしき》は見《み》あきないわ。つねに変《か》わるし、だからいつもすてきなのね。」

絵《え》で再現《さいげん》できればと思《おも》うエイミーだった。

ベスがそっといいだした。

「ジョーはいつか住《す》みたい美《うつく》しい国《くに》の話《はなし》をしてるの。ブタやニワトリがいて、干《ほ》し草作《くさづく》りをする人《ひと》たちがいる、しずかで、平和《へいわ》なところ……。」

「もっときれいなところはあると思《おも》うわ。きっといつか、いけるわね。」

メグがあこがれるようなあまい声《こえ》でいう。

「ベス、あんたはぜったいにいける。まちがいない。でも、わたしはさ、もっと働《はたら》いて、必死《ひっし》で待《ま》って、それでもいかれないかもしれないけど。」

ジョーがいい、しばらくしてからまたいった。

「でも、みんなが自分《じぶん》の夢《ゆめ》のお城《しろ》を見《み》つけることができたらいいと思《おも》わない？」

「ローリー、あなたの夢《ゆめ》のお城《しろ》は？」

と、メグがきいた。

「ぼくが話《はな》したら、きみたちも話《はな》してくれる？」

「ええ、そうするわ。」

「ぼくはさ、世界《せかい》じゅうを旅《たび》してまわったあとドイツに住《す》んで、好《す》きな音楽《おんがく》をやりたい。有名《ゆうめい》な音楽家《おんがくか》になるんだ。お金《かね》をかせぐためじゃなくて、自分《じぶん》で音楽《おんがく》を思《おも》いきり楽《たの》しみたいんだ。これがぼくの夢《ゆめ》のお城《しろ》さ。さ、こんどはメグの番《ばん》だよ。」

「自分《じぶん》の家《いえ》をもって、そこにぜいたくなものがなんでもそろっているようにしたいの。食《た》べもの、きれいな服《ふく》、すてきな家具《かぐ》、気心《きごころ》の知《し》れた人《ひと》たち。召《め》し使《つか》いもたくさんいるから、わたしはなにもしなくていいの。きっと楽《たの》しいでしょうね。」

「そのお城《しろ》に、ご主人《しゅじん》はいないのかな？」

ローリーがにやにやしながらきいた。

メグはぱっとして、靴《くつ》ひもを結《むす》びなおしながら、そしらぬ顔《かお》で答《こた》えた。

「さっき、気心《きごころ》の知《し》れた人《ひと》たち、といったでしょ。」

すると、男女《だんじょ》のことがまるでわかっていないジョーが口《くち》をはさんだ。

「じゃあ、なぜ、すばらしい、かしこい夫《おっと》とかわいい子《こ》どもたちといわなかったの？　それがなくちゃ、意味《いみ》がないのに。」

「ジョーは、馬《うま》とインクと小説《しょうせつ》がありさえすればいいんでしょ。」

メグはちょっとふくれていいかえす。

「そのとおり。アラビア馬《うま》のいるうまやと、本《ほん》がつまった部屋《へや》があればいい。魔法《まほう》のインクを使《つか》って、すごい小説《しょうせつ》を書《か》くんだ。わたしが死《し》んだあとものこるようなもの。いつか、みんなをびっくりさせてあげる。お金持《かねも》ちになって、有名《ゆうめい》になりたい。」

するとこんどはベスがおっとりといいだした。

「あたしの夢《ゆめ》は、うちでお父《とう》さまとお母《かあ》さまといっしょに暮《く》らして、家族《かぞく》のお世話《せわ》をすることよ。」

「ベス、ほかに望《のぞ》みはないのかい？」

と、ローリー。

「あのピアノをいただいたから、あたしはすっかり満足《まんぞく》なの。ほかにはなにもいらない。」

最後《さいご》はエイミーだった。

「あたくしには夢《ゆめ》がいっぱいあるけど、いちばんは画家《がか》になること。ローマへいって勉強《べんきょう》して、世界一《せかいいち》の画家《がか》になるの。」

「ぼくたちって、すごいねえ！　ベス以外《いがい》はみんな、お金持《かねも》ちになって、有名《ゆうめい》になって、ぜいたくな暮《く》らしがしたいんだね。だれがその夢《ゆめ》をかなえられるかなあ？」

ローリーがいうと、すぐさまジョーが応《おう》じた。

「わたしは夢《ゆめ》のお城《しろ》へはいるかぎはもってると思《おも》うの。それはペンとインク。だけど、それでほんとうにお城《しろ》の扉《とびら》があけられるかどうかはわかんない。」

「ぼくだってもってる。だけど、それを使《つか》わせてもらえないんだ、だって、大学《だいがく》へいかなくちゃならないんだから。ああ、頭《あたま》にくる！」

ローリーはため息《いき》をつく。

「あたくしのかぎはこれ。」

スケッチ用《よう》のペンをふりながら、エイミーがいった。

「いいわね、わたしにはかぎなんかないわ。」

メグはさびしそうだ。

即座《そくざ》にローリーがいった。

「もってるじゃないか！」

「え、なに？」

「あなたの顔《かお》。」

「ばかみたい。そんなの役《やく》にたたないわ。」

「いやいや、待《ま》っててごらん、きっとすてきな結果《けっか》があらわれるよ。」

ローリーは自分《じぶん》だけが知《し》っていると思《おも》う楽《たの》しい秘密《ひみつ》を考《かんが》えて、ほくそえんだ。

メグはさっとほおを赤《あか》らめたけれど、だまっていた。だが、その顔《かお》にうかんでいたのは、このあいだブルックさんがお姫《ひめ》さまを救《すく》い出《だ》そうとした騎士《きし》の話《はなし》をしたときに、うかべていたあこがれの表情《ひょうじょう》とおなじだった。

いつもこれからさきの計画《けいかく》を立《た》てるのが大好《だいす》きなジョーが提案《ていあん》した。

「十年後《ねんご》、このままみんなが無事《ぶじ》だったら、また会《あ》いましょうよ。だれが夢《ゆめ》のお城《しろ》にはいることができたか、わかるってもんよ。」

「十年後《ねんご》ですって、やだ、わたし二十七歳《さい》じゃない。」

十七歳《さい》のいまでもおとなになっていると思《おも》うメグはぞっとしたような声《こえ》をあげた。

「ローリーとわたしは二十六歳《さい》、ベスは二十四歳《さい》、エイミーは二十二ね。きゃあ、たいしたもんだ。」

ジョーも思《おも》わず声《こえ》をあげた。

「ジョー、ぼくはさ、なまけ者《もの》だから、あいかわらずぶらぶらしてるんじゃないかな。」

「あのね、ローリー、お母《かあ》さまがいってたけど、あなたには目的《もくてき》が必要《ひつよう》なの。それが見《み》つかりさえすれば、すばらしい未来《みらい》が待《ま》っているって。」

「ほんと？　よし、ぼく、がんばるよ。まずはおじいさまをよろこばせることだ。おじいさまは、ぼくにインド貿易《ぼうえき》をやらせたいらしい。だけど、それはどうしてもいやだから、大学《だいがく》へいくことにする。その四年間《ねんかん》のうちに、おじいさまもあきらめてくれるかもしれないだろ。だけど、おじいさまはきめたことはゆずらない人《ひと》だからな。ぼくの父《ちち》みたいに、好《す》きなことをするために逃《に》げださないかぎり、だめなんだよ。おじいさまのそばにいてくれる人《ひと》が見《み》つかったら、明日《あした》にでも逃《に》げだしたいよ。」

ローリーの気持《きも》ちのたかぶりが、ジョーにも伝染《でんせん》した。

「だったら、船《ふね》で世界旅行《せかいりょこう》をして、自分《じぶん》のやりたいことを見《み》つけるまで帰《かえ》ってこなけりゃいいのよ。」

「それはよくないわ。ジョーったら、そそのかすようなこと、いわないの。ローリー、あなたはおじいさまのお望《のぞ》みをかなえてさしあげるべきよ。」

メグはお姉《ねえ》さんぶってさとした。

「大学《だいがく》へいって、しっかり勉強《べんきょう》なさい。そしたら、おじいさまの気持《きも》ちもやわらぐわ。あなたしかおじいさまのそばにいられる人《ひと》はいないんだから、にげだしたりしたら、きっと後悔《こうかい》するわよ。

ちゃんと義務《ぎむ》をはたせば、ごほうびがあると思《おも》うの。人《ひと》に尊敬《そんけい》されるブルックさんみたいに。」

「へえ、ブルック先生《せんせい》のこと、よく知《し》ってるんだね。」

ローリーは家《いえ》を出《で》たいなどとついいってしまったので、メグが話題《わだい》を変《か》えるチャンスをくれたのにさっそく飛《と》びついた。メグはブルックさんをさかんにほめる。

「おじいさまがそうおっしゃっていたからよ。あのかたは、ご自分《じぶん》のお母《かあ》さまをていねいに看取《みと》り、お母《かあ》さまの世話《せわ》をしてくれた女《おんな》の人《ひと》のめんどうもみているの。それをだれにもいわないでね。おえらいと思《おも》うわ。」

「そうなんだ、すごいな。おじいさまは、そういうことをちゃんと調《しら》べて、きみのお母《かあ》さまにいっているから、お母《かあ》さまはブルック先生《せんせい》にすごく親切《しんせつ》にしているんだね。ぼくもブルック先生《せんせい》のためになにかするかな。」

「こまらせるのをやめるのがいちばんよ。」

メグがぴしっといった。

「へえ、こまらせてるって、どうしてわかる？」

「あのかたの顔《かお》を見《み》ればすぐわかるわ。あなたがいい生徒《せいと》の日《ひ》はにこにこしているし、こまらせたときは肩《かた》を落《お》として、のっそり歩《ある》いているもの。」

「ちっとも知《し》らなかったよ。ブルック先生《せんせい》の顔《かお》で、ぼくの行動《こうどう》がわかっちゃうってわけか。彼《かれ》があなたの家《いえ》の前《まえ》を歩《ある》いて、にっこりするのは、ふたりで合図《あいず》を送《おく》りあってるんだね。」

メグはあわてた。

「そんなこと、してないわよ。いまの話《はなし》はブルックさんにいわないで。わたしたちだけの話《はなし》なんだから。あなたはわたしたちにとってきょうだいみたいな人《ひと》だから、ついなんでもいってしまうの。あなたのやんちゃ度《ど》をブルックさんの顔《かお》で測《はか》っているわけじゃないのよ。ごめんなさい、へんなことをいってしまって。」

メグはあやまり、仲《なか》なおりの握手《あくしゅ》をもとめた。

その白《しろ》い小《ちい》さな手《て》を、ローリーはぎゅっとにぎりかえした。

「ぼくこそ、ちょっといじわるなことをいってごめん。」

マーチ家《け》のほうから、ハンナが「そろそろおひらきの時間《じかん》ですよう。」というように、鐘《かね》を鳴《な》らす音《おと》がきこえた。夕食《ゆうしょく》の時間《じかん》が迫《せま》ってきていた。

「また来《き》てもいいかな？」

ローリーがそっとたずねた。

「どうぞ。こんどは編《あ》みものを教《おし》えてあげる。」

ジョーが編《あ》みかけの軍隊用靴下《ぐんたいようくつした》を威勢《いせい》よくふった。

その夜《よ》、ベスがローレンスおじいさまのためにひいているピアノの音《おと》をききながら、ローリーはひとりごとをつぶやいた。

「しばらくは夢《ゆめ》のお城《しろ》をおあずけにして、おじいさまのそばにいてあげよう。おじいさまにはもうぼくしかいないんだから。」

秘密《ひみつ》

季節《きせつ》がうつり、十月《がつ》になると、日増《ひま》しに寒《さむ》くなってきた。短《みじか》い午後《ごご》はすぐに暮《く》れてしまうので、あたたかい日《ひ》が照《て》る二、三時間《じかん》がとても貴重《きちょう》だ。

ジョーは、古《ふる》ぼけたソファにすわって、夢中《むちゅう》で書《か》きものをしていた。目《め》の前《まえ》にあるトランクの上《うえ》には、何枚《なんまい》もの原稿《げんこう》がおいてあり、ペットのネズミが、頭上《ずじょう》の梁《はり》を、息子《むすこ》とともにゆうゆうと散歩《さんぽ》している。

やがてついに最後《さいご》のページを書《か》きおえたジョーは、自分《じぶん》の名前《なまえ》をきどってサインし、ペンをぽんと投《な》げだすようにおき、はーっとため息《いき》をついた。

「できた！　ベストをつくした。これでだめだったら、もっとうまくなるまで待《ま》つしかない。」

ソファにねそべり、ジョーは原稿《げんこう》をとおしてゆっくり読《よ》みなおした。「！」とか「――」などの記号《きごう》をつけ足《た》したりしてから、原稿《げんこう》をまるめてきれいな赤《あか》いリボンで結《むす》び、じっと見《み》つめた。そのまじめな顔《かお》は、この作品《さくひん》にジョーが本気《ほんき》でとりくんだ証拠《しょうこ》だ。

屋根裏《やねうら》のこの部屋《へや》で、ジョーがつくえがわりに使《つか》っているのは、台所《だいどころ》で使《つか》わなくなったブリキの箱《はこ》。そこに本《ほん》やら原稿《げんこう》がしまってあるのだけれど、その中《なか》からジョーは、もうひとつの原稿《げんこう》の束《たば》をとりだし、それらふたつをポケットに入《い》れると、足音《あしおと》をしのばせて階段《かいだん》をおりていった。

帽子《ぼうし》と上着《うわぎ》をそうっとつけ、裏手《うらて》の窓《まど》から、ひくいポーチの屋根《やね》へおりると、草地《くさち》へひらりととびおり、まわり道《みち》を使《つか》って、表《おもて》の通《とお》りへむかった。

そのようすを見《み》ていた人《ひと》がいたとしたらきっと、ジョーのようすがおかしいのに気《き》づいただろう。

ジョーは乗《の》り合《あ》い馬車《ばしゃ》にのり、人通《ひとどお》りの多《おお》い通《とお》りへ出《で》ると、すこし手間《てま》どって、ある場所《ばしょ》にたどりついた。中《なか》に入《はい》り、上《うえ》へあがるうすよごれた階段《かいだん》を見上《みあ》げ、その場《ば》にじっと立《た》ちつくした。だがいきなり、通《とお》りへかけもどると、またすたすたと歩《あゆ》み去《さ》った。

この一連《いちれん》の動作《どうさ》をジョーは何度《なんど》もくりかえしたのである。

たまたま、むかいの建物《たてもの》の窓《まど》ぎわに、黒《くろ》い瞳《ひとみ》の若者《わかもの》がいた。彼《かれ》が見《み》ていると、ジョーは三度《ど》めにもどってきて、意《い》を決《けっ》したように階段《かいだん》をのぼっていった。あたかも、すべての歯《は》をぬこうとしているかのように。

じつは、ジョーがはいっていった建物《たてもの》の入《い》り口《ぐち》には、いくつかの看板《かんばん》にまじって、歯医者《はいしゃ》の看《かん》板《ばん》もかかっていたのだ。あごの模型《もけい》があり、それが上下《じょうげ》にゆっくりひらいたりとじたりして、白《しろ》い歯《は》を見《み》せている。さっきの若者《わかもの》は、上着《うわぎ》と帽子《ぼうし》を手《て》にとると、下《した》へおりて、むかいの建物《たてもの》の前《まえ》まで歩《ある》いていった。

「かわいそうに、ひとりで来《き》たんだ。もしいたい思《おも》いをしたのなら、家《いえ》まで送《おく》ってやろう。」

十分後《ぷんご》、ひどく赤《あか》い顔《かお》をしてジョーが階段《かいだん》をかけおりてきた。ああ、おわってよかった、というような顔《かお》つきだ。戸口《とぐち》にいた若者《わかもの》を見《み》ても、ジョーはちっともうれしそうな顔《かお》をせず、ちょっとうなずいただけで、さっさと立《た》ち去《さ》った。

そのあとを追《お》いかけて、若者《わかもの》はいった。

「たいへんだったかい？」

「そうでもない。」

「早《はや》くおわったね。」

「ええ、ほっとした。」

「なぜひとりでいったのさ？」

「だれにも知《し》られたくなかったから。」

「へえ、そうなんだ。で、何本《なんぼん》ぬいたの？」

は？　ジョーはわけがわからないといった顔《かお》でローリーを見《み》た。が、とつぜん、声《こえ》をあげてわらいだした。

「数《かず》はふたつだけど、一週間《しゅうかん》待《ま》たないとだめなの。」

「なにがおかしいんだい？　ジョー、なにかかくしてるだろ？」

「あなたださってそうよ。こんなところでなにしてたの？　ビリヤード場《じょう》にいってたんでしょ？」

「お言葉《ことば》ですけどね、ぼくはジムにいったのさ。フェンシングの練習《れんしゅう》だよ。」

「それならよかった。」

「どうして？」

「こんどやるハムレットの劇《げき》のために、フェンシングを教《おし》えてもらいたいからよ。」

「もちろん教《おし》えてやるよ。だけど、いまきみがいった『よかった。』というのは、ハムレットのことだけとは思《おも》えないな。」

「そのとおり。わたしはね、あなたがビリヤード場《じょう》なんかにいってなくてよかったと思《おも》ったの。そんなところにはぜったいにいかないでしょ？」

「あんまりね。」

「ぜったいにいかないで。」

「ジョー、ぼくの家《うち》にはビリヤード台《だい》があるけど、ときどきうでのいい人《ひと》たちとやりたくなるんだよ。だから、いくんだ。ネッド・モファットたちとゲームもできるし。」

「ああ、それはよくないわ。そのうちに、どんどんゲームにはまって、よくない仲間《なかま》ができて、お金《かね》も時間《じかん》も浪費《ろうひ》するようになるんだから。」

「あのさ、たまには息《いき》ぬきに楽《たの》しいことをしたっていいじゃないか。」

ローリーはすこし気《き》をわるくした。

「わたし、ネッドも、そのとりまきもきらい。お母《かあ》さまはけっしてネッドを家《うち》によばないの、彼《かれ》は来《き》たがっているけど。もしあなたが彼《かれ》らとつきあうようになったら、お母《かあ》さまはきっとわたしたちをあなたから遠《とお》ざけるでしょうよ。」

「ええっ、それ、ほんと？」

ローリーの顔《かお》に不安《ふあん》の色《いろ》がうかんだ。

「そうよ、お母《かあ》さまは、ああいうちゃらちゃらした男《おとこ》の人《ひと》たちにはがまんできないの。」

「わかったよ、ぼくだってちゃらちゃらした男《おとこ》になりたくないさ。聖人《せいじん》みたいにおとなしくする。」

「そんな！　聖人《せいじん》なんてつまんない。すなおで正直《しょうじき》な人《ひと》でいてちょうだい。そしたら、わたしたち、ずっと仲《なか》よくしていられるもの。なまじ、お金《かね》があると、誘惑《ゆうわく》がふえるから、いっそのこと、あなたが貧乏《びんぼう》だったらよかったのにと思《おも》う、そしたら、心配《しんぱい》しなくていいもの。」

「ぼくのこと、心配《しんぱい》してくれてるんだね、ジョー？」

「ちょっとだけね。あなたは、やる気《き》があって強《つよ》い意志《いし》をもってる人《ひと》だけど、わるいほうにいきはじめると、とめられなくなるから、それがこわいの。」

しばらくだまってローリーは歩《ある》いていく。彼《かれ》の目《め》にいかりの色《いろ》が見《み》えたので、ジョーはすこしいいすぎたかもしれないと後悔《こうかい》した。

でも、ローリーの口《くち》もとにはかすかにほほえみがうかんでいる。

「ジョー、家《いえ》までずっとお説教《せっきょう》するつもり？」

「まさか。なぜよ？」

「するつもりなら、ぼくはひとりで帰《かえ》る。だけど、もししないんなら、いっしょに歩《ある》いて、すごくすてきな秘密《ひみつ》を話《はな》したい。」

「それならいいわ、もうなにもいわないから、その秘密《ひみつ》を教《おし》えて。」

「わかった。ぼくが話《はな》したら、きみも話《はな》せよ。」

「あら、わたしはなにも……。」

と、ジョーはいいはじめたけれど、口《くち》ごもった。

「きみにはかくしごとはできないよ。だから、いっちゃえよ、ほかの人《ひと》にはいわないからさ。」

と、ローリーがうながす。

「あなたの秘密《ひみつ》って、すてきなこと？」

「あったりまえだろ！　すごくすてきだよ。ずっといいたくて、うずうずしてたんだ。さ、きみからどうぞ。」

「あの、家《うち》の人《ひと》たちにはいわないでね？」

「けっして。」

「きいても、わたしをからかわない？」

「からかわない。」

「じゃ、いうわ。さっき、新聞社《しんぶんしゃ》にわたしが書《か》いた原稿《げんこう》をふたつ、あずけてきたの。来週《らいしゅう》、返事《へんじ》をくれるって。」

「すごいじゃないか！　アメリカの有名作家《ゆうめいさっか》、マーチ女史《じょし》、ばんざい！」

帽子《ぼうし》を高々《たかだか》とほうりあげると、ローリーはそれをうまくつかまえた。たまたま通《とお》りをよたよた歩《ある》いていた二羽《わ》のアヒルと、四匹《ひき》の猫《ねこ》と、五羽《わ》のメンドリと、六人《にん》のアイルランド人《じん》の子《こ》どもたちが、おもしろそうにその曲芸《きょくげい》をながめた。

「しっ！　まだどうなるかまるでわかんないんだから。だれにもいわなかったのは、がっかりさせたくないからよ。」

「きっとうまくいくよ。きみの書《か》いたものはシェークスピアみたいにおもしろいんだから。ちまたに出《で》ているくだらない話《はなし》とは大《おお》ちがいさ。出版《しゅっぱん》されたらすてきだろうなあ。」

とたんにジョーの瞳《ひとみ》がきらきらと光《ひか》りだした。仲《なか》よしのその言葉《ことば》は、なんとこころよく、うれしく胸《むね》にひびいたことだろう。

「そうだ、こんどはあなたの番《ばん》よ。」

はっと我《われ》にかえって、ジョーはたずねた。

「いったら、ややこしいことになるかもしれないけど、いうって約束《やくそく》したからね。あのさ、メグの手袋《てぶくろ》の片方《かたほう》がどこにあるか、ぼくは知《し》ってるんだよ。」

「え、それだけ？」

ジョーはぽかんとして、ローリーのしたり顔《がお》をがっかりしたように見《み》た。

「どこにあるかわかったら、もっとおもしろいよ。」

「じゃ、教《おし》えて。」

そこで、ローリーは腰《こし》をかがめ、ジョーの耳《みみ》にそっとささやいた。たちまち、ジョーはびっくりしたような、ちょっと不《ふ》ゆかいそうな顔《かお》になった。

「どうして知《し》ってるの？」

「見《み》たからさ。」

「どこで？」

「ポケットの中《なか》。ロマンティックだろ？」

「どこが？　いやな感《かん》じ。頭《あたま》にくる。メグがなんていうか。」

「あれ、だれにもいわないっていったじゃないか。」

「そうね、だけど、やっぱりいやだわ。こんなこと、きかなきゃよかった。」

「ぼくはさ、きみがよろこぶと思《おも》ったんだよ。」

「とんでもない。だれかがメグをさらっていくのがうれしいわけ、ないじゃない。」

「きみだって、だれかがそうしようとしたら、よろこぶと思《おも》うけどな。」

「そんな人《ひと》、いたら会《あ》いたいもんだわ。」

ジョーは語気強《ごきつよ》くいった。

「ぼくもさ！」

ローリーはふくみわらいをした。

「あああ、こんなことをきいたら、むしゃくしゃしちゃった。あなたのせいよ。」

ジョーは腹《はら》をたてている。

「よしっ、この坂《さか》をかけおりよう。競走《きょうそう》だ。」

まわりにはだれもいない。目《め》の前《まえ》の道《みち》はなだらかにくだっていて、ジョーはいきなりかけだした。

すぐに帽子《ぼうし》も、髪《かみ》にさした櫛《くし》も、ヘアピンも吹《ふ》きとんだ。勝《か》ったのはローリーだったけれど、うまい提案《ていあん》のおかげで、ジョーは気分《きぶん》が晴《は》れ、満足《まんぞく》していた。

「わたし、馬《うま》だったらよかったなあ。こんなにすんだ大気《たいき》の中《なか》を思《おも》いきり走《はし》れるんだもの。でも、もう息《いき》が切《き》れちゃった。お願《ねが》い、ローリー、吹《ふ》きとばしちゃったものを集《あつ》めてきてくれない？」

息《いき》をハアハアいわせながら、ジョーはまっかな葉《は》を落《お》としたメイプルの木《き》の下《した》にすわり、髪《かみ》をととのえはじめた。

だれも見《み》ていないといいと思《おも》っていたのに、そこへなんと、メグがとおりかかったのだ。そのうえ、メグは最高《さいこう》にきれいなお出《で》かけのかっこうをしていたのである。

ばらばらになった髪《かみ》の毛《け》を必死《ひっし》でまとめようとしているジョーを見《み》て、メグはおどろいた。

「こんなところで、なにしているの？」

「落《お》ち葉《ば》集《あつ》め。」

「そして、ヘアピン集《あつ》め。この道《みち》には、帽子《ぼうし》と櫛《くし》も落《お》ちてるんだよ。」

と、ローリーがつけくわえた。

「ジョーったら、かけっこしてたのね。もういいかげん、おてんばはやめなさいよ。」

「年《とし》とってからだがちがちになって、つえを使《つか》うようになるまではやめない。メグったら、どんどんおとなになっちゃって。わたしはまだおてんばでいたい。」

そういいながら、ジョーは、つと落《お》ち葉《ば》の上《うえ》にかがみこみ、ふるえるくちびるをかくした。最《さい》近《きん》、メグがきゅうに女《おんな》らしくなったと思《おも》っていたのだけれど、さっきのローリーの話《はなし》をきいて、ますますメグが遠《とお》い存在《そんざい》になるような気《き》がしていたのだった。

ジョーのようすを敏感《びんかん》に察知《さっち》したローリーは、話題《わだい》を変《か》えようとして、メグにいった。

「おしゃれして、どこへいってたんですか？」

「ガーディナーさんのところ。サリーが、ベル・モファットの結婚式《けっこんしき》の話《はなし》をしてくれたの。新婚《しんこん》旅行《りょこう》はパリですって。すてきでしょうねえ。」

「うらやましい？」

「そりゃ、そうね。」

「ああ、よかった。」

いきなりジョーがいった。

「え、どうして？」

メグはちょっとおどろいた顔《かお》になった。

「だって、メグがお金持《かねも》ちが好《す》きだったら、貧乏《びんぼう》な人《ひと》のところにはお嫁《よめ》にいかないから。」

ローリーがはらはらしているのをまゆをひそめて制《せい》しながら、ジョーはいいはなった。

「わたしはどこへも『お嫁《よめ》』になんかいかないわよ。」

つんとして、メグはいった。


それから一週間《しゅうかん》、さらに一週間《しゅうかん》、ジョーのようすがずっとおかしいので、姉妹《しまい》はふしぎでしかたがなかった。

郵便屋《ゆうびんや》がドアのベルを鳴《な》らすやいなや、戸口《とぐち》へかけていく。ブルックさんに会《あ》うと、すごくそっけない態度《たいど》をとる。しずんだ顔《かお》でメグを見《み》つめ、いきなり身《み》ぶるいしたかと思《おも》うと、メグにキスしたりする。ローリーとふたりでなにやらこそこそ合図《あいず》を送《おく》りあったり、「スプレッド・イーグル」という新聞《しんぶん》の話《はなし》をする。

ふたりとも頭《あたま》がおかしくなったのだと、姉妹《しまい》は思《おも》ってしまった。

ジョーがこっそり窓《まど》からぬけだしてから二週《しゅう》めの土曜日《どようび》のこと、窓《まど》ぎわで縫《ぬ》いものをしていたメグは、庭《にわ》で、ローリーがジョーを追《お》いかけまわしているのを見《み》て、あきれたような声《こえ》をあげた。

やがて、高《たか》らかなわらい声《ごえ》がひびき、新聞《しんぶん》がパタパタふられる音《おと》がした。

「ジョーったら、あれじゃずっとおてんばのままよ。」

メグがため息《いき》をつくと、つねにジョーの味方《みかた》のベスがおっとりいった。

「あのままでいてほしい。あのままがいいの。」

ベスは、ジョーが秘密《ひみつ》を自分《じぶん》にうちあけてくれないことにすこし傷《きず》ついていたけれど、それをだれにもいわなかった。

「ジョーお姉《ねえ》さまはだめねえ。いつまでたっても淑女《しゅくじょ》にはなれっこない。」

エイミーはしたり顔《がお》でいう。

数分後《すうふんご》、ジョーが飛《と》びこんできて、どさっとソファにすわり、新聞《しんぶん》を読《よ》みはじめた。

「なにかおもしろい記事《きじ》がある？」

と、メグ。

「あんまり。お話《はなし》がひとつあるけど、たいしたことなさそう。」

ジョーは、新聞《しんぶん》にのっている自分《じぶん》の名前《なまえ》を見《み》せないようにしながら答《こた》えた。

「声《こえ》に出《だ》して読《よ》んでよ。そうすれば、お姉《ねえ》さまも外《そと》であばれずにすむわ。」

エイミーがいかにもおとなぶっていう。

「なんていうタイトル？」

ベスがきく。

「『ライバルの画家《がか》』。」

「あら、おもしろそう。読《よ》んで。」

と、メグがいった。

ジョーは大《おお》きな咳《せき》ばらいをひとつして、すうっと息《いき》をすい、早口《はやくち》で読《よ》みはじめた。

ロマンスと悲劇《ひげき》がまじった物語《ものがたり》で、最後《さいご》には登場人物《とうじょうじんぶつ》のほとんどが死《し》んでしまうのだ。三人《にん》は熱心《ねっしん》に耳《みみ》をかたむけていた。

「すてきな絵画《かいが》の場面《ばめん》がよかった。」

と、エイミー。

メグが涙《なみだ》をふきながらいった。

「わたしは、ヴァイオラとアンジェロという二人《ふたり》の悲《かな》しい恋愛《れんあい》が気《き》に入《い》ったわ。でも、どちらもわたしの好《す》きな名前《なまえ》なの。ふしぎよね。」

「作者《さくしゃ》はだれ？」

ベスがたずねたのは、ジョーの顔《かお》つきの変化《へんか》に気《き》づいたからだ。

いきなり、ジョーがからだをぴくんと起《お》こし、紅潮《こうちょう》し、興奮《こうふん》した顔《かお》で、声《こえ》をあげた。

「あなたたちのきょうだい。」

「え、ジョー、あなたなの？」

メグはひざの上《うえ》の縫《ぬ》いものをとりおとした。

「なかなかよくできてたわ。」

エイミーが尊大《そんだい》な言《い》いかたをする。

「あたし、わかってた、わかってた。ああ、ジョー、あたしのじまんのお姉《ねえ》さま。」

ベスはかけよって、ジョーを思《おも》いきりだきしめた。

紙面《しめん》に「ジョゼフィン・マーチ」と書《か》いてあるのを見《み》とどけるまで、メグは信《しん》じようとせず、

エイミーは絵画《かいが》の描写《びょうしゃ》についてあれこれいい、続《つづ》きを書《か》く場合《ばあい》のアドヴァイスまでした。しかし、それは意味《いみ》がなかった。ほとんどの人物《じんぶつ》は死《し》んでしまったからである。

ベスはうれしさのあまり、スキップして、歌《うた》をうたい、ハンナは「びっくら仰天《ぎょうてん》」し、お母《かあ》さまはジョーを心《こころ》から誇《ほこ》りに思《おも》った。

みんなは、どうやって物語《ものがたり》が新聞《しんぶん》にのるようになったか、そのいきさつを知《し》りたがった。

ほおをほてらせて、ジョーは話《はな》した。

「物語《ものがたり》をふたつ出《だ》して、その返事《へんじ》をききにいったとき、編集《へんしゅう》の人《ひと》が、どちらもよかったといってくれた。そして、新人《しんじん》にはお金《かね》をはらわないかわりに、新聞《しんぶん》にのせてくれるといったの。でも、ふたつめの物語《ものがたり》にはいくらかはらってくれるんですって。うれしいな。うまくいけば、わたし、自活《じかつ》して、みんなの生活《せいかつ》のめんどうもみられるかもしれない。」

幸福《こうふく》な人生《じんせい》へのあたらしい一歩《いっぽ》をふみだしたのだと、ジョーは本気《ほんき》で思《おも》っていた。

「十一月《がつ》って、一年《いちねん》でいちばんぱっとしない月《つき》だと思《おも》うわ。」

どんよりくもったある日《ひ》の午後《ごご》、霜枯《しもが》れの庭《にわ》をながめながら、メグがうんざりした声《こえ》をあげた。

「だから、ぱっとしないわたしは十一月生《がつう》まれなんだ。」

鼻《はな》の頭《あたま》にインクのしみをつけたまま、ジョーがぶすっとしていう。

「でも、なにかいいことが起《お》これば、楽《たの》しい月《つき》になるわよ。」

なんにでも明《あか》るいことを見《み》つけたいベスがとりなす。

「でもねえ、毎日《まいにち》しこしこ働《はたら》くばかりで、いいことなんか起《お》きそうもないわよ。」

メグはあきらめ顔《がお》だ。

「ああ、ゆううつ！　ほかの女《おんな》の子《こ》たちにはいっぱい楽《たの》しいことがあるのに、メグは毎日働《まいにちはたら》いてばかりだものね。わたしが小説《しょうせつ》の主人公《しゅじんこう》にさせるみたいに、メグの人生《じんせい》もおもしろくしてあげたいな。どこかのお金持《かねも》ちといっしょにしてあげて、財産《ざいさん》をのこしてもらうとかさ。」

「そんなうまい話《はなし》があるもんですか。」

メグの声《こえ》はにがにがしい。

「十年《ねん》待《ま》ってて。ジョーお姉《ねえ》さまとあたくしが、お金持《かねも》ちになって、みんなをらくにさせてあげる。」

部屋《へや》のすみで、ねんどをこねて鳥《とり》や、くだものや、人《ひと》の顔《かお》をつくりながら、エイミーがいう。

「そんなに待《ま》てないわ。その気持《きも》ちはうれしいけど。」

と、メグ。

テーブルにほおづえをついていたジョーは、元気《げんき》がない。

窓《まど》ぎわにすわっていたベスが、にっこりした顔《かお》をみんなにむけた。

「あ、見《み》て。いいことがふたつ起《お》こりそうよ。通《とお》りにお母《かあ》さまの姿《すがた》が見《み》える。もうお帰《かえ》りよ。それから、ローリーが庭《にわ》をいそいでやってくるわ。きっとなにかいい知《し》らせよ。」

そのとおり、ふたりが家《いえ》にはいってきた。

お母《かあ》さまはいつものように、「お父《とう》さまからお手紙《てがみ》はありましたか？」といい、ローリーは「だれか、いっしょに馬車《ばしゃ》のドライブにいかないかい？　ずっと数学《すうがく》をやってて、頭《あたま》ががんがんしてきた。外《そと》のいい空気《くうき》にあたって、しゃっきりしたいんだ。ブルック先生《せんせい》を家《いえ》へ送《おく》るところだから、いっしょにいこう。みんな、どうだい？」

「わたしは遠慮《えんりょ》します。」

メグは縫《ぬ》いものかごをとりだした。じつは、お母《かあ》さまに、若《わか》い男性《だんせい》とはあまりひんぱんに外出《がいしゅつ》しないほうがよいといわれていたからだ。

「あたくしたちは、したくしてこなくちゃ。」

あわててエイミーはよごれた手《て》を洗《あら》いにいった。

ローリーはお母《かあ》さまのいすに身《み》をよせて、いつものように、やさしく声《こえ》をかけた。

「なにかご用《よう》はありますか。」

「いいえ、でも、郵便局《ゆうびんきょく》へいって手紙《てがみ》を見《み》てきてくださるかしら？　お父《とう》さまはきちんと手紙《てがみ》をくださるかたで、きょうは手紙《てがみ》の来《く》る日《ひ》なのに、まだ郵便屋《ゆうびんや》さんが来《こ》ないので……。」

そのとき、玄関《げんかん》のベルが甲高《かんだか》く鳴《な》りひびき、お母《かあ》さまの声《こえ》はとぎれた。ハンナが一枚《まい》の紙《かみ》をもってあわててやってきた。

「奥《おく》さま、電報《でんぽう》とかいう、おそろしいもんがきました。」

まるで爆弾《ばくだん》でもあるかのように、それをこわごわとさしだした。

「電報《でんぽう》」という言葉《ことば》に、マーチ夫人《ふじん》はびくっとしてそれをひったくり、たった二行《ぎょう》の電文《でんぶん》を読《よ》むや、いすに倒《たお》れこんだ。顔《かお》がまっ青《さお》だ。とっさにローリーは階段《かいだん》をかけおりて、水《みず》をとりにいき、メグとハンナはお母《かあ》さまを支《ささ》えてからだを起《お》こした。

ジョーが電文《でんぶん》を読《よ》みあげた。

マーチ夫人《ふじん》
ご主人《しゅじん》が重病《じゅうびょう》です。すぐにおいでください。

ワシントン、ブランク病院《びょういん》
S《エス》・ヘイル

しばらく部屋《へや》の中《なか》はしんとしたままだった。とつぜん、日《ひ》がかげったように外《そと》が暗《くら》くなった。姉妹《しまい》は世界《せかい》がひっくりかえったかのようにうろたえている。

だが、すぐにお母《かあ》さまが我《われ》にかえり、電文《でんぶん》を読《よ》みなおすと、みんなのほうにうでをさしのべ、その後《ご》だれもわすれられなかった、悲壮《ひそう》な声《こえ》でいった。

「すぐにいきます。もうおそいかもしれない。ああ、みんな、お母《かあ》さまを助《たす》けてちょうだい！」

姉妹《しまい》のすすり泣《な》きがそれにつづいた。最初《さいしょ》にてきぱきと動《うご》きだしたのはハンナだった。

「神《かみ》さまがきっとだんなさまを守《まも》ってくださいます。泣《な》いちゃいられませんて。奥《おく》さま、したくをお手伝《てつだ》いしますんで、お立《た》ちくださいまし。」

エプロンで涙《なみだ》をぬぐい、お母《かあ》さまを支《ささ》えて立《た》たせ、自分《じぶん》のごわごわの手《て》でお母《かあ》さまの手《て》をにぎった。お母《かあ》さまはきっぱりいった。

「ハンナのいうとおりです。みんな、泣《な》くのはやめて、落《お》ちついて。どうするか考《かんが》えましょう。ローリーはどこ？」

「ここです。」

となりの部屋《へや》に身《み》をひそめていたローリーがあらわれた。家族《かぞく》の悲《かな》しむようすを見《み》て、親《した》しい友《とも》とはいえ、身《み》のおきどころがなかったからだ。

「すぐにいきますと、ワシントンに電報《でんぽう》を打《う》ってください。明日《あした》の早朝《そうちょう》の汽車《きしゃ》に乗《の》るつもりですから。」

「了解《りょうかい》。ほかは？　ぼくはどこへでもいきますし、なんでもします。」

「それでは、マーチおばさまに手紙《てがみ》をとどけてくださいな。ジョー、ペンと紙《かみ》をもってきて。」

清書《せいしょ》したばかりの原稿《げんこう》の白《しろ》いところをジョーは迷《まよ》わずやぶりとり、お母《かあ》さまにわたした。

これからの長旅《ながたび》にいるお金《かね》を借《か》りなければならないのはわかっている。できれば自分《じぶん》もお父《とう》さまのためになにかしたくてたまらなかった。

五分後《ふんご》、ローリーは馬《うま》を猛《もう》スピードで走《はし》らせていた。

お母《かあ》さまは娘《むすめ》たちにつぎつぎに指示《しじ》を出《だ》した。

「ジョー、きょうは手伝《てつだ》いにいかれないとキング夫人《ふじん》につたえてきて。それから、とちゅうで買《か》いものをしてきてほしいから、いま、リストをわたします。病院《びょういん》で使《つか》うものをいろいろそろえなくては。ベス、ローレンスさんのところへいって、古《ふる》いワインを何本《なんぼん》かわけていただきなさい。お父《とう》さまのためなら、わたしはお願《ねが》いでもなんでもするつもりです。エイミー、あなたはハンナにいって、大《おお》きなトランクを出《だ》してもらって。そして、メグ、いっしょに来《き》て、荷作《にづく》りを手伝《てつだ》ってね。かなり頭《あたま》が混乱《こんらん》してきたから、助《たす》けてほしいの。」

姉妹《しまい》はいっせいにたのまれた用事《ようじ》にとりかかった。メグはお母《かあ》さまにしばらく部屋《へや》で休《やす》んで、自分《じぶん》たちになんでもやらせてほしいといった。みんなは、風《かぜ》に吹《ふ》きとばされた木《こ》の葉《は》のように、あちこち走《はし》りまわった。

ローレンスおじいさまがベスとともにやってきて、病人《びょうにん》のために役立《やくだ》ちそうなありとあらゆるものをもってきた。愛用《あいよう》のガウンまでさしだしただけでなく、自分《じぶん》がお母《かあ》さまにつきそってワシントンへいくとまでいったのだ。

さすがにそれは丁重《ていちょう》におことわりしたけれど、そういわれたとき、お母《かあ》さまの顔《かお》に一瞬《いっしゅん》、ほっとした表情《ひょうじょう》がうかんだ。一人旅《ひとりたび》は心細《こころぼそ》いからだ。ローレンスおじいさまはその表情《ひょうじょう》を見逃《みのが》さず、すぐにもどりますといって、出《で》ていった。

ゴムのオーバーシューズを片手《かたて》に、お茶《ちゃ》のカップをもういっぽうの手《て》にもったまま、たまたまメグが玄関口《げんかんぐち》へ出《で》ると、そこへとつぜんブルックさんが姿《すがた》をあらわした。

「マーチさん、ほんとうにお気《き》の毒《どく》です。」

そのしずかなやさしい声《こえ》に、メグの心《こころ》はふわっとあたたまった。

「お母《かあ》さまのつきそいをさせていただこうとやってまいりました。ローレンスさんが、ワシントンでの仕事《しごと》にぼくを任命《にんめい》してくださったので、お母《かあ》さまのお役《やく》に立《た》てることになりました。とてもうれしく思《おも》います。」

思《おも》わずメグはオーバーシューズをとりおとした。お茶《ちゃ》もあやうくこぼしそうになりながら、メグは感謝《かんしゃ》の思《おも》いをいっぱいにあらわして、ブルックさんに手《て》をさしだした。

「なんてご親切《しんせつ》な！　母《はは》もよろこびます。どんなに心強《こころづよ》いかわかりません。」

夢中《むちゅう》でしゃべっていたメグは、ブルックさんの褐色《かっしょく》の瞳《ひとみ》がもの問《と》いたげに自分《じぶん》を見《み》おろしているのに気《き》づくとはっとし、きゅうにお茶《ちゃ》がさめてしまうと思《おも》って、あわてて彼《かれ》を居間《いま》へ案内《あんない》した。

やがてローリーが、マーチおばさまが貸《か》してくれたお金《かね》と手紙《てがみ》をたずさえて、もどってきた。

おばさまは、お父《とう》さまが戦争《せんそう》へいったりしたのをくどくど責《せ》め、ろくなことにならないと書《か》いてきた。お母《かあ》さまはその手紙《てがみ》を暖炉《だんろ》にほうりこみ、お金《かね》はありがたく財布《さいふ》におさめた。

短《みじか》い午後《ごご》はあっというまにすぎ、すべてのしたくがととのった。

お母《かあ》さまはメグと針仕事《はりしごと》をし、ベスとエイミーはお茶《ちゃ》のしたくをし、ハンナはアイロンがけをいそいでいた。しかし、ジョーがもどってこない。

みんなの不安《ふあん》がつのってきて、ローリーがさがしに出《で》かけたけれど、見《み》つからない。

そこへ、ジョーがいきなりもどってきたのだ。その顔《かお》にはなんとも複雑《ふくざつ》な表情《ひょうじょう》がいりまじっている。ジョーはお札《さつ》を何枚《なんまい》もとりだし、声《こえ》をつまらせながら、お母《かあ》さまの前《まえ》にそれをおいた。

「お父《とう》さまがご無事《ぶじ》におもどりになられるように、使《つか》ってください。」

「まあ、どこでこんな大金《たいきん》を？　二十五ドルも！　ジョー、なにか早《はや》まったことをしたんじゃな

いでしょうね？」

「いいえ、これは正真正銘《しょうしんしょうめい》、わたしのものです。盗《ぬす》んだり、もらったりしたものじゃありません。自分《じぶん》のものを売《う》って、かせいだの。」

　そういいながら、ジョーはさっと帽子《ぼうし》をとった。ああああ——っ！　みんなの口《くち》から声《こえ》がもれた。ジョーのゆたかな長《なが》い髪《かみ》が、ばっさり切《き》りとられていたのだ。

「あのすてきな髪《かみ》が！　お姉《ねえ》さま、どうして？　たったひとつのじまんだったのに！　ジョーらしくなくなっちゃった、おしい！」

　みんなは口々《くちぐち》にいった。ベスは短《みじか》く刈《か》りこまれたジョーの頭《あたま》をやさしくだいた。

　ジョーは、栗色《くりいろ》の髪《かみ》を指《ゆび》でくしゃくしゃとさせ、その髪形《かみがた》がいかにも気《き》に入《い》っているというような顔《かお》をしてみせた。

「ベス、泣《な》かないで。世界《せかい》のおわりじゃないんだから。これで、自分《じぶん》の虚栄心《きょえいしん》をおさえられる。頭《あたま》が軽《かる》くなったし、ひんやりしていい気持《きも》ちだし、手入《てい》れもしやすいから、満足《まんぞく》してる。」

お母《かあ》さまはジョーにいった。

「ジョー、わたしは満足《まんぞく》していませんよ。でも、責《せ》めたりはしません。でもね、いつか切《き》ったことを後悔《こうかい》するんじゃないかと心配《しんぱい》なの。」

「まさか、ぜったいに。」

ジョーは力強《ちからづよ》くいった。

「ねえ、お姉《ねえ》さま、なぜ切《き》っちゃったの？　信《しん》じられない。」

エイミーは、自分《じぶん》の美《うつく》しい髪《かみ》を切《き》るくらいなら、首《くび》を切《き》られるほうがましだと思《おも》っているようだ。

「とにかく、お父《とう》さまのためになにかしなくちゃと必死《ひっし》だったの。」ジョーはきりだす。「お母《かあ》さまはマーチおばさまにお金《かね》を借《か》りたけれど、さぞ、おつらかったでしょう。メグはお給料《きゅうりょう》をすべてここの家賃《やちん》に出《だ》しているのに、わたしはなにもしていなかったから。最初《さいしょ》はね、髪《かみ》の毛《け》を売《う》るつもりなんかなかった。どこかの店《みせ》に飛《と》びこんで、勝手《かって》に品物《しなもの》をとってこようかなんて思《おも》ったりしてた。そのとき、床屋《とこや》さんの看板《かんばん》が見《み》えてね、ひと房《ふさ》の黒髪《くろかみ》が陳列《ちんれつ》してあって、四十ドルと書《か》いてあったの。そこで、とつぜん思《おも》い立《た》って、その店《みせ》にはいったわけ。この髪《かみ》を見《み》せて、いくらで買《か》ってくれるか、きいたの。」

「よくそんなことができたわねえ、お姉《ねえ》さま。」

ベスはため息《いき》まじりでいった。

「床屋《とこや》さんは小柄《こがら》な男《おとこ》の人《ひと》で、わたしの髪《かみ》を見《み》て、流行《りゅうこう》の色《いろ》じゃないとかいって、たいした金額《きんがく》をしめしてくれなかったの。でも、わたしはいそいでお金《かね》をつくりたかったから、夢中《むちゅう》で、なぜ髪《かみ》を売《う》りたいかまで話《はな》しちゃった。それで、床屋《とこや》さんの気《き》が変《か》わったみたい。おかみさんも話《はなし》をきいていて、『買《か》ってやりな、わたしだって、売《う》れる髪《かみ》があったら、ジミーのために売《う》ってたと思《おも》うよ。』って、いってくれたの。」

「ジミーって?」

エイミーが知《し》りたがる。

「息子《むすこ》さんのこと。軍隊《ぐんたい》にいるんですって。」

「はじめてはさみを入《い》れられたとき、こわくなかった?」

身《み》ぶるいしながら、メグがきく。

「床屋《とこや》さんがしたくをしているときに、見《み》おさめをしたからいいの。でも、切《き》られた髪《かみ》がテーブルの上《うえ》におかれて、頭《あたま》の上《うえ》には短《みじか》い毛《け》しかのこってないのがわかったときは、片《かた》うでか片脚《かたあし》がもぎとられた気《き》がした。おかみさんは、わたしの顔《かお》を見《み》て、長《なが》いのをひと房《ふさ》、記念《きねん》にわたしてくれたの。これをお母《かあ》さまにささげます。」

お母《かあ》さまはジョーの波打《なみう》つ栗色《くりいろ》の髪《かみ》をだいじにしまいながら、「ありがとう。」といったけれど、いまにも泣《な》きだしそうな顔《かお》だったので、みんなはあわてて話題《わだい》を変《か》え、ブルックさんの親切《しんせつ》や、明日《あした》の天気《てんき》のことなどを、明《あか》るくしゃべった。

十時《じ》になっても、だれもベッドにいこうとしなかった。

お母《かあ》さまが「さあ、みんな、明日《あす》の朝《あさ》は早《はや》いから、もうお休《やす》みなさい。」といったので、しずかにひきあげていった。

ベスとエイミーはすぐに寝入《ねい》ってしまったけれど、メグはなかなか寝《ね》つけなかった。ジョーは身《み》じろぎもしなかったので、もう寝《ね》てしまったのだとメグは思《おも》った。

ところが、おさえたようなすすり泣《な》きがきこえたのだ。

「ジョー、どうしたの？　お父《とう》さまのことが心配《しんぱい》なの？」

「ううん、いまはちがう。」

「じゃ、なに?」

「ああ、わたしの髪《かみ》、髪《かみ》の毛《け》!」

わっと泣《な》きだして、ジョーはまくらにつっぷした。

メグはやさしく妹《いもうと》にキスして、なだめるようになでてやった。

ジョーはすすりあげながらいった。

「後悔《こうかい》はしてない。泣《な》いたのは、わたしのうぬぼれ心《ごころ》のせいなんだから。だれにもいわないでね。もうだいじょうぶ。だけど、メグはどうして起《お》きてたの?」

「ねむれないのよ。なんだか気持《きも》ちが落《お》ちつかなくて。考《かんが》えると、どんどん目《め》がさえてくる。」

「なにを考《かんが》えてたの?」

「ハンサムな顔《かお》、とくに目《め》とか。」

メグは暗《くら》やみでひとりほほえんだ。

「何色《なにいろ》の目《め》?」

「褐色《かっしょく》かしら。青《あお》もきれいだけど。」

ジョーがわらうと、メグはもう寝《ね》ましょうといって、自分《じぶん》の夢《ゆめ》のお城《しろ》にさそいこまれていった。

手紙《てがみ》

翌朝《よくあさ》、灰色《はいいろ》の寒《さむ》い夜明《よあ》け。四姉妹《しまい》は毎朝《まいあさ》の習慣《しゅうかん》どおり、聖書《せいしょ》を読《よ》んでいた。いつもより心《こころ》をこめて読《よ》んでいたのは、このような大《おお》きな悲《かな》しみが家族《かぞく》をおそったときにこそ、聖書《せいしょ》がなぐさめと導《みちび》きをあたえてくれるからだった。

着《き》がえをすませると、四人《にん》は、お母《かあ》さまを元気《げんき》に送《おく》り出《だ》そうといいあった。これからの長旅《ながたび》に涙《なみだ》は禁物《きんもつ》だからだ。

こんなに早《はや》い朝食《ちょうしょく》には慣《な》れないので、へんな気《き》がした。すでに大《おお》きなトランクが玄関《げんかん》においてあり、お母《かあ》さまのコートと帽子《ぼうし》がソファにのっている。お母《かあ》さまは朝食《ちょうしょく》を食《た》べようとしていたけれど、青《あお》ざめた顔《かお》には、ねむれぬ夜《よる》のつかれが見《み》え、娘《むすめ》たちは泣《な》かない約束《やくそく》などとても守《まも》れそうもない気《き》がした。

メグはあふれ出《で》る涙《なみだ》をおさえられず、ジョーはしょっちゅう、台所《だいどころ》のふきんかけのかげに顔《かお》をかくしにいった。ベスとエイミーも、はじめて経験《けいけん》するつらい悲《かな》しみに必死《ひっし》でたえていた。

だれもほとんどしゃべらず、ただじっと馬車《ばしゃ》がくるのを待《ま》った。お母《かあ》さまをかこみ、ひとりはショールをたたみ、二人《ふたり》めは帽子《ぼうし》のからまったひもをのばし、三人《にん》めはオーバーシューズをはかせ、四人《にん》めはトランクのストラップをしめた。

お母《かあ》さまはいった。

「あなたたちのことは、ハンナとローレンスおじいさまにおまかせします。お母《かあ》さまが留守《るす》のあいだ、悲《かな》しんだり、さわいだりしないで、じっとたえてくださいね。いつものように日々《ひび》の仕事《しごと》をすること。仕事《しごと》は落《お》ちつきをあたえてくれるものです。『希望《きぼう》をもっていそがしく』です。」

「はい、お母《かあ》さま。」

「メグ、妹《いもうと》たちのこと、よろしくね。わからないことはハンナに相談《そうだん》して、こまったときはローレンスおじいさまに助《たす》けをもとめなさい。ジョーは、かんしゃくをおこさないように。お母《かあ》さまはあなたの手紙《てがみ》を待《ま》ってますよ。ベス、みんなを音楽《おんがく》でなぐさめてね。エイミー、あなたはみんなのいうことをきいて、せっせとお手伝《てつだ》いなさい。」

ゴロゴロと音《おと》をたてて馬車《ばしゃ》がやってきた。別《わか》れのときがきた。

姉妹《しまい》は必死《ひっし》で涙《なみだ》をおしもどし、お母《かあ》さまにキスして、つとめて明《あか》るく手《て》をふり、見送《みおく》った。

ローリーとおじいさまも見送《みおく》りにきていた。ブルックさんがこんなにたのもしく親切《しんせつ》に見《み》えたことはない。

馬車《ばしゃ》が出《で》ていくと、太陽《たいよう》が顔《かお》を出《だ》し、うしろをふりかえったお母《かあ》さまは、四人姉妹《にんしまい》と、忠実《ちゅうじつ》なハンナと、ローレンスおじいさまと、ローリーの顔《かお》に光《ひかり》がさしているのをはっきり見《み》た。いいきざしだ。

「みんな、なんてやさしいんでしょう！」

となりにすわった若《わか》いブルックさんを見《み》やって、お母《かあ》さまはしみじみいった。

「そうですとも。そうしたくなるからですよ。」

ブルックさんがにっこりわらいかけると、お母《かあ》さまも思《おも》わずにこっとした。こうして、はるかワシントンまでの長旅《ながたび》は、いいきざしとほほえみにめぐまれて、はじまったのだった。

ローリーとおじいさまが朝食《ちょうしょく》をとりに家《いえ》に帰《かえ》っていくと、ジョーがいった。

「あああ、なんだか大地震《おおじしん》のあとみたいな気《き》がする。」

と、メグ。

「家《いえ》の半分《はんぶん》が消《き》えちゃったみたい。」

ベスもなにかいおうとして口《くち》をあけたけれど、なにもいわず、お母《かあ》さまがテーブルの上《うえ》にのこしていった、つくろいのすんだ靴下《くつした》の山《やま》をゆびさした。ぎりぎりまで、お母《かあ》さまはみんなのためにつくろいものをしてくださったのだ。それに気《き》づいたとたん、四人《にん》は声《こえ》をあげて泣《な》きだしてしまった。かしこいハンナは四人《にん》をひとしきり泣《な》かせてやってから、すっきりしたのを見《み》とどけると、いった。

「お嬢《じょう》さまがた、さあ、コーヒーをめしゃがってくださいまし。そいで、仕事《しごと》にとりかかりましょう。」

コーヒーの効果《こうか》は抜群《ばつぐん》だった。十分後《ぷんご》、みんなは「希望《きぼう》をもっていそがしく」しはじめた。ジョーが元気《げんき》にいった。

「マーチおばさまのところへいってくる。がたがたいわれるのはわかってるけどさ！」

「わたしはキングさんのところへいくわ。ほんとはうちの家事《かじ》をするほうがいいんだけど。」

メグは泣《な》きはらした赤《あか》い目《め》を気《き》にしている。

「うちのことは、ベスとあたくしがする。」

はりきってエイミーがいう。

「ハンナに教《おし》えてもらって、ちゃんとするから、お仕事《しごと》、がんばってきてね。」

ベスがつけくわえた。

ジョーとメグは仕事《しごと》に出《で》かけていった。いつものように、窓《まど》からお母《かあ》さまが手《て》をふっているような気《き》がしてふりかえったけれど、その姿《すがた》はない。

でも、ベスがちゃんとかわりをしてくれていたのだ。バラ色《いろ》のほおのベスが、ふたりにむかってにっこりうなずいていた。

「さすが、ベス！」

ジョーは帽子《ぼうし》をふって合図《あいず》し、メグと別《わか》れるときに「いってらっしゃい。きょうはキング家《け》の子《こ》どもたちもいい子《こ》にしてるといいね。」といった。

「マーチおばさまも文句《もんく》をいわないといいわね。あなたの髪形《かみがた》、似合《にあ》ってるわよ。ボーイッシュでいいわ。」

背《せ》の高《たか》いジョーの肩《かた》の上《うえ》で、頭《あたま》がやけに小《ちい》さく見《み》えた。

「それだけがなぐさめ。」

ジョーは、冬場《ふゆば》に毛《け》を刈《か》りとられた羊《ひつじ》のような気《き》がしていた。

やがて、ワシントンからお父《とう》さまのようすがつたわってきた。たしかに重病《じゅうびょう》だったけれど、お母《かあ》さまがお世話《せわ》をするようになってから、容態《ようだい》が安定《あんてい》してきたそうだ。ブルックさんは毎日《まいにち》のように報告《ほうこく》を書《か》いてくる。それをメグがみんなに読《よ》んできかせた。

その週《しゅう》がすぎるころには、どんどん内容《ないよう》が明《あか》るくなってきたので、みんな、せっせと手紙《てがみ》を書《か》いては出《だ》した。たとえばこんなふうに――。

愛《あい》するお母《かあ》さま
このあいだのお手紙《てがみ》を読《よ》んで、みんなとてもよろこびました。ほんとうに、ブルックさんはなんて親切《しんせつ》なおかたなんでしょう。ローレンスおじいさまがワシントンでのお仕事《しごと》にブルックさんを起用《きよう》してくださって、お母《かあ》さまも助《たす》かっていることでしょう。よかったです。ジョーはわたしをよく手伝《てつだ》ってくれています。ベスもこつこつ家事《かじ》をやり、ピアノをひいてくれます。エイミーはわたしのいうことをよくきいてくれるので、わたしもめんどうをみてやっています。ローレンスおじいさまはまるで親鳥《おやどり》みたいにわたしたちを見守《みまも》ってくれていますし、ローリーはいつも親切《しんせつ》で、あたたかく接《せっ》してくれます。お母《かあ》さまがいなくてさびしいけれど、明《あか》るいジョーとローリーのおかげで気分《きぶん》が晴《は》れます。ハンナは天使《てんし》みたいにやさしくて、ちっともしからず、わたしを家《か》族《ぞく》の長《ちょう》としてたいせつにしてくれます。おふたりのお帰《かえ》りを首《くび》を長《なが》くして待《ま》っています。お父《とう》さまによろしくおつたえください。

メグより

よい香《かお》りのする便《びん》せんに書《か》かれたメグの手紙《てがみ》とは対照的《たいしょうてき》なのは、ジョーの手紙《てがみ》だ。大《おお》きなうすい紙《かみ》にインクのしみをいっぱいつけながら、くせのある文字《もじ》がとびはねるみたいに躍《おど》っている。

だいじなだいじなお母《かあ》さま

お父《とう》さま、ばんざい！　ブルックさんのおかげで、お父《とう》さまが回復《かいふく》されているのがわかって、よかったです。うれしい手紙《てがみ》をもって屋根裏《やねうら》にかけあがって、ただただ泣《な》きました。神《かみ》さまに感《かん》謝《しゃ》、感謝《かんしゃ》です。みんな、信《しん》じられないくらい、いい子《こ》にしてますよ。なんだか知《し》らないけど、メグは日増《ひま》しにきれいになっていくし、ベスもエイミーもすごく従順《じゅうじゅん》です。そして、ジョーは……まあ、わたしはあいかわらずで、変《か》わりようもないかな。そうそう、こないだローリーとどうってことないことで、けんかしちゃいました。でも、どちらもプライドが高《たか》いので、さきにあやまろうとしないんです。彼《かれ》があやまりにくるべきだと思《おも》ったんだけど、来《き》ませんでした。夜《よる》になってから、わたし、思《おも》いだしたんです、エイミーが川《かわ》に落《お》ちたときにお母《かあ》さまにいわれたこと。いかりに身《み》をまかせず、気持《きも》ちを落《お》ちつかせなさいって。そしたらすっと気《き》がらくになったので、おとなりへとんでいって、あやまろうと思《おも》ったら、ローリーも門《もん》のところまで来《き》ていたんです。ふたりともわらって、それでおしまい。ああ、よかった。

それからきのう、ハンナの洗濯《せんたく》を手伝《てつだ》っていたときに詩《し》をつくりました。『泡《あわ》の歌《うた》』という題《だい》です。おかしな詩《し》でしょ。でも、お父《とう》さまならよろこんでくださると思《おも》って。お父《とう》さまにはハグ、お母《かあ》さまにはキスを送《おく》ります。

『泡《あわ》の歌《うた》』

たらいの中《なか》で踊《おど》る泡《あわ》

洗《あら》って　すすいで　しぼって
干《ほ》して　日光《にっこう》あびた

一週間《しゅうかん》のからだと心《こころ》のよごれよ　さらば
魔法《まほう》の泡《あわ》で　まっさらさら
なんてすてきな洗濯日《せんたくび》

いそがしく働《はたら》くことで
なやみもつらさも洗《あら》い流《なが》され
不安《ふあん》だって吹《ふ》きとばされる

毎日《まいにち》　働《はたら》くのはいいことだ
健康《けんこう》と力《ちから》と希望《きぼう》がもたらされ
泡《あわ》によって　身《み》も心《こころ》も洗《あら》われる

しっちゃかめっちゃかジョーより

大好《だいす》きなお母《かあ》さまへ

ベスから愛情《あいじょう》とスミレの押《お》し花《ばな》を送《おく》ります。みんな、とてもとてもやさしくしてくれるので、お母《かあ》さまはいらっしゃらないけれど、しあわせに暮《く》らしています。エイミーがこの便《びん》せんのあとに自分《じぶん》も書《か》きたいといいますので、ゆずります。わたしは毎日《まいにち》、わすれずに柱時計《はしらどけい》のねじをまき、部屋《へや》の空気《くうき》を入《い》れかえています。

お父《とう》さまのほおに、わたしのかわりにキスをしてさしあげてください。

小《ちい》さなベスより

いとしいお母《かあ》さまへ

みんな元気《げんき》にしてます。あたくしはお姉《ねえ》さまたちに坂《さか》らう（逆《さか》らうのつもり）ようなことはしてません。メグは、字《じ》がまちがっているといいますけどだったら、正《ただ》しいほうをえらんでください。メグはいつもお茶《ちゃ》のときにジェリーを食《た》べさしてくれます。ジョーはそうすれば、あたくしがいい子《こ》になるからですってローリーはわざとフランス語《ご》を早口《はやくち》でしゃべって、あたくしをからかいます。メグはあたくしの文《ぶん》がへんだ、へんだというのでくやしいですいっぱいやることがあるのでこの変《へん》（辺《へん》のつもり）でやめますお父《とう》さまに愛《あい》をいっぱいこめて。

エイミー・カーティス・マーチより

マーチ奥《おく》さまへ

うまくやっとります。お嬢《じょう》さまがたは毎日《まいにち》せっせと動《うご》いとります。メグさまはいい主婦《しゅふ》で、家《か》事《じ》がお好《す》きなようです。ジョーさまはやたらせかせか動《うご》きまわり、落《お》ちつきがありませんです。月曜《げつよう》には洗濯《せんたく》をいっぱいこなしてくれたんですが、しぼるまえに糊《のり》をつけちまったり、ピンクのドレスを青《あお》っぽくそめちまったり、わらっちまいました。ベスさまはとにかく小《ちい》さな天使《てんし》です。いつも手伝《てつだ》ってくれてます。エイミーさまはやんちゃで、あまいものに目《め》がないようす。ローリーさまはいたずら好《ず》きなのでちょっとこまりもんですけど、その分《ぶん》、みんなを元気《げんき》にしてくれてます。あ、パン種《だね》がふくれてきたので、このへんで失礼《しつれい》しますです。だんなさまの回復《かいふく》を心《こころ》から願《ねが》っとりますです。

ハンナより

第《だい》二病棟《びょうとう》の看護師長殿《かんごしちょうどの》

こちら、全軍無事《ぜんぐんぶじ》。ローリー大佐《たいさ》はつねに部署《ぶしょ》につき、ローレンス将軍《しょうぐん》は毎日《まいにち》、全軍《ぜんぐん》を監督《かんとく》しております。ハンナ食料補給係《しょくりょうほきゅうがかり》は忠実《ちゅうじつ》につとめをこなしております。先日《せんじつ》、ワシントンからのお知《し》らせに、祝砲《しゅくほう》を鳴《な》らしました。将軍《しょうぐん》より、くれぐれもよろしくとのこと、おつたえします。

ローリー大佐《たいさ》より

マーチ夫人殿《ふじんどの》

お嬢《じょう》さまがたはみな、お元気《げんき》です。毎日《まいにち》、ベスとローリーがようすをつたえにきます。ハンナは模範的《もはんてき》な家政婦《かせいふ》で、美《うつく》しいメグを守《まも》るべく、がんばっておるようです。こちらの天気《てんき》は良好《りょうこう》。ブルックがお役《やく》に立《た》つことを祈《いの》っております。資金《しきん》が必要《ひつよう》でしたら、すぐにご連絡《れんらく》くださいますよう。ご夫君《ふくん》ご回復《かいふく》の由《よし》、うれしく存《ぞん》じます。

ジェイムズ・ローレンスより

ベスの真心《まごころ》

それからの一週間《しゅうかん》、マーチ家《け》の人々《ひとびと》の暮《く》らしぶりは、近所《きんじょ》でもこれ以上《いじょう》ないほどのお手本《てほん》となっていた。だが、お父《とう》さまの回復《かいふく》がつたえられるや、姉妹《しまい》はかなりほっとして、すこし気《き》がゆるみ、しだいにもとの生活《せいかつ》にもどりはじめてきた。「希望《きぼう》をもっていそがしく」というモットーはわすれなかったけれど、たまにはゆっくりしてもいいだろうと思《おも》っていた。

ジョーはひどいかぜをひいてしまった。短《みじか》い髪《かみ》の頭《あたま》をちゃんとくるんでおかなかったせいだ。マーチおばさまはかぜひきの声《こえ》で本《ほん》を読《よ》んでもらうのをいやがったので、家《いえ》にじっとしていることになったけれど、ジョーはむしろそれをよろこんだ。

エイミーは家事《かじ》よりねんど細工《ざいく》のほうがおもしろくなり、夢中《むちゅう》になっていた。

メグは毎日《まいにち》キング家《け》の子《こ》どもたちの勉強《べんきょう》を見《み》てやりにいき、時間《じかん》がないといいつつ、もっとも時間《じかん》を割《さ》いていたのは、ワシントンとの手紙《てがみ》のやりとりだった。

ただひとりベスだけは、あまりたるまずに毎日《まいにち》の家事《かじ》をこなしていた。

やがてベスは、ついつい家事《かじ》をわすれがちになるほかの三人《にん》の分《ぶん》もひきうけてやるようになってしまった。

両親《りょうしん》のことを思《おも》ってつらくなると、そっとかくれて泣《な》いたり、祈《いの》ったりしていたのだけれど、だれもそれに気《き》づかず、三人《にん》とも、なにかあるとすぐにベスに助《たす》けをもとめたりしていたのである。


お母《かあ》さまが出発《しゅっぱつ》してから十日後《とおかご》のことだった。ベスがいった。

「メグお姉《ねえ》さま、ハンメルさんのところにいってくださらない？　お母《かあ》さまはハンメル一家《いっか》をわすれないようにとおっしゃっていたでしょ。」

「きょうはくたびれているから、だめよ。」

縫《ぬ》いものをしながらメグがのんびり答《こた》える。

「ジョーお姉《ねえ》さまは？」

「かぜひきのわたしには、天気《てんき》がわるすぎ。」

「もうなおったんじゃなかった？」

「まだ。ローリーと出《で》かけるにはいいけどさ、ハンメルさんちにいくのはむり。」

わらいながらジョーはいったけれど、矛盾《むじゅん》したことをいったのですこしきまりわるげだ。

「ベス、あなたがいけばいいじゃないの。」

メグがいう。

「あたしは毎日《まいにち》いってる。じつは、赤《あか》ちゃんが病気《びょうき》なの。どうしていいかわからないから、お姉《ねえ》さまたちにいってほしいのよ。」

そこでメグは明日《あした》ならいく、と約束《やくそく》した。

「ハンナになにか食《た》べものをたのんで、もっていけば。わたしはこれを書《か》きおえたらいくからさ。」

と、ジョー。

「あたし、頭痛《ずつう》がしてるから、だれかにお願《ねが》いしたい。」

ベスは弱々《よわよわ》しくいった。

「もうすぐエイミーが帰《かえ》ってくるわ。きっといってくれるわよ。」

メグがうけあった。

そこでベスはソファに横《よこ》になって待《ま》つことにし、メグとジョーは自分《じぶん》のやりたいことにもどり、ハンメル一家《いっか》はすっかりわすれ去《さ》られた。

それから一時間《じかん》たった。エイミーはもどらず、メグは自分《じぶん》の部屋《へや》であたらしいドレスをためし、ジョーは小説《しょうせつ》をがりがり書《か》き、ハンナは、台所《だいどころ》の暖炉《だんろ》の前《まえ》ですうすう寝《ね》ている。音《おと》をたてないようにして、ベスは帽子《ぼうし》をかぶり、かわいそうな子《こ》どもたちのために食《た》べるものをかごにつめると、つめたい風《かぜ》の吹《ふ》きすさぶ外《そと》へ出《で》ていった。重《おも》たい頭《あたま》をかかえ、しんぼう強《づよ》い瞳《ひとみ》に悲《かな》しそうな色《いろ》をたたえて。

ベスがもどったのはかなりおそい時間《じかん》だった。そっと二階《かい》のお母《かあ》さまの部屋《へや》へあがっていったのにだれも気《き》づかなかった。

三十分《ぷんご》後、ジョーがなにかお母《かあ》さまの戸棚《とだな》にあるものをとりにいくと、大《おお》きな薬箱《くすりばこ》の上《うえ》にすわったベスが、薬《くすり》のびんをもって、充血《じゅうけつ》した目《め》をむけた。

「わっ、ベス、いったいどうしたの？」

ジョーがさけぶと、ベスははなれてというように手《て》をふり、早口《はやくち》でたずねた。

「お姉《ねえ》さまはしょうこう熱《ねつ》をもうやったわよね？」

「ええ、だいぶまえにね。メグがかかったとき。でも、なぜ？」

「じゃ、いうわ。ああ、赤《あか》ちゃんが死《し》んじゃったの！」

「え、どこの赤《あか》ちゃん？」

「ハンメルさんとこの。お母《かあ》さんがもどってくるまえに、あたしのひざの上《うえ》で亡《な》くなったの。」

ベスはすすり泣《な》く。

「なんてかわいそうに。つらかったね。あああ、わたしがいくべきだった。」

ベスをだいて、お母《かあ》さまの大《おお》きないすにすわり、ジョーは後悔《こうかい》のため息《いき》をついた。

「つらいというより、すごく悲《かな》しかった。あそこの長女《ちょうじょ》が、お母《かあ》さんはお医者《いしゃ》をよびにいってるといったの。だから赤《あか》ちゃんをだっこして、長女《ちょうじょ》を休《やす》ませてやったら、いきなり、赤《あか》ちゃんが声《こえ》をあげて、ふるえだして、それからぐったりしちゃったの。それきり身《み》じろぎもしなくなった。だから死《し》んだんだって、わかったの。」

「ああ、泣《な》かないで、ベス。それからどうしたの？」

「ただすわって待《ま》っていたら、お母《かあ》さんとお医者《いしゃ》さまが来《き》て、『しょうこう熱《ねつ》です。もっと早《はや》くよんでくれればよかった。』といったけれど、お母《かあ》さんは、まずしくてお金《かね》がなくて、といってたわ。お医者《いしゃ》さまは親切《しんせつ》で、支払《しはら》いはいいですよといってあげたの。それからきゅうにあたしを見《み》て、早《はや》く帰《かえ》って、ベラドンナという薬《くすり》を飲《の》みなさい、さもないと、熱《ねつ》が出《で》るといったの。」

「まさか、出《で》ないってば！」

いっそう強《つよ》くベスをだきかかえ、ジョーはさけんだ。

「もし、あんたがしょうこう熱《ねつ》にかかったら、わたしは一生自分《いっしょうじぶん》をゆるさない！」

「こわがらないで。お母《かあ》さまの本《ほん》を見《み》たら、いまのあたしの症状《しょうじょう》が書《か》いてあったから、ベラドンナを飲《の》んだの。すこし気分《きぶん》がよくなったみたい。」

「ああ、お母《かあ》さまがいらしたらねえ！」

ジョーはその本《ほん》を読《よ》み、ベスのひたいに手《て》をあて、のどをのぞき、重々《おもおも》しい声《こえ》でいった。

「この一週間《しゅうかん》、あんたは毎日《まいにち》、ハンメルさんのところで赤《あか》ちゃんの世話《せわ》をしてたんだから、病気《びょうき》になる確率《かくりつ》は高《たか》いと思《おも》う。ハンナをよんで、相談《そうだん》しなくちゃ。」

「お願《ねが》い、エイミーは近《ちか》づけないでね。しょうこう熱《ねつ》をやったことがないから。うつしたくないもの。お姉《ねえ》さまたちふたりはもうかからないんでしょ？」

「かからない。かかったとしても、わたしはかまわない。くだらない小説《しょうせつ》を書《か》いてて、あんたをいかせたんだから、かかっても罰《ばち》があたったと思《おも》う。」

そういって、ジョーはハンナをよびにいった。

ハンナはすぐに行動《こうどう》を起《お》こした。ジョーに心配《しんぱい》するなといい、ふたりでメグをよびにいった。

そして、三人《にん》を前《まえ》に、ハンナはてきぱきと今後《こんご》のことをきめた。

「まず、バングズ先生《せんせい》をおよびして、みていただきましょう。エイミーお嬢《じょう》さまには、うつらないようにこの家《いえ》からはなれて、しばらくマーチおばさまのところへいっていただきます。そいで、ジョーお嬢《じょう》さまかメグお嬢《じょう》さまのどちらかはいつも家《いえ》にいて、ベスお嬢《じょう》さまの世話係《せわがかり》になってくださいまし。」

「わたしがするわ、だって長女《ちょうじょ》だもの。」

ジョーとおなじく後悔《こうかい》しているメグがいった。

「ううん、わたしがする。ベスが病気《びょうき》になったのは、わたしのせいだから。お母《かあ》さまにもめんどうをみるって約束《やくそく》してたのに。」

と、ジョー。

「どちらにお願《ねが》いしますかね？」

ハンナがベスにきくと、ベスはすぐに答《こた》えた。

「ジョーお姉《ねえ》さま、お願《ねが》い。」

ジョーの肩《かた》に頭《あたま》をもたせかけて、ベスはあまえるようにいった。

「では、わたしはエイミーにつたえてくるわ。」

メグはちょっと傷《きず》ついたけれど、じつはほっとしてもいた。ジョーとはちがい、看護《かんご》はにがてだったからだ。

エイミーはこのとり決《き》めに猛反対《もうはんたい》した。マーチおばさまのところへいくくらいなら、病気《びょうき》になったほうがまし、とわめきちらした。メグは必死《ひっし》で説得《せっとく》し、なだめ、命令《めいれい》すらしたけれど、エイミーはがんとしてゆずらない。ほとほとつかれて、メグは挫折《ざせつ》した。

居間《いま》のソファで、クッションに顔《かお》をうずめてエイミーがしくしく泣《な》いていると、ローリーがやってきた。なぐさめてもらおうとエイミーは自分《じぶん》の苦境《くきょう》を説明《せつめい》した。ローリーは両手《りょうて》をポケットに入《い》れ、そっと口笛《くちぶえ》を吹《ふ》きながら、部屋《へや》を歩《ある》きまわった。どうしたものかと考《かんが》えているようだ。

やがて、彼《かれ》はエイミーのそばへより、なだめすかすようにいいはじめた。

「ねえ、エイミー、ちょっと頭《あたま》を使《つか》って考《かんが》えてごらんよ。みんなのいうとおりにするのがいいと思《おも》うな。じつはさ、ぼくにはいいプランがあるんだ。マーチおばさまのところへぼくが毎日《まいにち》いって、きみをドライブとか散歩《さんぽ》に連《つ》れだしてやるから。家《いえ》でめそめそしてるよりよっぽどいいだろう？」

「じゃま者《もの》あつかいされて、よそへやられるなんて、まっぴら。」

エイミーはぐずぐずいう。

「なにいってるんだ。きみは病気《びょうき》になりたくないだろ？」

「もちろん。でも、ずっとベスといっしょだったのに。」

「だったらなおさら、病気《びょうき》にならないようにしなくちゃだめだ。しょうこう熱《ねつ》はおそろしい病気《びょうき》だよ。」

「でも、マーチおばさまのところは退屈《たいくつ》だし、おばさまはおこりっぽいし。」

エイミーはだんだんこわくなってきたようだ。

「だから、ぼくがちょくちょくいって、ベスのようすを話《はな》したり、遊《あそ》びに連《つ》れていってやるからさ。おばさまはぼくをけっこう気《き》に入《い》っているから、ちゃんと話《はなし》をつけてあげるよ。」

「それじゃ、馬車《ばしゃ》のドライブにも連《つ》れていってくれる？」

「ああ、誓《ちか》うよ。」

「毎日《まいにち》、かかさず来《き》てくれる？」

「ぜったいにね。」

「ベスがなおったらすぐにうちにもどしてくれるのね？」

「あたりまえだろ。」

「そう、じゃあ、あたくし、いってもいい。」

やっとエイミーが重《おも》い腰《こし》をあげた。

「いい子《こ》だ、じゃ、メグにきみが降参《こうさん》したといってくる。」

ローリーはエイミーを子《こ》どもあつかいして、ぽんぽんと肩《かた》をたたいた。エイミーはその態度《たいど》にちょっとむっとした。

すぐにメグとジョーがやってきて、奇跡《きせき》が起《お》こったようによろこんだので、エイミーもきげんをなおし、お医者《いしゃ》さまが、ベスがほんとうにしょうこう熱《ねつ》だといったら、すぐにいくと約束《やくそく》した。

「ベスはどうだい?」

ベスをとくべつかわいがっているローリーは心配《しんぱい》そうにたずねた。

「お母《かあ》さまのベッドに寝《ね》ているわ。赤《あか》ちゃんの死《し》がショックだったのよ。だからね、単《たん》なるかぜだと思《おも》うの。ハンナもそう思《おも》うといってるけど、顔《かお》がすごく心配《しんぱい》そうなので、どうしていいかわかんないわ。」

メグは途方《とほう》にくれている。

髪《かみ》の毛《け》をくしゃくしゃにして、ジョーがさけぶ。

「ああ、ひどいことばっかり！　お母《かあ》さまがお留守《るす》だと、なにもかもがめちゃくちゃ。」

「よしなよ、まるでヤマアラシみたいじゃないか。お母《かあ》さまに電報《でんぽう》を打《う》ってこようか？　そのほか、できることはなんでもするからさ。」

ローリーはジョーが美《うつく》しい長《なが》い髪《かみ》を切《き》ってしまったのが残念《ざんねん》でたまらないのだった。

「そうね、知《し》らせるかどうか、迷《まよ》っているの。ベスの病気《びょうき》をつたえるべきだと思《おも》うんだけど、ハンナはいけないっていうの。お父《とう》さまのおそばをはなれるわけにいかないんだから、かえって心《しん》配《ぱい》させてしまうって。ベスはそんなに長《なが》いこと寝《ね》ているわけじゃないだろうから、わたしたちがハンナといっしょにめんどうをみてあげればいいでしょう。でも、それもなんとなく正《ただ》しいことじゃない気《き》がするわ。」

と、メグがいう。

「そうだね、わからないな。まずお医者《いしゃ》さまに診《み》てもらってから、おじいさまに相談《そうだん》しようか。」

「そうね、そうしましょう。ジョー、バングズ先生《せんせい》をよんできて。まずは診《み》ていただかないと、なにもきめられないもの。」

「ジョーはここにいて。ぼくがいくからいい。」

即座《そくざ》にローリーはいい、帽子《ぼうし》をかぶった。

「おいそがしいんじゃない？」

メグがいう。

「きょうの勉強《べんきょう》はおわったよ。」

ひらりと柵《さく》を越《こ》えて走《はし》っていくローリーを、ジョーはたのもしそうに見送《みおく》った。

バングズ先生《せんせい》はすぐにやってきて、ベスにはしょうこう熱《ねつ》の兆候《ちょうこう》があるといった。先生《せんせい》はおそらく軽《かる》いものだろうと思《おも》っていたようだけれど、ハンメルさんの話《はなし》をきくと、きゅうに表情《ひょうじょう》が変《か》わった。エイミーはすぐに隔離《かくり》すべし、ということになり、ジョーとローリーがつきそって、すぐさまマーチおばさまの家《いえ》へむかった。

「おや、きょうはなんのご用《よう》ですかね？」

おばさまはめがねの上《うえ》からさぐるようにぎょろりと三人《にん》を見《み》つめた。

いすの背《せ》もたれにはオウムがとまっていて、しゃがれ声《ごえ》でいった。

「出《で》ておいき。男《おとこ》の子《こ》はいらないよ。」

すぐにローリーは窓《まど》ぎわへ退散《たいさん》し、ジョーが事《こと》のしだいを説明《せつめい》した。

「思《おも》ったとおりだね、貧乏人《びんぼうにん》にかかわりあったりするから、そんなことになるんですよ。エイミーはうちであずかります。この子《こ》は見《み》たところ、だいじょうぶそうだからね。泣《な》くんじゃない、めそめそされるのはきらいですよ。」

まさしくエイミーは泣《な》きだしそうになっていた。とっさにローリーはオウムのポリーのしっぽをひっぱった。ポリーはギャッと声《こえ》をあげ、さけんだ。

「おっと、やばい！」

その言《い》いかたがおかしかったので、エイミーは思《おも》わずわらってしまった。

「お母《かあ》さまからはなにかきいてますか？」

ぶっきらぼうにおばさまがたずねた。

「父《ちち》はだいぶ回復《かいふく》してきたそうです。」

と、ジョーが答《こた》えた。

「おや、そうかい。病気《びょうき》も根気《こんき》も、マーチ家《け》の人間《にんげん》は長《なが》つづきしないからね。」

「ハ、ハ、ハッ、死《し》ぬといっちゃあおしまいだ、おさらば、おさらば！」

ポリーが悪態《あくたい》をついた。すると、うしろでローリーがまたポリーをつついたので、ポリーはい

す の背《せ》もたれでバタバタあばれた。

「おだまり、おいぼれ鳥《どり》！　ジョー、おまえも、夜《よる》おそくまで、そんなうわついた若造《わかぞう》とほっつき歩《ある》くのはおやめ。」

「おだまり、おいぼれ鳥《どり》！」

ポリーはおばさまのまねをしてどなり、背《せ》もたれからとびおりると、うわついた若造《わかぞう》を追《お》いかけてつっついた。


「ああ、こんなところにはいられそうもない。でも、がまんする。」

ひとりのこされたエイミーはつぶやいた。

「いっちまえ、ばーか！」

追《お》い打《う》ちをかけるようなポリーのいじわるな言葉《ことば》に、エイミーはしくしく泣《な》くしかなかった。

暗《くら》い日々《ひび》

ベスはやっぱりしょうこう熱《ねつ》にかかっていた。かなり重症《じゅうしょう》だったけれど、ハンナと医者以外《いしゃいがい》はそれを知《し》らなかった。ローレンスおじいさまはお見舞《みま》いをことわられた。医者《いしゃ》はせっせと診《み》にきてくれて、あとはすべて忠実《ちゅうじつ》なハンナがとりしきっていた。

メグはキング家《け》の子《こ》どもたちにうつしてはいけないので家《いえ》にのこり、家事《かじ》をやった。お母《かあ》さまに手紙《てがみ》を書《か》くときは、ベスのことを書《か》けないから、うしろめたい思《おも》いがした。でも、ハンナはがんとして、「つたえちゃいけませんです。」というのだった。

ジョーは毎日《まいにち》ベスのまくらもとで看病《かんびょう》していた。ベスは必死《ひっし》でいたみにたえ、文句《もんく》のひとつもこぼさなかった。

しかしやがて、熱《ねつ》にうかされて、しゃがれた声《こえ》をあげ、ベッドカバーの上《うえ》で見《み》えないピアノをひくまねをしたりするようになった。家族《かぞく》の顔《かお》がわからなくなり、まちがった名前《なまえ》でよんだり、「お母《かあ》さま！」と切《せっ》ない声《こえ》をあげたりした。

そのうえ、ワシントンからとどいた手紙《てがみ》には、お父《とう》さまの病状《びょうじょう》がぶり返《かえ》し、当分家《とうぶんいえ》にはもどれないだろうとあった。

なんと暗《くら》い日々《ひび》だったろう。家《いえ》はますますものさびしく悲《かな》しいところと化《か》した。みんなの心《こころ》は重《おも》くなるいっぽうだった。メグはひとり涙《なみだ》をこぼしながら、愛《あい》にあふれた、おだやかで健康《けんこう》な日々《ひび》は、お金《かね》ではとうてい買《か》えないものだとつくづく思《おも》っていた。

苦《くる》しむ妹《いもうと》をつねに前《まえ》にして、うす暗《ぐら》い部屋《へや》にこもったままのジョーは、これまで自分《じぶん》よりみんなを優先《ゆうせん》して生《い》きてきたベスのやさしさを、身《み》にしみて感《かん》じていた。

マーチおばさまの家《いえ》に隔離《かくり》されたエイミーは、ベスが自分《じぶん》のかわりにやってくれたこまごまとした家事《かじ》を思《おも》いだし、サボったことをはげしく後悔《こうかい》していた。

ローリーはマーチ家《け》のそばをうろつきまわり、おじいさまは、ベスを思《おも》いだすのがつらいので、ピアノにかぎをかけてしまった。だれもがベスの姿《すがた》が見《み》えないのをさびしがっている。ミルク屋《や》、パン屋《や》、肉屋《にくや》が、容態《ようだい》をききにやってきた。ハンメルのおかみさんは、ベスに申《もう》し訳《わけ》ないことをしたのをあやまりにきて、亡《な》くなった赤《あか》ちゃんを埋葬《まいそう》するために着《き》せる服《ふく》をもらって帰《かえ》っていった。

ベッドのベスは、古《ふる》ぼけた人形《にんぎょう》のジョアンナを横《よこ》に寝《ね》かせていた。猫《ねこ》たちもそばにおきたがったのだけれど、病気《びょうき》がうつるといけないので、それはやめになった。看病《かんびょう》してくれるジョーを気《き》づかい、ひとりぼっちのエイミーに伝言《でんごん》をたのみ、みんなにはお母《かあ》さまにすぐに手紙《てがみ》を書《か》くといって、そばにえんぴつと紙《かみ》をおいてもらっていた。

だがやがて、意識《いしき》がうすれ、わけのわからない言葉《ことば》を発《はっ》したり、かと思《おも》うと、こんこんとねむったりした。日《ひ》に二回《かい》、バングズ先生《せんせい》が来《き》てくださり、ハンナは夜《よる》の番《ばん》をし、メグはすぐ出《だ》せるように手《て》もとに電報用紙《でんぽうようし》を用意《ようい》し、ジョーはかたときもベスのそばをはなれなかった。

十二月一日《がつついたち》は、いかにも寒々《さむざむ》しい日《ひ》だった。雪《ゆき》がシャーシャーとはげしくふり、きりきりしたつめたい風《かぜ》が吹《ふ》きまくっている。

朝《あさ》、バングズ先生《せんせい》がやってきて、ベスをじっと見《み》つめ、診察《しんさつ》をしたあと、ひくい声《こえ》でいった。

「もし奥《おく》さまがご主人《しゅじん》のそばをはなれられるなら、すぐにおよびしたほうがよいでしょう。」

ハンナは声《こえ》が出《で》ず、ただうなずくだけ。メグはいすに倒《たお》れこみ、ジョーはまっ青《さお》な顔《かお》で立《た》ちつくした。でも、すぐさま電報用紙《でんぽうようし》をひっつかむと、嵐《あらし》の中《なか》へ飛《と》びだしていった。

もどってきて、防寒着《ぼうかんぎ》をぬいでいたときに、ローリーが手紙《てがみ》をもってやってきた。お父《とう》さまがもちなおしたという内容《ないよう》だ。その知《し》らせによろこびはしたけれど、ジョーの顔《かお》はいっこうに晴《は》れない。ローリーはふしぎに思《おも》ってたずねた。

「どうしたの？　ベスがわるいのかい？」

「お母《かあ》さまに電報《でんぽう》を打《う》ちにいったの。」

オーバーシューズをひっぱってぬぎながら、ジョーは答《こた》えた。

「えっ、ほんとか！　自分《じぶん》の判断《はんだん》でそうしたのかい？」

「いいえ、お医者《いしゃ》さまがそうしろって。」

「たいへんだ、まさかそんなにわるいとは。」

ローリーはうろたえる。

「ほんとうなの。ベスはわたしたちがもうわからない。お母《かあ》さまもお父《とう》さまもいないし、ああ、神《かみ》さまに見放《みはな》された気分《きぶん》。」

大粒《おおつぶ》の涙《なみだ》がジョーのほおをつたって流《なが》れた。暗《くら》やみの中《なか》で道《みち》をさがすかのようにジョーが手《て》をさしのべたので、ローリーはその手《て》をとり、のどをつまらせていった。

「ここにいるよ。ぼくにつかまって、ジョー！」

ジョーはなにもいえず、ただしがみついた。

親友《しんゆう》の手《て》のぬくもりが心《こころ》にしみこんだ。ローリーはなにかやさしい言葉《ことば》をかけたかったのだけれど、いい言葉《ことば》が出《で》てこない。ただ、ジョーの頭《あたま》を、お母《かあ》さまがいつもするようになでてやるだけだった。

だが、それがなによりのなぐさめになった。ジョーはローリーの言葉《ことば》を介《かい》さないやさしさをうけとり、やがて涙《なみだ》をふいて、感謝《かんしゃ》のまなざしで彼《かれ》を見上《みあ》げた。

「ありがとう、ローリー、もうなにがあっても、わたしたえるわ。」

「きっといいことがあるよ、それを待《ま》とう。すぐにお母《かあ》さまも帰《かえ》ってこられるし。」

「お父《とう》さまがもちなおしたのはうれしいけど、どうしてこう、たいへんなことばかりつづくんでしょ。わたしの肩《かた》にはいちばん重《おも》いものが乗《の》っているんだから。」

「メグとわけあっていないのかい？」

憤慨《ふんがい》した顔《かお》でローリーがいう。

「もちろんしてくれてるけど、メグとわたしでは、ベスへの愛情《あいじょう》がちがうの。わたしはぜったいにベスをうしないたくない、ぜったいに！」

またもやジョーは泣《な》きだし、ぐしょぐしょのハンカチを顔《かお》にあてた。

いままでこらえていた涙《なみだ》がどっと流《なが》れだし、とめられなくなってしまった。ローリーもこみあげるものを感《かん》じて、手《て》で目《め》をぬぐい、のどのかたまりを飲《の》みこんで、くちびるをひきむすんだ。

泣《な》くなんて男《おとこ》らしくないとは思《おも》ったのに、こらえられない。

ジョーがすこし落《お》ちつくと、ローリーはいった。

「ベスは死《し》ぬもんか、あんないい子《こ》を神《かみ》さまが連《つ》れていくはずがないよ。」

「いい人《ひと》はいつだって死《し》んじゃうのよう。」

ジョーはうめく。

「かわいそうに、きみはつかれてるんだ、そうだ、ちょっと待《ま》ってて。いいものをもってくる。」

ローリーは階段《かいだん》を一段《だん》とばしでかけあがって、すぐにワインのはいったグラスをもってきた。

ジョーはにっこりしてそれをうけとり、気丈《きじょう》にいった。

「ベスの回復《かいふく》を祈《いの》って乾杯《かんぱい》。ローリー、ほんとうにありがとう。なんてお礼《れい》をいえばいいかわからない。」

「そのうちに請求書《せいきゅうしょ》を送《おく》るよ。それからさ、今夜《こんや》、ワインよりずっといいものがとどくからね。」

「え、なに？」

一瞬《いっしゅん》、つらい思《おも》いをわすれて、思《おも》わずジョーはきいた。

「じつはきのう、お母《かあ》さまに電報《でんぽう》を打《う》ったんだ。すぐにブルック先生《せんせい》が返信《へんしん》をくれて、お母《かあ》さまは今夜帰《こんやかえ》ってこられるってさ。どう、うれしいだろ？」

早口《はやくち》で興奮《こうふん》しながら、ずっと秘密《ひみつ》にしていたことをローリーは告《つ》げた。とたんにジョーの顔《かお》は蒼白《そうはく》になり、いすから飛《と》びあがるように立《た》ちあがると、いきなり両《りょう》うででローリーにだきつき、よろこびの声《こえ》をあげた。

「ああ、ローリー、ああ、お母《かあ》さま！　うれしい、うれしいっ！」

気《き》がおかしくなったかのようにジョーはわらい、ローリーにふるえながらしがみついた。

ジョーの態度《たいど》の急変《きゅうへん》にびっくりしたものの、ローリーはだまってジョーの背中《せなか》をなでてやり、落《お》ちついてきたのがわかったところで、はにかみながらちょっとキスをした。

とたんにジョーは我《われ》にかえった。階段《かいだん》の手《て》すりにつかまりながら、相手《あいて》を追《お》いやるようにして、ジョーは息《いき》をはずませていった。

「ああ、やめて。そんなつもりじゃなかったの。ごめんなさい。あなたがこんなによくしてくださったので、思《おも》わずだきついちゃったの。ワインのせいよ。」

「ぜんぜんかまわないよ、ぼくは。ぼくもおじいさまも、じりじりしてたんだ。ハンナがなんでもきめすぎだと思《おも》ったから、きのう、おじいさまと相談《そうだん》して、お母《かあ》さまに電報《でんぽう》を打《う》ったんだ。お母《かあ》さまはぼくらをゆるしてくれないだろう、もしベスになにかあったら……。今夜《こんや》、午前《ごぜん》二時《じ》に、終列車《しゅうれっしゃ》がつく。駅《えき》までむかえにいくよ。」

「ああ、あなたは天使《てんし》ね。どうやってお礼《れい》をしたらいいか……。」

「また飛《と》びついてくれてもいいよ。けっこうよかったから。」

ひさびさにローリーの顔《かお》にいたずらっぽい表情《ひょうじょう》がうかんだ。

「おあいにくさま、かわりにおじいさまに飛《と》びついてあげる。じゃ、ローリー、おうちでひと休《やす》みしてね。」

ジョーからこの知《し》らせをきいたハンナはほっとしたようだった。

「ま、あのおせっかいさんをゆるしてやりますかね。」

メグはしずかによろこびをうけとめ、ワシントンからきたブルックさんの手紙《てがみ》をながめていた。

ジョーはベスの寝《ね》ている部屋《へや》をととのえ、ハンナはもしものお客《きゃく》のためにパイをひとつ、ふたつこしらえた。

なにやらあたらしい空気《くうき》が家《いえ》の中《なか》に満《み》ちてきたようだった。

暖炉《だんろ》の火《ひ》もまえより元気《げんき》に燃《も》えはじめ、みんなの青《あお》ざめた顔《かお》にほほえみがうかんでいた。「お母《かあ》さまが帰《かえ》ってくる。」とみんなはささやきかわしていたけれど、当《とう》のベスは？　なにも知《し》らず、わからず、意識《いしき》はもうろうとしたままだった。

かつてのバラ色《いろ》のほおは落《お》ちくぼみ、器用《きよう》な手《て》はだらりと力《ちから》なくたれ、にこやかだった口《くち》もとから発《はっ》せられる言葉《ことば》はなく、きれいな髪《かみ》はまくらの上《うえ》でごわごわとからみあっている。かわききったくちびるから発《はっ》せられるのは弱々《よわよわ》しい「おみず！」という言葉《ことば》だけ。ジョーとメグはまくらもとにはりついて、ただ見守《みまも》り、神《かみ》さまのご加護《かご》を祈《いの》るばかり。

その日《ひ》は一日雪《いちにちゆき》だった。刺《さ》すようにつめたい風《かぜ》が吹《ふ》きまくり、いっこうに時間《じかん》が進《すす》まない。だが、ついに夜《よる》がきた。あとすこし、あとすこし待《ま》てば、とふたりはそのときを待《ま》って、顔《かお》を見《み》あわせていた。

医者《いしゃ》が、よくもわるくも、変化《へんか》が起《お》こるとしたら真夜中《まよなか》だといって帰《かえ》っていった。

つかれきったハンナはベッドの足《あし》もとのソファに横《よこ》になり、ねむりこんでいる。ローレンスおじいさまは階下《かいか》の居間《いま》でうろうろしながら、お母《かあ》さまが帰《かえ》ってきたときのやつれた顔《かお》を見《み》るくらいなら、戦争《せんそう》にいったほうがましだとさえ思《おも》っていた。

ラグに横《よこ》たわったローリーは見《み》るともなく暖炉《だんろ》の火《ひ》を見《み》つめている。その黒《くろ》い思慮深《しりょぶか》い目《め》は、美《うつく》しく、やわらかな光《ひかり》を放《はな》っていた。

のちのち、ジョーとメグは、その夜《よる》のことをけっしてわすれなかった。ふたりとも一睡《いっすい》もできず、無力感《むりょくかん》にさいなまれていた。

「神《かみ》さまがベスを救《すく》ってくださったら、わたし、一生不平不満《いっしょうふへいふまん》をいわないことにする。」

メグがいった。

「ああ、心《こころ》なんかなければいいのに。こんなにいたむんですもの。」

「こんなに苦《くる》しい人生《じんせい》をどうやってこれから生《い》きていけばいいのか、わからない。」

ジョーもいう。

柱時計《はしらどけい》が十二時《じ》を打《う》った。

ベスのやつれはてた顔《かお》に、ふと変化《へんか》が見《み》えたので、ふたりははっとした。すべてが死《し》にたえたような静《しず》けさだ。きこえるのは風《かぜ》のうめき声《ごえ》のみ。ハンナはねむりこけている。

だが、ふたりは、青白《あおじろ》い影《かげ》のようなものが小《ちい》さなベスの上《うえ》に落《お》ちたのを見《み》た気《き》がしたのだ。

一時間《じかん》たった。ローリーがそっと駅《えき》へ出《で》かけていく音《おと》がした。

さらに一時間《じかん》、まだだれも来《こ》ない。嵐《あらし》のせいで汽車《きしゃ》がおくれているのだろうか、とちゅうで事故《じこ》があったのかもしれない。ワシントンで重大《じゅうだい》なことが起《お》こったのなら、最悪《さいあく》だ。

午前《ごぜん》二時《じ》すぎ、ジョーは窓辺《まどべ》に立《た》ち、あたり一面《いちめん》まっ白《しろ》な世界《せかい》を見《み》つめていた。

ふと、ベッドのあたりでかすかな身動《みうご》きを感《かん》じた。見《み》ると、メグがお母《かあ》さまの安楽《あんらく》いすの前《まえ》にひざまずいている。ジョーはたとえようもない恐怖《きょうふ》にとらわれた。

ああ、ベスは死《し》んだんだ……。

あわててベッドにかけよったジョーは、あらたな変化《へんか》を見《み》た。

ベスの顔《かお》から、熱《ねっ》っぽい赤《あか》みと苦《くる》しみの色《いろ》が消《き》え、そのいとしい青白《あおじろ》い小《ちい》さな顔《かお》はいかにも安《やす》らかだ。

もはや泣《な》く気力《きりょく》もなく、ジョーは大好《だいす》きな妹《いもうと》のほおに最後《さいご》のキスをし、「さよなら、わたしのベス、さよなら！」とささやいた。

とたんにハンナがぴくっと起《お》きあがり、ベスのところへいくと、手《て》にふれ、口《くち》もとに耳《みみ》をよせて息《いき》づかいをきき、いきなりさけんだ。

「ああ、ありがたい！　熱《ねっ》が下《さ》がりました。よくねむっておられます。肌《はだ》はしっとりして、息《いき》づかいもらくになって。ああ、ありがたいこってす！」

まもなく医者《いしゃ》がやってきて、にっこりして、もうだいじょうぶとお墨《すみ》つきをくれた。ごくふつうの、ハンサムでもない医者《いしゃ》の顔《かお》が、これほど神々《こうごう》しく見《み》えたことはなかった。

しばらくして、階下《かいか》でベルが鳴《な》った。ハンナが声《こえ》をあげ、ローリーのうれしそうな声《こえ》がそれにつづいた。

「みなさん、おもどりですよ。お母《かあ》さまのおもどりです！」

エイミーの遺言状《ゆいごんじょう》

マーチ家《け》でこのようなことが起《お》こっていたあいだ、エイミーはマーチおばさまの家《いえ》でつらい日々《ひび》を送《おく》っていた。家族《かぞく》からはなれ、たったひとりでおばさまの家《いえ》に追《お》いやられているのがつらくて、これまで自分《じぶん》がどんなにみんなにだいじにされ、あまやかされてきたかをひしひしと感《かん》じていた。

おばさまはだれもかわいがろうとしなかったけれど、お行儀《ぎょうぎ》のいいエイミーが来《き》たのを、じつはとてもよろこんでいたのだ。

甥《おい》の子《こ》どもたちに対《たい》して、やさしい気持《きも》ちをもってはいたのだけれど、それをすなおにあらわすことができない性分《しょうぶん》だったので、あれをしてはいけない、これはだめと指図《さしず》ばかりし、とりすました態度《たいど》で、長々《ながなが》とお説教《せっきょう》をしたものだ。

エイミーは姉《あね》のジョーとくらべると、従順《じゅうじゅん》で愛想《あいそ》もいいので、おばさまは自分《じぶん》がこの子《こ》をきちんと教育《きょういく》してやろうとはりきり、六十年《ねん》まえに自分《じぶん》が教《おそ》わったとおりに、エイミーをしつけようとしていた。そのため、エイミーは女王《じょおう》グモの巣《す》につかまった小《ちい》さな虫《むし》のように、息苦《いきぐる》しくなり、もがいていたのである。

毎朝《まいあさ》、食器《しょっき》を洗《あら》い、古《ふる》めかしい銀《ぎん》のスプーンやポット、ガラス器《き》などをみがきあげ、部屋《へや》のそうじもしなくてはならなかった。それだけでくたくたになった。だが、おばさまの目《め》はどんなにこまかいごみも見逃《みのが》さない。戸棚《とだな》やいすの脚《あし》には彫《ほ》りものがされていて、そうかんたんにほこりがとれないのだ。

さらに、オウムのポリーのえさやり、ペットのプードル犬《けん》の毛《け》とかし、脚《あし》のわるいおばさまにものをとってくるために階段《かいだん》をあがったりおりたり。つかれきったところで、あまり好《す》きでない勉強《べんきょう》もしなくてはならなかった。

そのあとで一時間《じかん》のお休《やす》みがある。エイミーにとってその時間《じかん》だけが天国《てんごく》だった。毎日《まいにち》、ローリーが来《き》て、おばさまにうまいことといっては外《そと》へ連《つ》れだしてくれた。ふたりは散歩《さんぽ》をしたり、馬車《ばしゃ》に乗《の》ったりして、おおいに楽《たの》しくすごした。

帰《かえ》ってから昼食《ちゅうしょく》をすませると、こんどはおばさまに本《ほん》を読《よ》んできかせる時間《じかん》だ。おばさまは一ページめからすぐにうとうとしはじめ、だいたい一時間《じかん》は昼寝《ひるね》をする。でもエイミーはただすわっているしかなかった。

それから、パッチワークやタオルの縁《ふち》かがりなどをすることになっているので、エイミーはじっとがまんしながら針《はり》を動《うご》かし、夕食《ゆうしょく》の時間《じかん》が来《く》るのを待《ま》つ。

だが、そのあとが最悪《さいあく》だった。おばさまはここぞとばかりに、若《わか》いころの話《はなし》をえんえんときかせるのだ。死《し》ぬほど退屈《たいくつ》だったけれど、それを必死《ひっし》にこらえてベッドにたどりつくと、あとはもう、つらい涙《なみだ》をこぼすまもなく、ねむりこけるエイミーだった。

もしローリーと、年配《ねんぱい》のメイドのエスターがいなかったら、とうていここの生活《せいかつ》にはたえられなかっただろう。

オウムのポリーは、エイミーに好《す》かれていないのを知《し》ると、いじわるのかぎりをつくした。髪《かみ》の毛《け》をひっぱるわ、えさをわざとひっくりかえすわ、おばさまが昼寝《ひるね》をしているときを見《み》はからって、犬《いぬ》にちょっかいをかけて吠《ほ》えさせるわ、お客《きゃく》さまが来《く》ると、エイミーの悪口《わるくち》をいうわ、憎《にく》たらしいこと、このうえなかった。

犬《いぬ》のモップもそのまねをして、えさがほしいときには、あおむけになって四本《ほん》の脚《あし》を上《うえ》にあげ、わざとあほ面《づら》をしてみせる。それを一日《いちにち》に十回以上《かいいじょう》もやるのだった。

料理人《りょうりにん》はふきげん、年《とし》とった馬車《ばしゃ》の御者《ぎょしゃ》は耳《みみ》がきこえない。だから、メイドのエスターだけがエイミーの唯一《ゆいいつ》の救《すく》いだった。

エスターはフランス生《う》まれで、長《なが》いあいだ、おばさまの世話《せわ》をしてきた。おばさまはエスターがいないとなにもできないに等《ひと》しく、すっかりたよりきっている。だから、エスターはおばさまを好《す》きにあやつっているともいえた。エスターはエイミーをとても気《き》に入《い》り、フランスにいたころの話《はなし》をしてくれたり、おばさまがためこんでいる、たくさんのきれいなかざりものなどを見《み》せてくれたりした。

エイミーのお気《き》に入《い》りは、変《か》わった形《かたち》のひきだしがたくさんついた戸棚《とだな》で、そこにはありとあらゆる、アンティークっぽいかざりものがどっさりはいっていた。

とくに、四十年《ねん》まえの若《わか》かりしころのおばさまをかざりたてていた宝石類《ほうせきるい》に、エイミーは興奮《こうふん》した。社交界《しゃこうかい》にデビューしたときに身《み》につけたガーネット、結婚式《けっこんしき》に父親《ちちおや》が贈《おく》ってくれた真珠《しんじゅ》、恋人《こいびと》のプレゼントのダイヤモンドなど。おばさまの結婚指輪《けっこんゆびわ》もあったけれど、もはやぱんぱんに太《ふと》ったその指《ゆび》にはとうていはまらない。

「エイミーお嬢《じょう》さま、もしおばさまがくださるとおっしゃったら、どれをいただきたいですか?」

と、エスターがきいた。

「やっぱりダイヤモンドがいちばんいいわ。あたくし、ネックレスが好《す》きなのに、ネックレスは見《み》あたらないのね。あら、これはどうかしら？」

エイミーは金《きん》と黒《くろ》の玉《たま》をつなげた鎖《くさり》に、重《おも》たそうな十字架《じゅうじか》がぶらさがっているものを見《み》つけた。

するとエスターがいった。

「これはすばらしいですよ。もしもわたしがいただけることになったら、ネックレスとしてではなくて、お祈《いの》りのときに使《つか》う、ロザリオにしたいです。」

「エスターって、お祈《いの》りをすると、すごく気持《きも》ちが落《お》ちつくみたいね。あたくしもそうなりたいな。」

ベスがいたら、毎日聖書《まいにちせいしょ》を読《よ》むようにいってくれるのに、いないとついわすれてしまうエイミーだった。

「それなら、お嬢《じょう》さまのために、お祈《いの》りの場所《ばしょ》をつくってさしあげますよ。奥《おく》さまがお昼寝《ひるね》しているときにそっとそこへいって、ひとりしずかにすわって、ベスお嬢《じょう》さまのご回復《かいふく》をお祈《いの》りなさいませ。」

「ありがとう、エスター、やさしいのね。ところで、こういう宝石類《ほうせきるい》は、おばさまが亡《な》くなったら、どこへいくの？」

「もちろん、お嬢《じょう》さまがたのところですよ。奥《おく》さまがそうおっしゃっていましたから。わたしは奥《おく》さまの遺言状《ゆいごんじょう》の証人《しょうにん》なのです。」

エスターは胸《むね》をはって、にっこりした。

「すてき！　でも、いま、いただけるといいのに。」

エイミーはダイヤモンドをちらりと見《み》た。

「いいえ、こういう宝石《ほうせき》はお嬢《じょう》さまがたにはまだ早《はや》すぎます。でも、最初《さいしょ》に婚約《こんやく》されたかたは真《しん》珠《じゅ》をいただくことになっていますし、わたしが思《おも》うに、この小《ち》さなトルコ石《いし》の指輪《ゆびわ》は、エイミーお嬢《じょう》さまがお帰《かえ》りになるときにいただけるでしょう。奥《おく》さまは、エイミーさまのお行儀《ぎょうぎ》をほめていらっしゃいましたから。」

「ええっ、ほんと！　じゃ、あたくし、すごくいい子《こ》でいる。キティ・ブライアントの指輪《ゆびわ》よりずうっときれいだもの。」

その日以来《ひいらい》、エイミーは人《ひと》が変《か》わったように従順《じゅうじゅん》ないい子《こ》になった。マーチおばさまはたいへんよろこび、自分《じぶん》のしつけが効果《こうか》をもたらしたのだと思《おも》った。

エスターは、エイミーの部屋《へや》のはしの化粧部屋《けしょうべや》に小《ち》さなテーブルとストゥールをおき、目《め》の前《まえ》に絵《え》をかざってくれた。聖母子《せいぼし》の肖像画《しょうぞうが》だ。

エイミーは、テーブルの上《うえ》には、聖書《せいしょ》と讃美歌集《さんびかしゅう》をおき、花《か》びんには、毎日《まいにち》ローリーがもってきてくれる花《はな》を生《い》けて、ベスのために祈《いの》った。だれにほめられることもなく、それを熱心《ねっしん》につづけているうちに、しだいに心《こころ》が落《お》ちついてきた。

やがて、エイミーは、おばさまのように、自分《じぶん》も遺言状《ゆいごんじょう》を書《か》いておこうときめた。いつなんどき命《いのち》の火《ひ》が消《き》えようと、自分《じぶん》の持《も》ちものをおしみなくわけあたえたいと思《おも》ったからだ。だが、それでもやはり、自分《じぶん》の宝物《たからもの》を人《ひと》にやってしまうと思《おも》うと、胸《むね》がいたむのだった。

自由時間《じゆうじかん》を使《つか》って、エイミーはいっしょうけんめい、この重要《じゅうよう》な書類《しょるい》を書《か》いた。法律的《ほうりつてき》なむずかしい言葉《ことば》はエスターに教《おし》えてもらい、ついに書《か》きあがると、エスターはこころよく証人《しょうにん》としてサインをしてくれた。もうひとりの証人《しょうにん》にはローリーになってほしかったので、ローリーが来《き》たら見《み》せようとエイミーは思《おも》っていた。

その日《ひ》は雨《あめ》だった。エイミーはひとりで二階《かい》のりっぱな広間《ひろま》へ、ポリーを連《つ》れてあがっていった。そこにはむかしふうの衣装《いしょう》がたくさんつまった戸棚《とだな》があり、エスターからゆるしをもらって、エイミーは好《す》きな衣装《いしょう》をとっかえひっかえ着《き》てみて、楽《たの》しんでいた。長《なが》い鏡《かがみ》の前《まえ》できどってポーズをとったり、長《なが》いすそをひるがえして、しゃなりしゃなり歩《ある》いたりして、悦《えつ》に入《い》っていたのだ。

だから、ローリーが玄関《げんかん》のベルを鳴《な》らしたのもきこえず、部屋《へや》の入口《いりぐち》で、自分《じぶん》の姿《すがた》をのぞいているのにもまったく気《き》づかなかった。

頭《あたま》にまいた、とてつもなく大《おお》きなピンク色《いろ》のターバンと、青《あお》いドレスに黄色《きいろ》のロングスカートはいかにも珍妙《ちんみょう》なとりあわせだったけれど、エイミーは大《おお》まじめだった。

あとでローリーはジョーにいったものだ。

「けばけばしい衣装《いしょう》をつけて歩《ある》いているエイミーのあとから、ポリーがその歩《ある》きかたをまねしてひょこひょこ歩《ある》いてさ、おかしくてがまんできなかったよ。」

吹《ふ》きだしそうになるのをこらえて、ローリーは、ドアをコツコツとノックした。

すると、エイミーはあわてもせず、にこやかにむかえた。

「そこへおすわりになって。いま、かたづけますから。それから、あなたにぜひご相談《そうだん》したいことがあるの。」

エイミーはうるさいポリーを部屋《へや》のすみに追《お》いやってからいった。

「きのう、おばさまのお昼寝中《ひるねちゅう》にね、あたくしが遠慮《えんりょ》して物音《ものおと》をたてないようにしていたら、かごの中《なか》のポリーがギャーギャーわめきたてたの。うるさいから、かごの外《そと》へ出《だ》したら、中《なか》に大《おお》きなクモがいてね、つまみだしたら、それが書棚《しょだな》の下《した》にすべりこんじゃったのよ。ポリーはそれを追《お》いかけて、書棚《しょだな》の前《まえ》でかがみこんで、へんなしゃがれ声《ごえ》でいったの。『いい子《こ》だから、出《で》といでよおおお。』その言《い》いかたがあんまりおかしかったから、思《おも》わずわらっちゃったら、ポリーがおこってさわいでね、おばさまは目《め》をさまして、あたくしたち、すごくしぼられたのよ。」

「うそだ、うそだ、ひどいよ！」

ポリーがローリーのつまさきをつつきながらいった。

「うるさい、おまえの首《くび》ねっこをひねってやるぞ！」

ポリーにこぶしをつきたてて、ローリーはどなった。

「さあ、用意《ようい》ができた。」

エイミーがいいながら、ポケットから一枚《まい》の紙《かみ》をとりだした。「これを読《よ》んでほしいの。法律《ほうりつ》的《てき》にちゃんとしているか、見《み》てほしいから。」

ローリーはその書類《しょるい》を読《よ》みはじめたけれど、大《おお》まじめのエイミーから自分《じぶん》の顔《かお》があまり見《み》えないようにした。つづりのまちがいがいっぱいあって、ついついわらいだしそうになるので、くちびるをかみしめていたからだ。

そこにはこんなことが書《か》いてあった。

あたくしのゆい言状《ごんじょう》

あたくしこと、エイミー・カーティス・マーチは、ここにあたくしの持《も》ちものを以下《いか》の人々《ひとびと》にゆずることを千（宣《せん》）言《げん》する。

父《ちち》には、あたくしのけっ作絵画《さくかいが》、スケッチなど、芸実《げい》（術《じゅつ》）作品《さくひん》。それと百ドルも。

母《はは》には、あたくしのすべての服《ふく》。青《あお》いエプロン以外《いがい》。あたくしの肖《しょう》ぞう画《が》とメダルと愛情《あいじょう》も。

いとしい姉《あね》マーガレット（メグ）には、トルコ石《いし》の指輪《ゆびわ》（もし、もらえれば）、上《うえ》に三羽《ば》のハトの絵《え》があるみどりの箱《はこ》、そして、あたくしがかいたメグの肖《しょう》ぞう画《が》。

ジョーには、こわれたとこをなおしてあるブローチ、ブロンズ生（製《せい》）のインクスタンド（ジョーがふたをなくした）、そして、もっともだいじにしている石光《せっ》（膏《こう》）のウサギ、これは、かつて原稿《げんこう》を焼《や》いたおわび。

ベス（もし、あたくしより長生《ながい》きしてれば）には、あたくしの人形《にんぎょう》、小《ちい》さなたんす、おーぎ（扇《おうぎ》）、あたらしい部屋《へや》ばき。病気《びょうき》でやせたら、はけると思《おも》うので、元気《げんき》になったときにはいてほしい。そして、ベスのたいせつな人形《にんぎょう》ジョアンナをばかにしたことをあやまります。

おとなりのお友《とも》だちのローリー・ローレンスには、あたくしの作品長《さくひん》（帳《ちょう》）と、ねんど細工《ざいく》の馬《うま》。首《くび》の形《かたち》がなってないとローリーにいわれたけど。それから、つらいときになぐさめてくれたお礼《れい》に、あたくしのつくった芸実《げい》（術《じゅつ》）作品《さくひん》をなんでもひとつ。

そんけいする恩人《おんじん》のローレンスおじいさまには、鏡《かがみ》のついたむらさき色《いろ》の箱《はこ》。ペンを入《い》れてもいいし、家族《かぞく》、とくにベスによくしてくださったことを感《かん》射《しゃ》（謝）している亡《な》きエイミーを、これで思《おも》いだしてほしい。

中《なか》（仲）よしのキティ・ブライアントには、青《あお》い絹《きぬ》のエプロンと、金色《きんいろ》のビーズの指輪《ゆびわ》。

ハンナには、ほしがっていたぼうし箱《ばこ》と、パッチワークすべて。

以上《いじょう》、すべての貴重《きちょう》な持《も》ちものを文《ぶん》（分）配《ぱい》したので、どうかこれで満足《まんぞく》し、亡《な》きエイミーをせめないでください。あたくしはみなさまをゆるします。天国《てんごく》でまた会《あ》えますように。

一八六一年《ねん》十一月二十日《がっはつか》、ここにこのゆい言状《ごんじょう》をふういんします。

エイミー・カーティス・マーチ

証人《しょうにん》　エステル・ヴァルノア、ローリー・ローレンス遺言状《ゆいごんじょう》はインクで書《か》かれていたけれど、最後《さいご》の名前《なまえ》だけは、えんぴつで書《か》いてある。エイミーはローリーにインクで名前《なまえ》を書《か》いて、封《ふう》をしてほしいとたのんだ。

「どうしてこんなことを思《おも》いついたのさ。ベスが自分《じぶん》のものをわけているとか、だれかにきいたのかい？」

すっかりまじめな顔《かお》になって、ローリーはたずねた。

エイミーはマーチおばさまの遺言状《ゆいごんじょう》のことを話《はな》してから、心配《しんぱい》そうにきいた。

「ベスはどうしてる？」

「ごめん、こんなことをいって。でも、ちゃんというよ。こないだ、ベスがすごくわるくなったとき、いったんだ、ピアノをメグに、猫《ねこ》ちゃんたちをきみに、あのぼろぼろの人形《にんぎょう》ジョアンナをジョーにあげるって。あげるものがほとんどなくてすまないといって、あとの人《ひと》たちには髪《かみ》の毛《け》を、おじいさまには大《おお》きな愛《あい》を、といったんだよ。でも、遺言状《ゆいごんじょう》のことなんか、なにもいわなかったよ。」

下《した》をむいて、ローリーがエイミーの遺言状《ゆいごんじょう》に証人《しょうにん》のサインをしながら、封《ふう》をしていると、とつぜん、大粒《おおつぶ》の涙《なみだ》が紙《かみ》に落《お》ちた。エイミーの顔《かお》が不安《ふあん》におののいていた。

ひとこと、エイミーはいった。

「遺言状《ゆいごんじょう》に追伸《ついしん》なんてつけられるの？」

「ああ、遺言補足書《ゆいごんほそくしょ》というんだ。」

「それじゃ、あたくしのにもそれを入《い》れて。あたくしの髪《かみ》の巻《ま》き毛《げ》をすべて切《き》って、友《とも》だちにあげたいの。わすれてた。見《み》ばえはわるくなるけど、やっぱりそうしたい。」

というわけで、エイミーが決意《けつい》した、最後《さいご》の大《おお》きな犠牲《ぎせい》をローリーは遺言状《ゆいごんじょう》に書《か》きくわえてやった。ローリーが帰《かえ》るとき、エイミーはくちびるをふるわせながらいった。

「ああ、ベスはほんとうに危険《きけん》な状態《じょうたい》なの？」

「わからない。でも、希望《きぼう》を捨《す》てないでいよう。ほら、もう泣《な》かないで。」

ローリーが去《さ》ると、エイミーは小《ちい》さな祈《いの》りの場所《ばしょ》へいき、涙《なみだ》をぽろぽろこぼしながら、ベスのために祈《いの》った。トルコ石《いし》の指輪《ゆびわ》を百万個《まんこ》もらっても、大好《だいす》きなベスをうしなうほうがつらいと切実《せつじつ》に思《おも》うのだった。

うち明け話《ばなし》

　母《はは》と四人姉妹《にんしまい》のひさしぶりの再会《さいかい》シーンをうまくあらわす言葉《ことば》などない。でも、もしあるとしたら、しあわせの頂点《ちょうてん》とでもいえるだろうか。

　長《なが》いねむりからさめたベスが最初《さいしょ》に目《め》にしたのは、メグがまくらもとにおいた小《ちい》さな白《しろ》バラとお母《かあ》さまの顔《かお》だった。

　ベスは弱々《よわよわ》しくにっこりして、お母《かあ》さまのあたたかいうでにだかれた。このときをどんなに待《ま》ちこがれていたことだろう。それからベスはふたたびねむりにはいった。

　メグとジョーはお母《かあ》さまのそばにつきっきりになった。なぜなら、ベスはねむっていても、お母《かあ》さまの手《て》をかたときもはなさなかったからである。

　ハンナは、とてつもなくすてきな朝食《ちょうしょく》をこしらえた。ほかに、このよろこびをあらわすやりかたがなかったからだ。メグとジョーはお母《かあ》さまに食事《しょくじ》をもっていき、小声《こごえ》でいろいろな話《はなし》をきかせてもらった。

お父《とう》さまの容態《ようだい》、ブルックさんがお父《とう》さまのそばで看病《かんびょう》すると約束《やくそく》してくれたこと、汽車《きしゃ》が嵐《あらし》でおくれたこと、駅《えき》についたときにローリーの顔《かお》が見《み》えてどんなにほっとしたかということなど。

その日《ひ》は、なんともふしぎな日《ひ》だった。初雪《はつゆき》に人々《ひとびと》は歓声《かんせい》をあげ、外《そと》はにぎやかだったのに、マーチ家《け》はしんとしずまりかえっていた。全員《ぜんいん》がぐっすりねむっていたからだ。

だが、ハンナだけはうとうとしながらも、玄関番《げんかんばん》をしていた。やっとつらい重荷《おもに》をおろしたメグとジョーは、すやすやねむっている。お母《かあ》さまはベスのそばをはなれなかったけれど、大《おお》きないすにゆったりとからだを横《よこ》たえ、ときどき目《め》をさましてはベスのようすを見《み》たり、顔《かお》に手《て》をあてたりして、いとしいわが子《こ》を見守《みまも》っていた。

いっぽう、ローリーはエイミーのところへいって、一部始終《いちぶしじゅう》を説明《せつめい》してやった。マーチおばさまも思《おも》わず鼻《はな》をすすりあげ、いつものように「だからいったでしょうが。」とは一度《いちど》もいわなかった。

エイミーは、自分《じぶん》だけの小《ちい》さな祈《いの》りの場所《ばしょ》をもったことでたいそう気持《きも》ちが落《お》ちついており、さっと涙《なみだ》をぬぐい、早《はや》くお母《かあ》さまに会《あ》わせてとだだをこねたりしなかった。憎《にく》たらしいポリーでさえその感化《かんか》をうけたのか、「いい子《こ》だね。」などと口走《くちばし》った。

じつのところ、エイミーはきらきらした冬《ふゆ》の日《ひ》を外《そと》でローリーと楽《たの》しみたかったのだけれど、ひどい寝不足《ねぶそく》のローリーはすぐに頭《あたま》をこっくりさせて、ねむりこみそうになる。エイミーはそれを見《み》て、ローリーにソファで寝《ね》るようにすすめ、自分《じぶん》はお母《かあ》さまに手紙《てがみ》を書《か》くことにした。いつになくやさしくなったおばさまは、カーテンをひいてやり、そばでだまってすわっていた。

このままローリーは夜《よる》まで起《お》きないのではないかと思《おも》われるくらいぐっすりねむりこんでいたけれど、とつぜん、エイミーが歓喜《かんき》の声《こえ》をあげたので、目《め》をさました。お母《かあ》さまがやってきたからだ。

それから、エイミーとお母《かあ》さまはふたりだけで、祈《いの》りの場所《ばしょ》にすわり、エイミーはこのうえなくしあわせそうな顔《かお》で、お母《かあ》さまのひざにすわっていた。

小《ちい》さな聖書《せいしょ》と、聖母子《せいぼし》の肖像画《しょうぞうが》を見《み》ながら、お母《かあ》さまはいった。

「なにかつらいことがあったとき、ひとりでしずかに考《かんが》えられる、こういう場所《ばしょ》があるのはすばらしいことですよ。」

「ええ、家《いえ》に帰《かえ》ってからも、あたくし、大《おお》きな戸棚《とだな》の中《なか》をかたづけて、祈《いの》りの場所《ばしょ》をつくろうと思《おも》うの。」

そういいながら、エイミーは聖母子《せいぼし》の肖像画《しょうぞうが》をゆびさした。お母《かあ》さまは目《め》ざとく、その指《ゆび》にはまっているものを見《み》つけ、にっこりした。なにもいわなかったけれど、エイミーはすぐに察《さっ》して、まじめな顔《かお》でいいはじめた。

「いいわすれていたけど、これはマーチおばさまがきょうくださったものなの。あたくしをよんで、キスしてくださって、これを指《ゆび》にはめてくださったの。おばさまはあたくしをだいじに思《おも》って、これからもそばにいてほしいとおっしゃったのよ。でも、この指輪《ゆびわ》、まだ大《おお》きすぎるから、留《と》め金《がね》もいっしょにくださったの。ねえ、これをはめていてもいい？」

「きれいな指輪《ゆびわ》ですね。でも、まだあなたには早《はや》すぎるのではないかしら。」

エイミーのぷっくりした、かわいらしい手《て》を見《み》ながら、お母《かあ》さまがいった。青《あお》いトルコ石《いし》の玉《たま》がならんだ指輪《ゆびわ》が、古風《こふう》な金色《きんいろ》の留《と》め指輪《ゆびわ》で支《ささ》えられて、人《ひと》さし指《ゆび》にはまっている。

「あたくし、これがきれいだから好《す》きだというわけじゃなくて、これを見《み》ると、わがままはいけないと思《おも》いださせてくれるから、それがいいの。こんどのことで、わがままは、あたくしの背《せ》負《お》っているいちばんよくない重荷《おもに》だとわかったの。ベスはわがままじゃないから、みんなに好《す》かれるのよね。いなくなったら、みんなが悲《かな》しむ。でも、あたくしが病気《びょうき》になっても、それほどたくさんの人《ひと》はかわいそうがってくれないと思《おも》う。だから、これからはベスみたいに、みんなに愛《あい》される人《ひと》になりたいの。お母《かあ》さま、そんなこと、あたくしにできると思《おも》う？」

「ええ、できますとも。それなら、その指輪《ゆびわ》をはめていらっしゃい。本気《ほんき》で愛《あい》される人《ひと》になろうと思《おも》ったことが、なによりだいじですからね。さて、そろそろお母《かあ》さまはベスのところへもどらないと。エイミー、じきにあなたも家《いえ》に帰《かえ》れますからね。」

その晩《ばん》、メグがワシントンのお父《とう》さまに、無事《ぶじ》にお母《かあ》さまが帰《かえ》ってこられたことを知《し》らせる手紙《てがみ》を書《か》いていたとき、ジョーがそっとベスのねむる部屋《へや》へすべりこんできた。

いつもの場所《ばしょ》にお母《かあ》さまを見《み》つけると、ちょっと立《た》ちどまり、髪《かみ》に指《ゆび》をからませながら、ためらうような顔《かお》をした。

「なあに、ジョー。」

お母《かあ》さまは手《て》をさしのべた。

「お話《はなし》があるんです。」

「メグのこと？」

「え、もうわかったの？　そう、メグのこと。たいしたことじゃないけど、気《き》になって。」

「ベスはねむっているから、話《はな》してちょうだいな。ネッド・モファットさんのことじゃないでしょうね？」

「まさか、あんな人《ひと》がきたら、ドアをしめてやる。」ジョーはお母《かあ》さまの足《あし》もとにしゃがみこんだ。「夏《なつ》にね、メグがローレンスさんのところに手袋《てぶくろ》をおきわすれたんだけど、片方《かたほう》だけがもどってきたんです。そのあとで、ローリーが、ブルックさんがそれをもってるっていったの。ベストのポケットに入《い》れているんだとか。それをローリーがからかって、ブルックさんはメグが好《す》きだから、だいじにもっているんだなんていうの。まさかね、メグは若《わか》すぎるし、ブルックさんは貧乏《びんぼう》だもの。こんなこと、ひどすぎるでしょ？」

「ジョー、あなたはメグがブルックさんを好《す》きだと思《おも》う？」

「そんなこと！　愛《あい》だの恋《こい》だのって、わたしなんかにわかるもんですか！」ジョーはばかにしたような声《こえ》をあげた。「小説《しょうせつ》なら、主人公《しゅじんこう》が顔《かお》を赤《あか》らめたり、きゅうにやせちゃったりして、それがわかるけど、メグなんか、見《み》てもぜんぜんそんなようすはないもの。」

「では、あなたは、メグはジョンにまったく興味《きょうみ》がないと思《おも》うの？」

「え、ジョンて？」

「ブルックさんですよ。お母《かあ》さまはこのごろ、ジョンとおよびしているので。」

「やあだ！　すっかりブルックびいきになってる。お父《とう》さまやお母《かあ》さまにとりいって、メグと結《けっ》婚《こん》させてもらおうとたくらんでるんだ、きっと。いやなやつ。」

ジョーはおこって髪《かみ》の毛《け》をぐいぐいひっぱった。

「そんなにおこらないでちょうだいな。あの人《ひと》はほんとうにすばらしいかたですよ。真剣《しんけん》にメグのことを思《おも》っていらして、うちあけてくださったんです。でも、きちんと生活《せいかつ》できるめどがたってから、申《もう》しこむつもりなのです。お母《かあ》さまだって、まだメグは婚約《こんやく》するには若《わか》すぎると思《おも》っていますとも。」

「そうよね。とんでもないことだもの。いっそ、わたしがメグと結婚《けっこん》して、ずっと家《いえ》にいてもらいたい。」

そのおかしな提案《ていあん》に、思《おも》わずお母《かあ》さまはわらってしまった。それから、まじめな顔《かお》でいった。

「ジョー、お母《かあ》さまからお願《ねが》いがあります。まだメグにはこのことをいわないでちょうだいね。ジョンがもどってきて、ふたりのようすを見《み》て、メグの気持《きも》ちをたしかめますから。」

「メグったら、ブルックさんの目《め》がきれいだとか、そんなことをいうの。あの目《め》でじいっと見《み》つめられたら、たちまちへなへなになっちゃう。メグはお母《かあ》さまの手紙《てがみ》よりも、ブルックさんが送《おく》ってくるちょっとしたメモを何度《なんど》も読《よ》んでるの。でも、それをわたしがいうとおこるし、ジョンていい名前《なまえ》だとかいうし、だから、あっというまにつかまっちゃいそう。そしたらもう、この家族《かぞく》の平和《へいわ》はおしまいだ。ブルックはメグをさらってって、わが家《や》にはぽっかりあながあく。あああ、どうしたらいい？　わたしたちがみんな男《おとこ》だったら、こんなめんどうはないのにねえ！」

両《りょう》ひざにあごをあてて、ジョーはぼやき、見《み》えないにっくきジョンにむかって、こぶしをふりあげた。

お母《かあ》さまがほうっとため息《いき》をついた。それに気《き》づくと、ジョーははっと目《め》をあげた。

「お母《かあ》さまもそう思《おも》うのね。ああ、よかった。ジョンのことはさっさとわすれて、メグにはもうなにもいわないでおきましょう。そうすれば、わたしたちはずっといっしょにいられる。」

「いいえ、そういうつもりでため息《いき》をついたのではありませんよ。いずれ、あなたたちもそれぞれの家族《かぞく》をつくることになるでしょう。それが自然《しぜん》なのです。あなたたちをずっと手《て》もとにとどめておきたいなどとは思《おも》っていません。お父《とう》さまもわたしも、メグが身《み》をかためるのは二十歳《はたち》まで待《ま》つべきだと思《おも》っています。ですから、まだ数年《すうねん》さきのことですよ。」

「お母《かあ》さまは、メグがお金持《かねも》ちと結婚《けっこん》したほうがいいと思《おも》わないんですか？」

「お金《かね》はたいへんだいじで、必要《ひつよう》なものです。でも、そればかりを追求《ついきゅう》してほしくはないのです。ジョンにはきちんとした仕事《しごと》がありますから、きっとメグをしあわせにしてくれるでしょう。お母《かあ》さまは、あなたたちに、お金《かね》や名声《めいせい》や地位《ちい》だけを望《のぞ》んではいません。経験《けいけん》からいうけれど、小《ちい》さなつつましい家庭《かてい》で、ささやかな楽《たの》しみをありがたく思《おも》えるところに、ほんとうのしあわせがあるのです。メグがジョンのようにすばらしい男性《だんせい》によってうけるしあわせは、お金《かね》よりも尊《とうと》いでしょう。」

「お金《かね》のことはわかったけれど、メグのことはわたし、残念《ざんねん》なの。だって、いずれはローリーと結婚《けっこん》すればいいと思《おも》っていたから。そっちのほうがすてきじゃない？」

「ローリーはメグより年下《としした》ですよ。」

お母《かあ》さまがいうと、すぐさまジョーがさえぎった。

「ほんのすこしだけでしょ。あの人《ひと》は年齢《ねんれい》より上《うえ》に見《み》えるし、背《せ》も高《たか》いし。いい考《かんが》えだと思《おも》ったんだけどな、がっかりした。」

「いいえ、ローリーはメグにはすこし幼《おさな》すぎますよ。勝手《かって》にロマンティックな計画《けいかく》をたてるのはおやめなさいな。」

「ええ、しません。わたしはただ、みんながすぐおとなになっちゃうのが悲《かな》しいだけ。つぼみは花《はな》になるし、子猫《こねこ》は大《おお》きくなるし。」

「あら、つぼみと子猫《こねこ》って、なんの話《はなし》？」

メグが書《か》きおえた手紙《てがみ》をもって、部屋《へや》にはいってきた。

「いつものわたしのばか話《ばなし》。さ、メグ、もう寝《ね》る時間《じかん》よ。」

メグがもってきた手紙《てがみ》を読《よ》んだお母《かあ》さまは、にっこりした。

「これでけっこうよ。よく書《か》けています。最後《さいご》に、ジョンによろしくとつけくわえておいてね。」

「え、お母《かあ》さまはブルックさんをジョンとよんでらっしゃるの？」

無邪気《むじゃき》なまなざしでメグはいった。

「ええ、そうですよ。いまでは、まるで息子《むすこ》のようで、わたしたちもとてもあのかたを気《き》に入《い》っています。」

「それはよかったわ。あのかたも、おさびしいんだと思《おも》います。じゃ、お休《やす》みなさい。」

メグの答《こた》えはいかにもおだやかだった。

お母《かあ》さまはメグにやさしくキスをしてやった。部屋《へや》を出《で》ていくうしろ姿《すがた》を見《み》ながら、お母《かあ》さまはそっとつぶやいた。

「あの子《こ》はまだジョンを愛《あい》してはいない。でもきっと、いつかそうなる。」

ローリーのいたずらとジョーのとりなし

翌日《よくじつ》のジョーの顔《かお》は見《み》ものだった。秘密《ひみつ》をかかえているため、それを気《き》にしているのが顔《かお》に出《で》そうになり、必死《ひっし》でこらえていたからだ。だからなおさら怪《あや》しい感《かん》じがした。

目《め》ざといメグは気《き》づいたけれど、わざと知《し》らん顔《かお》をしていた。ジョーがあまのじゃくなのを知《し》っているので、むりにきかないほうが、すぐに話《はな》してもらえるだろうと思《おも》ったのだ。

だが、ジョーはそのままなにもいわず、むしろ上《うえ》から目線《めせん》で自分《じぶん》を見《み》るので、メグは腹《はら》をたて、お母《かあ》さまとベスのそばにつきっきりになっていた。ベスの看病《かんびょう》はお母《かあ》さまの仕事《しごと》になったので、ジョーはひとりぼっちになってしまった。エイミーもいないので、ジョーはローリーがいてくれたらと思《おも》ったけれど、実《じつ》のところ、ローリーと顔《かお》をあわせると、秘密《ひみつ》を根掘《ねほ》り葉掘《はほ》りききだされてしまうのではないかとおそれていた。そういうのがローリーはすごくうまいからだ。

そして、結局《けっきょく》そのとおりになってしまった。ローリーはジョーの態度《たいど》が怪《あや》しいと気《き》づくやいなや、あの手《て》この手《て》でジョーを攻《せ》め、ついに、秘密《ひみつ》はメグとブルック先生《せんせい》に関《かん》することだとつきとめたのだ。ローリーは、家庭教師《かていきょうし》のブルック先生《せんせい》が、自分《じぶん》にはうちあけてくれなかったのに憤慨《ふんがい》し、ちょっと仕返《しかえ》しをしてやろうと思《おも》いついた。

いっぽう、メグはジョーのおかしな態度《たいど》の原因《げんいん》などすぐにわすれてしまい、お父《とう》さまのお帰《かえ》りを心待《こころま》ちにしていた。

そこへ、青天《せいてん》の霹靂《へきれき》ともいうべきことが起《お》こったのである。それからというもの、メグは心《こころ》ここにあらずとなり、だれかに話《はな》しかけられればびくっとし、見《み》られただけで顔《かお》を赤《あか》らめ、物思《ものおも》わしげな顔《かお》でひっそりしずかになってしまった。お母《かあ》さまやジョーになにをいわれても、ひとりにしてほしいというだけだった。

「お母《かあ》さま、メグったらふわふわしちゃって、もう恋《こい》の病《やまい》にかかったみたい。あらゆる兆候《ちょうこう》が出《で》てるもの。とつぜんうたいだしたり、おこりだしたり、食《た》べないし、夜中《よなか》は起《お》きてるし。こないだなんか、『ジョン』とかいっちゃってさ、わたしがふりかえって見《み》たら、ケシみたいにまっかになってた。いったいどうなっちゃったの？」

「だいじょうぶですよ、待《ま》ちましょう。そっとしておいてあげましょう。お父《とう》さまがお帰《かえ》りになったら、ちゃんと考《かんが》えてくださいますよ。」

お母《かあ》さまは落《お》ちついている。

つぎの日《ひ》のことだった。ジョーが、庭《にわ》の小《ちい》さなP《ピー》・O《オー》（ポスト）から、手紙《てがみ》をとってきて、メグにわたした。

「はい、メグ。これはローリーからだけど、なぜしっかり封《ふう》をしてあるのかな？　わたしあてのは、いつも封《ふう》なんかしないのに。」

そのあと、ジョーとお母《かあ》さまは自分《じぶん》の用事《ようじ》にかかりきりになっていたけれど、きゅうにメグがへんな声《こえ》をあげたので、びっくりして目《め》をあげた。メグの顔《かお》は、なにかにおののいているようだ。

「どうしたの？」

お母《かあ》さまはすぐさまメグのそばにかけよった。ジョーはあわててメグの手《て》から手紙《てがみ》をとって見《み》ようとした。

「こんなの、まちがいよ。あの人《ひと》がこんなものを送《おく》るはずがない。ジョー、どうしてこんなことをしたの？」

メグは顔《かお》を両手《りょうて》でおおい、胸《むね》がはりさけたかのように泣《な》きだした。

「メグ、ちがう、わたしじゃない！　いったい、なにをいってるの？」

ジョーはわけがわからない。だが、メグはいかりの炎《ほのお》を燃《も》やした目《め》でジョーをにらみつけ、ポケットからくちゃくちゃになった手紙《てがみ》をとりだして、ジョーに投《な》げつけた。

「どうせ、あなたが書《か》いたんでしょ。そして、あのいたずらローリーが手伝《てつだ》ったんだわ。なんていやらしい、ひどい人《ひと》たち！」
でも、ジョーとお母《かあ》さまはメグの言葉《ことば》などきいておらず、なにやらおかしな字《じ》で書《か》いてある、さっきの手紙《てがみ》を読《よ》んでいた。

いとしいマーガレットへ

ぼくはもう気持《きも》ちをおさえられません。そちらへもどるまえに、自分《じぶん》の運命《うんめい》を知《し》りたいのです。ご両親《りょうしん》にはまだいっていませんが、ぼくたちがおたがいを思《おも》いあっていることはきっとごぞんじでしょう。ローレンス氏《し》はこれからのぼくの仕事《しごと》の世話《せわ》をしてくださいますから、ぼくはあなたをしあわせにできます。どうか、ご家族《かぞく》にはいわず、ローリーを通《つう》じて、希望《きぼう》のひとことをぼくにあたえてください。

あなたをお慕《した》いするジョンより

「なんてやつ！　ローリーは、わたしから秘密《ひみつ》をさぐりだせないもんだから、こんなことをしたんだ。やっつけてやる。メグにあやまらせなくちゃ。」

ジョーの剣幕《けんまく》ははげしかった。だが、お母《かあ》さまがめったに見《み》せないきびしい顔《かお》でジョーに問《と》うた。

「ちょっと待《ま》って、ジョー。いたずら好《ず》きのあなたのことだから、もしかしてと心配《しんぱい》なのです。まさか、この件《けん》にかかわっていないでしょうね？」

「とんでもありません。こんな手紙《てがみ》を見《み》たこともないし、ほんとうになんにも知《し》りませんったら！」

ジョーは必死《ひっし》だった。「もしもわたしがかかわっていたら、こんなへたくそな手紙《てがみ》は書《か》きませんよーだ。」

と、ばかにしたようにいう。

「でも、ジョンの筆跡《ひっせき》に似《に》ているわ。」

メグがもう一通《いっつう》の手紙《てがみ》とくらべながら、消《き》えいりそうな声《こえ》でいった。

「えっ、メグ、まさかもうお返事《へんじ》を書《か》いたんじゃないでしょうね？」

お母《かあ》さまはあわてた。

「ええ、書《か》いてしまいました。」

メグははずかしさのあまり、ふたたび顔《かお》をかくした。

「こりゃ、たいへん。どうしてもあのひどい男《おとこ》を連《つ》れてきて、説明《せつめい》させるからね、待《ま》っててちょうだい。」

というなり、ジョーはドアのほうへいこうとした。

「お待《ま》ちなさい。お母《かあ》さまにまかせて。思《おも》ったよりややこしいことになっていますから。さあ、メグ、最初《さいしょ》からくわしく事《こと》のしだいを話《はな》してくださいな。」

お母《かあ》さまはメグのそばにすわったけれど、ジョーが飛《と》びだしていかないように、その手《て》をつかんだままでいた。

「最初《さいしょ》の手紙《てがみ》は、ローリーからわたされたの。それを読《よ》んで、なやんでしまって、お母《かあ》さまに相談《そうだん》しようとしたの。でも、お母《かあ》さまがブルックさんを気《き》に入《い》っていらっしゃるから、すぐにはいわなくてもいいと思《おも》って、しばらく秘密《ひみつ》にしておいたの。なんとなく自分《じぶん》が小説《しょうせつ》の主人公《しゅじんこう》になったみたいな気《き》がして、わくわくしちゃって……わたしって、ばかね。ああ、もう二度《にど》と、あの人《ひと》の顔《かお》は見《み》られないわ。」

「で、なんとお返事《へんじ》したの？」

お母《かあ》さまがたずねた。

「ただ、まだ結婚《けっこん》するのは若《わか》すぎると思《おも》うことと、でも秘密《ひみつ》にしておくのはいやなので、お父《とう》さまにちゃんと話《はな》してほしいと書《か》いたの。あの人《ひと》の親切《しんせつ》には感謝《かんしゃ》しているから、友《とも》だちではいたいけれど、それ以上《いじょう》はまだ、とね。」

お母《かあ》さまはにっこりして、うれしそうな顔《かお》をした。ジョーはパチパチと手《て》をたたき、わらいながら声《こえ》をあげた。

「さすがメグ、慎重《しんちょう》な答《こた》えをしてえらい！　で、あの人《ひと》はなんていってきたの？」

「それがね、彼《かれ》はラブレターなど書《か》いたおぼえはないといってきたのよ。きっとおちゃめな妹《いもうと》のジョーさんが自分《じぶん》たちの名前《なまえ》を使《つか》ってやったことだろうって。でも、わたしははずかしくてたまらなかったわ。」

ローリーの悪口《わるくち》をいいながら、部屋《へや》じゅうを足音高《あしおとたか》く歩《ある》きまわっていたジョーがとつぜん、立《た》ちどまり、二通《つう》の手紙《てがみ》を手《て》にとって、じっくり見《み》ると、きっぱりいった。

「ブルックさんはどちらも見《み》てないと思《おも》う。ローリーが両方《りょうほう》とも書《か》いたにちがいない。メグの返《へん》事《じ》をとっておいて、あとで見《み》せびらかすつもりなんだ。」

「ジョー、ではローリーを連《つ》れていらっしゃい。もう二度《にど》とこんないたずらをさせないようにしますから。」

お母《かあ》さまがきっぱりいった。

ジョーが鉄砲玉《てっぽうだま》のように飛《と》びだしていくと、お母《かあ》さまはメグのほうをむき、しずかにメグのほんとうの気持《きも》ちをきこうとした。

「さて、メグ、あなたは、ジョンが結婚《けっこん》できるようになるまで待《ま》つつもりはありますか？　それとも、いましばらくは、自由《じゆう》の身《み》でいたいですか？」

「わたし、なんだかこわくて、不安《ふあん》で、だからいまはそういうことはなにもしたくないの。もしジョンがこんなばかなことをなにも知《し》らないんなら、どうかだまっていてくださいね。そして、ジョーとローリーにはこのことを口止《くちど》めしてください。だまされたりするのはもういや。ほんとうにはずかしい。」

いつもはおだやかなメグがこんなに気持《きも》ちをたかぶらせ、プライドを傷《きず》つけられているのを見《み》て、お母《かあ》さまは口《くち》をつぐむことを約束《やくそく》し、これからは慎重《しんちょう》にことを進《すす》めるようにするといった。

やがて、ローリーがやってきた。

メグは書斎《しょさい》へ逃《に》げこみ、お母《かあ》さまはひとりでいたずらの張本人《ちょうほんにん》を出《で》むかえた。ローリーはなぜ自分《じぶん》がよばれたのか知《し》らなかったけれど、お母《かあ》さまの顔《かお》を見《み》たとたん、すべてをさとり、うなだれたようすでその前《まえ》に立《た》った。

ジョーは部屋《へや》の外《そと》へ出《で》るようにいわれ、ホールで番兵《ばんぺい》のようにいったりきたりしていた。それから三十分《ぷん》、中《なか》でなにがあったかはわからない。やがて、ジョーとメグがよばれた。ローリーはお母《かあ》さまのそばに立《た》っていて、後悔《こうかい》しきった顔《かお》をしている。

たちまちジョーは彼《かれ》をゆるした。メグは、ローリーのまじめな謝罪《しゃざい》をきき、ブルックさんがこの件《けん》についてはなにも知《し》らないとはっきりきいて、とても安心《あんしん》したようだった。

ローリーは改心《かいしん》の表情《ひょうじょう》をあらわして、心《こころ》からいった。

「メグ、ぼくは死《し》ぬまで、なにがあろうと、このことは秘密《ひみつ》にします。だから、どうかゆるしてください。」

「そうね、でも、あなたのしたことは男《おとこ》らしくなかったわね。あんなにずるくて、いじわるなことをよくもできたものだわ。」

メグはきびしい言葉《ことば》をならべながらも、一瞬《いっしゅん》でもときめいた乙女心《おとめごころ》がすけて見《み》えないようにしている。

ローリーは両手《りょうて》を組《く》みあわせて、祈《いの》るようなかっこうで、ゆるしをこうたので、メグもいつまでもこわい顔《かお》をしてはいられなくなった。メグはとうとう彼《かれ》をゆるし、お母《かあ》さまもきびしい顔《かお》をやわらげたのだった。

しかし、ジョーは依然《いぜん》としてむずかしい顔《かお》のまま。ローリーが一度《ど》、二度《ど》、ジョーを見《み》たけれど、ジョーはこわい顔《かお》をゆるめず、無視《むし》していた。ローリーはすっかり傷《きず》ついて、ジョーに背《せ》をむけると、ひとこともいわずに外《そと》へ出《で》ていった。

彼《かれ》がいってしまうやいなや、ジョーはゆるしてあげればよかったと後悔《こうかい》した。

メグとお母《かあ》さまは二階《かい》へいき、ジョーは下《した》でひとりぼっちになった。ああ、ローリーがいてくれたら、と思《おも》い、しばらく迷《まよ》ったあげく、ジョーはやっぱり自分《じぶん》の気持《きも》ちにしたがうことにし、おとなりへ返《かえ》す本《ほん》をもって、出《で》かけていった。

「ローレンスさんはご在宅《ざいたく》ですか?」

ジョーはメイドにたずねた。

「はい、でも、だれにもお会《あ》いにならないと思《おも》います。」

「え、なぜ? ご病気《びょうき》?」

「さあ、知《し》りません。さっき、ぼっちゃまとひともんちゃくありましてね。ぼっちゃまがかんしゃくをおこされて、だんなさまがおいかりになって……。」

「で、ローリーはどこに?」

「お部屋《へや》にこもっておられます。さっきから、お食事《しょくじ》のお知《し》らせをしているんですが、おこたえにならないのです。」

「じゃ、わたしがいって、きいてくる。わたし、どっちもこわくなんかないもの。」

勇《いさ》ましくジョーは二階《かい》へあがっていき、ローリーの部屋《へや》のドアをノックした。

「うるさい! やめなきゃ、ドアをあけて、やめさせてやる!」

ローリーのどなり声《ごえ》がした。

ジョーはすかさずまたドアをノックした。たちまちドアがあいたので、ジョーは中《なか》へ飛《と》びこんだ。

思《おも》ったとおり、ローリーはかんかんにおこっていた。でも、彼《かれ》のあつかいになれているジョーは、そばにひざまずいてしゃがみ、おずおずといった。

「さっきはごめんなさいね。もうおこらないで。わたし、仲直《なかなお》りしたくて来《き》たの。」

「もういいから、立《た》ちあがれよ。」

「いったいどうしたの、ローリー？」

「おじいさまにさんざんしかられたんだ。もうがまんできない。」

「そんなにひどくやられたの？　どうして？」

「きみのお母《かあ》さまと、なにもいわないと約束《やくそく》したので、ぜったいにいわなかったら、おじいさまがおこっちゃったのさ。ほんとうのことをいえと迫《せま》られたんだけど、口《くち》をつぐんでいたら、首《くび》ねっこをつかんで、ぼくをゆさぶったんだよ。頭《あたま》にきて、なぐりかえしそうになったから、あわてて部屋《へや》から飛《と》びだしたのさ。」

「たしかにひどい。でも、きっと後悔《こうかい》されてると思《おも》うな。いって、仲直《なかなお》りしてきなさいよ、いっしょにいってあげるから。」

「ぜったいいやだ！　メグにはいたずらをしたから、男《おとこ》らしくあやまっただろ。だけど、こんどはわるくないんだから、あやまらない！」

「だって、おじいさまはそんなこと、ごぞんじないじゃない。」

「孫《まご》のぼくを信頼《しんらい》するべきだよ。まだ赤《あか》ちゃんだと思《おも》ってるんだから、いやになる。」

「じゃ、これからどうするつもりなのよ？」

「おじいさまがぼくにあやまるべきなんだ。さもなきゃ、ぼくはぜったいに下《した》へおりない。」

「ローリーったら。頭《あたま》を冷《ひ》やしてよ、この部屋《へや》に永遠《えいえん》にこもっていられるわけないでしょ。」

「ああ、いるつもりなんか、ないさ。こっそり外《そと》へ出《で》て、どこかへ旅《たび》をする。いなくなれば、おじいさまは心配《しんぱい》して、折《お》れてくるよ。」

「そんな！　家出《いえで》して、心配《しんぱい》させるなんて、だめよ。」

「お説教《せっきょう》なんかきかないよ。ワシントンへいって、ブルック先生《せんせい》に会《あ》おうかな。きっと楽《たの》しいよ。」

「ああ、楽《たの》しそうねえ。わたしもいきたくなっちゃった。」

思《おも》わずジョーは我《われ》をわすれて、夢見心地《ゆめみごこち》になった。

「そうだ、きみもおいでよ。いっしょにいこう！　きみはお父《とう》さまをおどろかしてやれるし、ぼくはブルック先生《せんせい》をびっくりさせてやる。わあ、これはゆかいだ。すぐに出《で》かけよう。お金《かね》はあるからだいじょうぶさ。きみはお父《とう》さまに会《あ》いにいくんだから、なんの問題《もんだい》もないじゃないか。」

一瞬《いっしゅん》、ジョーはすっかり乗《の》り気《き》の顔《かお》になった。冒険《ぼうけん》の旅《たび》に出《で》るというのは、いかにも新鮮《しんせん》で、わくわくする。看病《かんびょう》につかれ、どこへもいけない毎日《まいにち》にあきあきしていたのは事実《じじつ》だった。

ジョーはあこがれのまなざしで窓《まど》の外《そと》を見《み》た。だがその目《め》にはいったのは、となりの粗末《そまつ》な自《じ》分《ぶん》の家《いえ》だった。

いけない、いけない、ジョーはあわてて首《くび》をふった。

「わたしが男《おとこ》の子《こ》だったら、いっしょについていく。でもね、残念《ざんねん》ながら女《おんな》の子《こ》だから、家《いえ》におとなしくしていなくちゃいけないの。過激《かげき》なことといって、誘惑《ゆうわく》しないでよ、ローリー。」

だが、冒険《ぼうけん》を思《おも》いついてうれしくなっていたローリーは、「過激《かげき》だから、おもしろいのにさ。」

と、なかなかあきらめない。

「メグはこんな冒険《ぼうけん》にはのらないとわかってるけど、きみは思《おも》いきったことができる人《ひと》だと思《おも》ってたのに。」

「いけない人《ひと》ね、自分《じぶん》がなにをしたか、よく考《かんが》えてみて。わたしをまきこまないでちょうだい。わたし、おじいさまに談判《だんぱん》して、あなたをゆさぶったことをあやまっていただくようにする。そしたら、家出《いえで》しないわよね？」

「ああ、しないよ。だけど、きみにそんなこと、できるもんか。」

そうはいいながらも、ほんとうはだれかがあいだに立《た》ってくれることを望《のぞ》んでいるローリーだった。

ジョーは勇《いさ》んでおじいさまの部屋《へや》へむかい、ドアをノックした。

「おはいり。」

ローレンス氏《し》のひくい声《こえ》が、いつもよりひくく、いかめしくひびいた。

「おじいさま、わたしです。ジョーです。本《ほん》をお返《かえ》しにあがりました。」

そういって、ジョーが中《なか》へ入《はい》ると、おじいさまは、むずかしい顔《かお》を見《み》せないようにして、「おう、ほかの本《ほん》もほしいかね？」といった。

「ええ、お願《ねが》いします。この本《ほん》の第《だい》二巻《かん》をお借《か》りしたいです。」

もじゃもじゃまゆ毛《げ》をすこし下《さ》げて、ジョーのほしい本《ほん》がならんでいる高《たか》い書棚《しょだな》のほうに、おじいさまは踏《ふ》み台《だい》をおしていった。

すると、ジョーはその踏《ふ》み台《だい》に身軽《みがる》に乗《の》り、上《うえ》にすわってから、本《ほん》をさがすふりをしたけれど、胸《むね》の中《なか》では、さて、どうやって話《はなし》をきりだそうかと考《かんが》えていた。

おじいさまも、ジョーがなにかいいたげなことは察《さっ》したようで、部屋《へや》の中《なか》を歩《ある》きまわりながら、とつぜん、ジョーのほうをむいて話《はな》しかけた。

「あの子《こ》はどうしているかね？　かくさなくてもいい。なにかわるさをしたくせに、わしになにもいおうとしない。ちゃんと話《はな》さないとゆるさないと強《つよ》くしかったら、いきなり飛《と》びだして、部屋《へや》にこもってしまったんだ。」

「ローリーはたしかにわるさをしました。でも、わたしたち、ゆるしたんです。そして、みんなで、そのことは口外《こうがい》しないことにしようと、約束《やくそく》したんです。」

と、ジョーはうちあけた。

「いくら約束《やくそく》したからといって、わしになにも知《し》らせないのはいただけない。自分《じぶん》のしたことをきちんと話《はな》して、罰《ばつ》をうけるべきだ。ジョー、わしはかくしごとはきらいなのだ。だから、話《はな》しておくれ。」

おじいさまはきびしい顔《かお》つきで、問《と》いつめるようにいったので、ジョーは思《おも》わず逃《に》げだしたくなった。だが、踏《ふ》み台《だい》の上《うえ》にすわっていて、おじいさまを上《うえ》から見《み》おろす位置《いち》にいたので、逃《に》げようがない。ジョーは覚悟《かくご》をきめた。

「お母《かあ》さまにけっしていうなといわれていますから、いえません。ローリーはわたしたちにすべてを告白《こくはく》し、あやまり、そして罰《ばつ》もうけました。わたしたちは、ローリーのために秘密《ひみつ》を守《まも》っているのではないのです。ですから、おじいさまが介入《かいにゅう》されるとややこしいことになります。わたしのせいもありますけれど、いまはもうおさまったので、どうかもうわすれてください。」

「うちの孫《まご》は、マーチ家《け》のみなさんに失礼《しつれい》なこと、恩知《おんし》らずなことをしたのではないのがわかるように、はっきりいってくだされ。さもなければ、わしはやつをたたきのめさねばならん。」

口《くち》ではこわいことをいっているけれど、おじいさまがかわいい孫《まご》をたたきのめすとはとても思《おも》えない。それはわかっているので、ジョーはおとなしく踏《ふ》み台《だい》からおりると、一連《いちれん》のいたずら事《じ》件《けん》のことを、だれのめいわくにもならないようにうまくまとめて、かんたんに話《はな》してきかせた。

「なるほど、ローリーが口《くち》をつぐんでいたのは、約束《やくそく》を守《まも》るためで、強情《ごうじょう》や反抗心《はんこうしん》からではないのなら、ゆるしてやりますわい。なかなかがんこな子《こ》なので、あつかいがむずかしいのだよ。」

おじいさまはしかめっ面《つら》をすこしほどき、ほっとしたようすを見《み》せた。

「がんこなのは、わたしもおなじです。でも、やさしい心《こころ》で接《せっ》してあげれば、すぐになびきます。」

「わしがローリーにやさしくないと?」

おじいさまの声《こえ》がきつくなった。

「いえ、そういうわけでは。むしろ、やさしすぎるくらいです。でも、すぐに腹《はら》をおたてになるところもありますよね。」

思《おも》いきってそういってしまったあと、ジョーはちょっと不安《ふあん》になったけれど、おじいさまはめがねをぱっととると、テーブルにぽんとおき、まいったというような声《こえ》をあげた。

「たしかに、そのとおりだ。あの子《こ》はわしをいらいらさせるので、ついおこってしまう。これからいったいどうなるのか、心配《しんぱい》しとるのだ。」

「家出《いえで》するかもしれませんよ。」

といったとたん、ジョーは後悔《こうかい》した。

おじいさまの赤《あか》ら顔《がお》がさっと色《いろ》をうしない、そばのいすにおじいさまはすわりこんでしまった。その目《め》が、テーブルの上《うえ》のほうにかかった、ハンサムな男性《だんせい》の肖像画《しょうぞうが》にむけられた。ローリーの父親《ちちおや》だ。若《わか》いときに、おじいさまの意志《いし》にそわない相手《あいて》と結婚《けっこん》して、家出《いえで》をした、おじいさまの息子《むすこ》だ。

ジョーは、おじいさまがそのことを思《おも》いだして、後悔《こうかい》しているのだと思《おも》った。ああ、あんなことをいわなければよかった……。

「でも、だいじょうぶ、ローリーはほんとうにこまったことにならないかぎり、そんなことはしませんよ。勉強《べんきょう》にあきて、そういっているときもありますし。わたしも、髪《かみ》の毛《け》を切《き》ってからは、よくそんなことを考《かんが》えます。もし、わたしたちがいなくなったら、どうか少年《しょうねん》ふたりの捜索《そうさく》願《ねがい》を出《だ》してください。インド行《い》きの船《ふね》をさがしてくださいな。」

わらいながらジョーはいった。その顔《かお》を見《み》て、おじいさまはほっとしたようだった。

「まったくあんたは勇気《ゆうき》のある、たいしたお嬢《じょう》さんだ。」おじいさまはほおをゆるめ、にこにこしながらいった。「さ、ローリーを食事《しょくじ》に連《つ》れてきてくだされ。もうすべておわったから、きげんをなおせといってくだされ。」

「いいえ、それでは下《した》へおりてきませんよ。ローリーは、おじいさまにはげしくゆさぶられたのがすごくこたえているんです。」

「そうか、そうか。なら、どうすればいいかな？」

「わたしだったら、謝罪《しゃざい》の手紙《てがみ》を書《か》きます。正式《せいしき》な形《かたち》のお手紙《てがみ》があれば、きっとローリーは心《こころ》をひらきます。口《くち》であやまるより効果《こうか》があります。わたしが手紙《てがみ》をもっていってさしあげますよ。」

「あんたはなかなかかしこいね、では、手紙《てがみ》を書《か》くとしよう。」

ジョーはおじいさまの頭《あたま》のてっぺんにちゅっとキスをすると、手紙《てがみ》をもってローリーの部屋《へや》へいき、ドアの下《した》からそれをさしいれた。

やがて、手紙《てがみ》の効果《こうか》があらわれた。ジョーが階段《かいだん》をおりていくと、ローリーが手《て》すりをしゅーっとすべりおりて、ジョーを追《お》い越《こ》し、さきに下《した》で待《ま》ちうけていた。

「ジョー、よくやってくれたね。ずいぶんしぼられたかい？」

「いいえ、ぜんぜん。おだやかだったわよ。」

「へえ、そうなんだ、さっきはきみにも見捨《みす》てられたから、もうおしまいだと思《おも》ってた。」

「そんなこといわないで。またあたらしい気持《きも》ちで、すべてやりなおせばいいのよ。」

「いつもいつもあたらしい気持《きも》ちではじめちゃ、だめになるから、おわりがないよ。」

うんざりした声《こえ》でローリーがいう。

「さっさといって、食事《しょくじ》をしていらっしゃい。食《た》べたら、すっきりするわよ。男《おとこ》の人《ひと》って、おなかがすくとおこりっぽくなるものでしょ。」

こうして、すべてが丸《まる》くおさまったとみんなは思《おも》った。

しかし、あのいたずらの後遺症《こういしょう》はしっかりのこっていたのだ。メグはあのことをわすれられず、ブルックさんのことをまえ以上《いじょう》に考《かんが》え、夢《ゆめ》に見《み》るようになっていた。

ジョーがメグのつくえで切手《きって》をさがしていたときのこと、見《み》ると、なにかの紙《かみ》きれに「ミセス・ジョン・ブルック」と書《か》いてあるではないか。

ジョーはうめき声《ごえ》をあげ、それを暖炉《だんろ》にくべてしまった。ローリーのいたずらのせいで、ジョーがもっともおそれている「その日《ひ》」がいっそう近《ちか》づいたように思《おも》ったからだ。

お父《とう》さま、お帰《かえ》りなさい

その後《ご》、嵐《あらし》のすぎ去《さ》ったあとにつづく晴天《せいてん》のように、数週間《すうしゅうかん》がおだやかにすぎていった。ワシントンのマーチ氏《し》も、ベスも、ぐんぐん回復《かいふく》し、お父《とう》さまは年明《としあ》けごろには帰《かえ》れそうだといってきた。

ベスは、まもなく一日《いちにち》じゅう、ソファにすわっていられるようになり、かわいがっている猫《ねこ》ちゃんたちと遊《あそ》んだり、ずっと手《て》がつけられなかった人形《にんぎょう》の服《ふく》のつくろいができるようになった。だが、手足《てあし》の力《ちから》がすっかり落《お》ちてしまったので、ひとりで外《そと》には出《で》られず、ジョーの力強《ちからづよ》いうでにだかれて、家《いえ》のまわりを散歩《さんぽ》させてもらっていた。

メグの白《しろ》くてきれいだった手《て》は、台所《だいどころ》でやけどをしたりして黒《くろ》くなっていたけれど、メグはちっとも気《き》にしなかった。

エイミーはおばさまにいただいたトルコ石《いし》の指輪《ゆびわ》が宝物《たからもの》になったので、自分《じぶん》の持《も》ちものをせっせと姉《あね》たちにわけていた。

クリスマスが近《ちか》づいていた。いつものようにそれぞれがこっそりプレゼントを用意《ようい》しはじめた。ジョーはへんてこりんな計画《けいかく》をたくさんたてては、いままでなかったような楽《たの》しいクリスマスにしようと考《かんが》えていた。それに負《ま》けず劣《おと》らず、ローリーも過激《かげき》な計画《けいかく》をたて、盛大《せいだい》な花火《はなび》をあげたいなどと思《おも》っていた。それらの計画《けいかく》はすぐに立《た》ち消《ぎ》えになったけれど、ふたりは会《あ》うごとに、わっと大《おお》わらいしたりする。ふたりでなにかたくらんでいるらしい。

めずらしくおだやかな天気《てんき》がつづき、クリスマスがやってきた。ハンナが予告《よこく》したとおり、その日《ひ》はすばらしいお天気《てんき》で、だれもが最高《さいこう》のクリスマスになると確信《かくしん》した。じっさい、マーチ氏《し》から手紙《てがみ》がとどき、まもなく家《いえ》に帰《かえ》れるとあった。

ベスはいつになく気分《きぶん》がよく、お母《かあ》さまからプレゼントされたまっかなガウンをはおって、窓辺《まどべ》にいき、ローリーとジョーがつくったプレゼントを見《み》ることができた。

じつはふたりは夜《よ》を徹《てっ》して、とてつもない雪《ゆき》の像《ぞう》をこしらえたのだった。その雪姫《ゆきひめ》は、ヒイラギの冠《かんむり》をかぶり、くだもののかごと花束《はなたば》を片手《かたて》にもち、もういっぽうの手《て》には、あたらしい楽譜《がくふ》をもっている。寒《さむ》そうな肩《かた》に、虹色《にじいろ》の毛糸《けいと》のショールをはおり、口《くち》もとからピンク色《いろ》の紙《かみ》の吹《ふ》き流《なが》しが出《で》ている。

雪《ゆき》の女王《じょおう》　ベスよベス
心配《しんぱい》ごとは消《き》え失《う》せて

元気《げんき》で　平和《へいわ》で　しあわせなクリスマスがおとずれた
くだものと花束《はなたば》をどうぞ
この楽譜《がくふ》でピアノを奏《かな》でてほしい

人形《にんぎょう》ジョアンナの肖像画《しょうぞうが》はエイミーが
心《こころ》をこめて描《か》いたもの

猫《ねこ》ちゃんのしっぽにかざる赤《あか》いリボン
メグのつくったアイスクリームも召《め》しあがれ

ジョーとローリーの雪姫《ゆきひめ》は

ベスに贈《おく》る　白《しろ》い真心《まごころ》

このゆかいな雪《ゆき》の像《ぞう》を見《み》て、ベスはどんなにわらったことだろう。

ローリーとジョーは雪姫《ゆきひめ》から贈《おく》り物《もの》をとってきて、ベスにうやうやしく進呈《しんてい》した。

「あたし、あんまりうれしくて、お父《とう》さまがいらしたら、これ以上《いじょう》、もうなにも望《のぞ》むものはないわ。」

ジョーがベスをかかえて、書斎《しょさい》へ連《つ》れていくと、ベスはほうっとため息《いき》をついた。

「わたしも。」

そういいながらジョーはポケットをぽんぽんとたたいた。そこにはずっとほしくてたまらなかった本《ほん》が、入《はい》っていた。

「あたくしもよ！」

エイミーが高《たか》らかにいう。お母《かあ》さまが、聖母子像《せいぼしぞう》の版画《はんが》を額《がく》に入《い》れて贈《おく》ってくれたのだった。

メグは生《う》まれてはじめての絹《きぬ》のドレスをいとしげになでている。ローレンスおじいさまからのプレゼントだった。

「ほんとうにこれ以上《いじょう》のしあわせはないくらいですね。」

お母《かあ》さまは、お父《とう》さまの手紙《てがみ》から、ベスのにこにこ顔《がお》に目《め》をうつし、自分《じぶん》の胸《むね》もとにかざったブローチをそっとなでた。娘《むすめ》たちの髪《かみ》の毛《け》がはいったとくべつなブローチだ。

みんながもうこれ以上《いじょう》のしあわせはないといってから半時《はんとき》もたたないうちに、さらに大《おお》きなしあわせがやってきた。

居間《いま》のドアをローリーがあけ、中《なか》をのぞいた。その顔《かお》にはおさえきれない興奮《こうふん》の表情《ひょうじょう》がうかんでいる。よろこびがこぼれそうになりながら、ローリーは、つまって、うわずった声《こえ》でいった。

「マーチ家《け》のみなさんに、もうひとつ、クリスマス・プレゼントでーす!」

その言葉《ことば》をいいおわらないうちに、ローリーの顔《かお》はひっこみ、そこへ背《せ》の高《たか》い、目《め》の下《した》までマフラーでおおわれた男《おとこ》の人《ひと》があらわれた。もうひとりの背《せ》の高《たか》い男《おとこ》の人《ひと》のうでに支《ささ》えられ、なにかいいたそうに見《み》えたけれど、言葉《ことば》が出《で》ないようす。

そのあとはもう、めちゃくちゃだった。

みんながわーっと男《おとこ》の人《ひと》にかけよったかと思《おも》うと、その人《ひと》はもみくちゃにされ、飛《と》びつかれ、だきつかれて、姿《すがた》が見《み》えなくなった。

感《かん》きわまったジョーは失神《しっしん》しそうになり、ローリーに介抱《かいほう》されるはめとなった。ブルックさんは思《おも》わず我《われ》をわすれて、メグにキスした。エイミーはストゥールにつまずいて倒《たお》れ、そのまま起《お》きあがらず、お父《とう》さまのブーツにしがみついて、泣《な》きじゃくった。

そのとき、お母《かあ》さまがはっとして、手《て》をあげた。

「しっ、しずかに。ベスのことをわすれないで。」

しかし、もうおそかった。

書斎《しょさい》のドアがバタンとあき、赤《あか》いガウンをはおった小《ちい》さな姿《すがた》があらわれた。よろこびが弱々《よわよわ》しいからだに思《おも》いがけない力《ちから》をあたえ、ベスはお父《とう》さまにかけよって、うでの中《なか》に飛《と》びこんだ。

家族《かぞく》のうるわしい再会《さいかい》の場面《ばめん》に、どっとわらいが起《お》こったのは、ハンナの姿《すがた》が見《み》えたからだった。台所《だいどころ》から飛《と》びだしてきたハンナは、まるまるふとった七面鳥《しちめんちょう》をかかえたまま、その上《うえ》にぽろぽろうれし涙《なみだ》をこぼしていたからである。

みんなのわらいがおさまると、お母《かあ》さまがブルックさんに、お父《とう》さまの看病《かんびょう》に対《たい》する深《ふか》い感謝《かんしゃ》をつたえた。

ブルックさんは長旅《ながたび》のあとでお父《とう》さまがつかれているのを察《さっ》して、すぐさまお父《とう》さまをいすにすわらせ、ローリーの手《て》をつかむと、さっさと部屋《へや》を出《で》ていった。のこったマーチ家《け》の家族《かぞく》は、いっせいにしゃべりだした。

お父《とう》さまは、天気《てんき》がよくなったらすぐに家《いえ》にもどってみんなをおどろかせようと思《おも》っていたそ

うだ。ブルックさんの献身的《けんしんてき》な世話《せわ》ぶりのこと、彼《かれ》がどれほどりっぱな、たよりがいのある青年《せいねん》であるかということなどを話《はな》し、メグのほうに目《め》をやった。
メグはやけに熱心《ねっしん》に暖炉《だんろ》の火《ひ》をつついている。お父《とう》さまはお母《かあ》さまになにかいいたげにまゆ毛《げ》をあげてみせ、お母《かあ》さまはこくんとうなずいた。
それを見《み》た察《さっ》しのいいジョーは、ぶすっとした顔《かお》で部屋《へや》を出《で》て、ワインとスープをとりにいきながら、「褐色《かっしょく》の目《め》の青年《せいねん》なんて、大《だい》っきらい！」とつぶやいた。
なんとすばらしいクリスマスのごちそう！七面鳥《しちめんちょう》のローストも、プラム・プディングも、ジェリーも、最高《さいこう》のできだった。うれしさ

で半分《はんぶん》おかしくなっていたハンナが、まちがって七面鳥《しちめんちょう》にレーズンをつめたりせず、プディングをオーブンで焼《や》いたりしなかったのは、ほとんど奇跡《きせき》といえた。
ローレンスおじいさまとローリーとブルックさんは、ならんで食事《しょくじ》をしていた。ジョーはブルックさんをずっとにらみつけていて、それを見《み》てローリーはひとりでくすくすわらっている。
お父《とう》さまとベスもならんですわり、チキンとくだものをすこしずつ食《た》べては、思《おも》い出話《でばなし》をしていた。
そり遊《あそ》びが提案《ていあん》されたけれど、みんなはお父《とう》さまといっしょにいるほうがいいといったので、ローリーたちは早々《そうそう》にひきあげていった。

ジョーがいう。

「ちょうど一年《ねん》まえに、わたしたち、なんてみじめなクリスマスって、文句《もんく》をいってたんだよね。おぼえてる？」

「結局《けっきょく》、楽《たの》しい年《とし》になったわねえ。」

暖炉《だんろ》の火《ひ》を見《み》つめながらメグがいう。ブルックさんに対《たい》して節度《せつど》のある態度《たいど》がとれてよかったと思《おも》っているのだ。

「あたくしにとっては、かなりつらかった年《とし》よ。」

青《あお》い指輪《ゆびわ》がきらっと光《ひか》るのを見《み》ながら、エイミーがいった。

「お父《とう》さまがもどっていらして、ほんとうにうれしい。」

お父《とう》さまのひざにのったベスがそっとささやく。

「ほんとうに、最後《さいご》のほうはたいへんだったが、みんな、よくがんばった。みんなが背中《せなか》にしょった重荷《おもに》も、まもなくおろせるだろうね。」

お父《とう》さまは四人《にん》のかわいい娘《むすめ》たちの顔《かお》を満足《まんぞく》そうに見《み》つめていうのだった。

「え、どうして？　そのことをお母《かあ》さまにきいたんですか？」

ジョーがきいた。

「いや、すべてきいたわけではない。だが、みんなのようすを見《み》ていて、いくつも発見《はっけん》があったんだよ。」

「ああ、それなら、どうか話《はな》してください！」

メグはお父《とう》さまのそばにしゃがんでせがんだ。

「では、おまえから。」

そういって、お父《とう》さまはひじかけいすの腕木《うでぎ》にのせられたメグの手《て》をとった。人《ひと》さし指《ゆび》はかたくなり、手《て》の甲《こう》のやけどや、てのひらにできたまめがいくつか見《み》える。

「まえは白《しろ》くてきれいな手《て》だったね。たしかにきれいではあったが、わたしはいまの手《て》のほうがずっと美《うつく》しいと思《おも》うよ。ここまでの苦労《くろう》がしっかりあらわれているからだ。やけどもまめも、家《か》族《ぞく》のためにつくしてきた証拠《しょうこ》だ。メグよ、おまえが白《しろ》い手《て》を守《まも》るよりも、みんなのために家庭婦《かていふ》人《じん》の仕事《しごと》をやってくれたことをすばらしいと思《おも》っている。」

お父《とう》さまはメグの手《て》をあたたかくしっかりとにぎりしめ、にっこりした。

「じゃ、ジョーのこともおっしゃってください。ほんとうにあたしによくしてくれたんですもの。」

ベスがお父《とう》さまの耳《みみ》もとでささやいた。

お父《とう》さまは、むかいがわにすわった背《せ》の高《たか》い少女《しょうじょ》にわらいかけた。いつになくおだやかな顔《かお》をしているジョーだ。

「一年《ねん》まえに別《わか》れた『息子《むすこ》のジョー』はもういないようだね。ここにいるのは、髪《かみ》は短《みじか》いが、男《おとこ》の子《こ》のように、口笛《くちぶえ》を吹《ふ》いたり、ラグにねそべったり、荒《あら》っぽい言葉《ことば》をしゃべるジョーじゃない。顔《かお》がすこしやせて、細《ほそ》くなったが、ずっとやさしい感《かん》じになったね。動作《どうさ》にもしゃべりかたにも、おだやかなあたたかさがあって、かつてのワイルドなジョーがなつかしいくらいだよ。おまえの髪《かみ》の毛《け》がもたらしてくれた二十五ドルほどありがたく、美《うつく》しいものは、ワシントンじゅう、どこをさがしてもなかったと思《おも》う。」

とたんにジョーの瞳《ひとみ》はうるみ、細長《ほそなが》い顔《かお》はバラ色《いろ》にそまった。

「さ、こんどはベスよ。」

自分《じぶん》の番《ばん》が待《ま》ちきれなかったけれど、ぐっとがまんして待《ま》つことにしたエイミーがいう。

「なにかいったら、ベスが消《き》えてしまうかと心配《しんぱい》になるから、あまりいえないが、ベス、おまえが無事《ぶじ》でいたことがほんとうにうれしい。神《かみ》に感謝《かんしゃ》している。」

お父《とう》さまは、ベスをいっそうきつくだきしめて、ほおずりした。

そして、お父《とう》さまは足《あし》もとにすわっているエイミーを見《み》おろし、そのつやつや光《ひか》る髪《かみ》をなでながらいった。

「食事《しょくじ》のときに、おまえが遠慮《えんりょ》して、チキンの脚《あし》の肉《にく》をとったことや、お母《かあ》さまの手伝《てつだ》いをしたりしていたのを見《み》ていたよ。まえのように鏡《かがみ》ばかりのぞいたりしないし、きれいな指輪《ゆびわ》を見《み》せびらかしたりしていなかった。自分《じぶん》のことだけでなく、他人《たにん》のことを考《かんが》えられるようになったのがあらわれているね。おまえがつくってくれた粘土《ねんど》の像《ぞう》をじまんに思《おも》うが、それよりも、みんなの人生《じんせい》をより美《うつく》しくしてくれる才能《さいのう》をもつ、きれいな娘《むすめ》のエイミーを、お父《とう》さまは誇《ほこ》りに思《おも》うよ。」

「ベス、なにを考《かんが》えているの？」

ジョーがたずねた。

すると、ベスはお父《とう》さまのうでからするりとぬけだして、ピアノの前《まえ》にすわり、「さあ、こんどは歌《うた》の時間《じかん》よ。」といった。

ベスの細《ほそ》い指《ゆび》がピアノの鍵盤《けんばん》にふれた。

そして、みんながもう二度《にど》ときかれないかもしれないと思《おも》った、やさしくあまい声《こえ》で、ベスは讃美歌《さんびか》をうたいだしたのだった。

マーチおばさまのお手柄《てがら》

つぎの日《ひ》、四人姉妹《にんしまい》とお母《かあ》さまは、まるで女王《じょおう》バチにむらがる働《はたら》きバチのように、お父《とう》さまにぴったりくっついて、かたときもはなれようとしなかった。

ソファにすわっているベスの横《よこ》で、お父《とう》さまは大《おお》きないすにからだを起《お》こしてすわり、そのそばにメグ、ジョー、エイミーがはりついている。

ハンナはときどき顔《かお》を出《だ》しては、「だいじなだんなさま」の姿《すがた》をうれしそうに確認《かくにん》していた。すべてがしあわせ色《いろ》にぬりつくされているように見《み》えて、じつは、なにかがたりなかった。

お父《とう》さまとお母《かあ》さまは、メグのほうを見《み》るたびに、もの問《と》いたげな顔《かお》で目《め》を見《み》あわせていた。

ジョーは、玄関《げんかん》におきわすれてある、ブルックさんの傘《かさ》にむかって、いきなりこぶしをふりあげたりした。

メグはといえば、なんだかぼうっとしているようで、だまりこんだり、かと思《おも》うと、玄関《げんかん》のベルが鳴《な》ったとたんにはっとなり、だれかが「ジョン」といおうものなら、まっかになったりするのだった。エイミーは首《くび》をかしげた。

「みんな、なんだかへん。お父《とう》さまがお帰《かえ》りになったというのに、まだなにかを待《ま》ってるみたい。」

ベスは、どうしておとなりの人《ひと》たちが、いつもみたいにやってこないのかと、ふしぎがっていた。

午後《ごご》、ローリーが外《そと》をとおりかかり、窓辺《まどべ》にいるメグを見《み》かけ、とつぜん、メロドラマを演《えん》じたくなり、雪《ゆき》の上《うえ》にひざまずくや、胸《むね》をたたき、髪《かみ》の毛《け》をかきむしり、両手《りょうて》をもみしぼった。

それを見《み》たメグが、「やめて、あっちへいって！」というと、ローリーは、ハンカチでうそ涙《なみだ》をふくふりをし、絶望《ぜつぼう》したかのようによろよろと立《た》ち去《さ》っていった。

「あの人《ひと》、ばかみたいね。」

メグはなにも気《き》づいていないふりをして、ジョーにわらいかけた。

「あなたのジョンが、これからやりそうなことを見《み》せてるだけでしょ。」

ジョーがぶすっとしていう。

「わたしのジョン、なんていわないで。失礼《しつれい》よ。」

といいながらも、メグはその言葉《ことば》の響《ひび》きをひそかに味《あじ》わっているようだ。

「ジョー、へんなことというのはやめて。わたしはあの人《ひと》のことなんか、なんとも思《おも》ってないんだから。これからも、みんな、友人《ゆうじん》のままでずっといましょうよ。」

「そんなのできっこないよ。ローリーのいつかのいたずらのせいで、メグはすっかりおかしくなっちゃったし、お母《かあ》さまだって影響《えいきょう》されたもの。メグはもうむかしのメグじゃない。ずうっと遠《とお》くへいってしまったみたい。わたし、待《ま》つのはきらいだから、どうするかさっさときめてほしいの。」

「あの人《ひと》がなにかいうまでは、わたしはなにもできないわ。でも、いわないでしょうよ、だって、お父《とう》さまはわたしがまだ若《わか》すぎるっておっしゃっていたもの。」

と、メグはいい、また縫《ぬ》いものをとりあげたけれど、その顔《かお》にはうっすらほほえみがうかんでいた。お父《とう》さまの考《かんが》えには賛成《さんせい》していないかのように。

「もし、あの男《おとこ》が口《くち》をひらいたら、メグはたちまちめろめろになって、いうなりになるよ、きっと。おうけできませんときっぱりいえるはずなんか、ないと思《おも》うな。」

「失礼《しつれい》ね、わたしはそれほどやわじゃないわよ。なんて答《こた》えるか、ちゃんと考《かんが》えてあるわ。いきなりいわれても、毅然《きぜん》として対応《たいおう》できるようにね。」

メグのもったいぶった、えらそうな言《い》いかたが、おかしかったので、ジョーはちょっとわらってしまったけれど、ていねいにたずねた。

「では、なんというつもりか、教《おし》えてくださいません？」

「いいわよ、ジョーも十六歳《さい》だものね、こういうことはわかる歳《とし》だもの。わたしの経験《けいけん》が、いずれあなたにも役立《やくだ》つときがくるわよ。」

「まさか。わたしはね、恋《こい》だの愛《あい》だのにはいっさいかかわりあわないつもり。」

「それはちがうわ。あなただって、だれかを好《す》きになって、相手《あいて》も好《す》きになってくれたら、考《かんが》えが変《か》わるはずよ。」

メグはふと、外《そと》の小道《こみち》に目《め》をやった。夏《なつ》の夕暮《ゆうぐ》れには、恋人《こいびと》たちがよく歩《ある》いていたものだ。

「メグったら、早《はや》く、あの男《おとこ》にいうセリフをいってよ。」ジョーがうながす。

「わかったわ。わたしは、しずかにきっぱりこういうの。『ブルックさん、ありがとうございます。けれど、父《ちち》がいうように、婚約《こんやく》するにはわたしはまだ若《わか》すぎると思《おも》いますので、いままでのように、お友《とも》だちでいてくださるようにお願《ねが》いします。』とね。」

「ふーん、たしかに冷静《れいせい》なセリフだね。でもさ、メグがそれをいえるとは思《おも》えないし、あの男《おとこ》がそれで満足《まんぞく》するとも思《おも》えない。小説《しょうせつ》みたいに、彼《かれ》が絶望《ぜつぼう》しちゃったら、かわいそうになって、うけいれちゃうんじゃない？」

「ぜったいにしない！　わたし、はっきりノーといって、堂々《どうどう》と部屋《へや》を出《で》ていくわ。」

そして、ほんとうにその練習《れんしゅう》をするようにメグが部屋《へや》を出《で》ていこうとしたとき、玄関《げんかん》で足音《あしおと》がした。そして、ドアをたたく音《おと》。

ジョーが出《で》ていくと、そこにいたのは、なんとブルックさんだった。

「こんにちは、おきわすれた傘《かさ》をいただきに……いえ、あの、お父《とう》さまのお加減《かげん》はいかがですか？」

ブルックさんは、わけありげなジョーとメグの顔《かお》を見《み》て、どぎまぎしたようにいった。

「あ、おかげさまで。父《ちち》はいま、傘立《かさた》てに入《はい》っています。傘《かさ》に父《ちち》がきたといってきます。」

あわてふためいたジョーは、傘《かさ》と父《ちち》をごちゃごちゃにしてしまったけれど、さっさとその場《ば》をはなれた。メグに例《れい》のセリフをいうチャンスをあたえるつもりだったからだ。

いきなりひとりとりのこされたメグは、言葉《ことば》をつまらせながら、小《ちい》さな声《こえ》でいった。

「あの、わたし、母《はは》をよんできます。どうぞおすわりになって。」

「いかないでください。ぼくがこわいのですか、マーガレット？」

ブルックさんが、いかにもがっかりしたような顔《かお》をしたので、メグは失礼《しつれい》なことをいってしまったかとあせった。ひたいにかわいいおくれ毛《げ》のあるところまで顔《かお》がまっかになったのは、彼《かれ》がはじめてマーガレットとよんだからだった。そのあまい響《ひび》きがここちよく、メグは思《おも》わずにっこりした。

「父《ちち》にこんなによくしてくださったかたをこわがるなんて、そんなことありません。ほんとうにありがたく、なんとお礼《れい》を申《もう》し上《あ》げたらいいか、わからないくらいです。」

「では、教《おし》えてさしあげましょうか？」

ブルックさんはメグの白《しろ》い、小《ちい》さな手《て》をつつむようににぎり、褐色《かっしょく》の目《め》に愛情《あいじょう》をこめて、メグを見《み》おろした。とたんに、メグの心臓《しんぞう》は早鐘《はやがね》のように打《う》ちだした。

「あ、どうぞおやめになって、わたしはまだ。」

と、自分《じぶん》の手《て》をひっこめようとした。

「ごめいわくはかけません。ぼくはただ、あなたがすこしでもぼくのことを思《おも》っていてくださるかを知《し》りたいだけなのです。ぼくはあなたを心《こころ》から愛《あい》しています。」

ブルックさんの声《こえ》はひたすらやさしかった。いまこそ、用意《ようい》したセリフをきっぱりいうときだった。ところがメグはそうしなかった。そんなセリフはころりとわすれてしまい、頭《こうべ》をたれたまま、ぼそっといった。

「わかりません。」

あまりに小《ちい》さな声《こえ》だったので、ブルックさんはかがみこんで、耳《みみ》をよせた。そして、メグのふっくらしたかわいい手《て》をいとしそうにつかんだまま、説得《せっとく》するようにささやいた。

「では、考《かんが》えてみてはもらえませんか？　あなたの答《こた》えがわかるまでは、仕事《しごと》が手《て》につきません。」

「わたし、若《わか》すぎます。」

どうしてこんなに胸《むね》がどきどきするのか、わからなかったけれど、メグは意外《いがい》にもそれを楽《たの》しんでいた。

「待《ま》ちますよ。そのうちに、ぼくを好《す》きになってくだされば……それはたいへんでしょうか？」

「さあ、どうでしょうか……。」

「ぼくは教師《きょうし》ですから、教《おし》えるのは大好《だいす》きです。それに、これはドイツ語《ご》をおぼえるより、かんたんですよ。」

そういいながら、ブルックさんはメグのもう片方《かたほう》の手《て》もとってしまったので、メグは顔《かお》をかくすこともできなくなった。

メグはこっそり相手《あいて》の顔《かお》を見《み》た。目《め》はやさしく、明《あか》るく光《ひか》っていて、その顔《かお》には、うまくいったと確信《かくしん》しているような表情《ひょうじょう》がうかんでいた。

とたんにメグはちょっといらっとした。そして、アニー・モファットが教《おし》えてくれた、恋人《こいびと》をじらす方法《ほうほう》を思《おも》いだし、それをやってみようと思《おも》いついた。

「いいえ、そのつもりはありません。もうお帰《かえ》りください。ひとりにしてください！」

あまりの急激《きゅうげき》な変化《へんか》に、ブルックさんはあっけにとられた。メグのこんなようすを見《み》たことがなかったからだ。

「本気《ほんき》でおっしゃっているのですか？」

立《た》ち去《さ》ろうとするメグにおいすがって、ブルックさんはたずねた。

「ええ、もちろん。まだ、わたしにはこういうことは早《はや》すぎますし、そのつもりもないんです。」

うろたえる相手《あいて》を見《み》て、メグは自分《じぶん》が優位《ゆうい》に立《た》っているのを感《かん》じて、ちょっといい気持《きも》ちになっていた。ブルックさんはすこし青《あお》ざめ、真剣《しんけん》な顔《かお》つきをしていたけれど、だまってメグをじっと見《み》つめている。あくまでやさしく、思《おも》いやりあふれる顔《かお》だった。

われ知《し》らず、メグの心《こころ》はとろけそうになった。


そのとき、マーチおばさまがよたよたと重《おも》たいからだをひきずって、登場《とうじょう》したのである。

おばさまは甥《おい》のマーチ氏《し》に会《あ》いたくてたまらなかったのだ。散歩《さんぽ》をしていたときにローリーに会《あ》い、マーチ氏《し》がもどってきたのをきいて、やもたてもたまらず、馬車《ばしゃ》でマーチ家《け》へ乗《の》りつけたのだ。そして、家《いえ》にはいったところで、メグとブルックさんを見《み》つけたのである。

メグはびっくり仰天《ぎょうてん》し、ブルックさんはあわてて、書斎《しょさい》へ逃《に》げこんだ。

「おやまあ、なんてこと？」

コンコンとゆかをつえでたたきながら、おばさまは声《こえ》をあげた。すこし青《あお》ざめた若《わか》い紳士《しんし》と、顔《かお》をまっかにそめた若《わか》い娘《むすめ》が目《め》の前《まえ》にいたのだから、おどろくのはあたりまえだ。

「お父《とう》さまのお友《とも》だちです。おばさま、いきなりいらしたから、びっくりしました。」

メグはおろおろしている。

「わたしだって、びっくりですよ。しかし、なんでまた、お父《とう》さまの友《とも》だちがおまえをケシみたいにまっかにさせたんですかね？」

「ブルックさんは、傘《かさ》をとりにいらしたんです。」

メグは、ブルックさんが傘《かさ》をもって、帰《かえ》ってしまったことを祈《いの》る思《おも》いだった。

「ブルックだって？　ああ、あのとなりの家庭教師《かていきょうし》だね。なるほど、わかった。ジョーからききだしたから、ぜんぶ知《し》っているよ。まさか、おまえはあの男《おとこ》のいうなりになるつもりじゃないだろうね？」

おばさまはとんでもないといった顔《かお》できいた。

「しいっ！　きこえてしまいます。わたし、母《はは》をよんできましょうか？」メグはあわてた。

「まだいい。わたしはね、おまえにいいたいことがあるんだよ。まさか、あのルックとやらと結《けっ》婚《こん》するつもりはないだろうね？　もしそんなことになったら、お金《かね》はいっさいのこしてあげないよ。それはおぼえておおき。だから、よく考《かんが》えるんだよ。」

このおばさまという人《ひと》は、どんなにおだやかな性格《せいかく》の相手《あいて》でも、いらっとさせる術《すべ》をもちあわせていて、それをこよなく楽《たの》しむ人《ひと》だった。

どれほどりっぱな人《ひと》でも、どこかにかならずあまのじゃくな気持《きも》ちがあるものだし、とくに、若《わか》くて、恋《こい》をしている人《ひと》ならなおさらだ。もしも、おばさまがメグに、どうかジョン・ブルックと結婚《けっこん》してほしいとたのんだら、おそらく、メグはそんな気《き》はないといっただろう。ところが、いかにも命令口調《めいれいくちょう》で、彼《かれ》を好《す》きになるなといわれたので、とっさに心《こころ》がきまってしまった。好《す》きになってやる、と。

メグは勇《いさ》ましくおばさまにむかっていいはなった。

「わたしは、自分《じぶん》が好《す》きなかたと結婚《けっこん》します。ですから、お金《かね》はどうぞべつの人《ひと》にさしあげてください。」

「ほう、よくもそこまでいいますね。それがおまえの返事《へんじ》かい。きっと後悔《こうかい》するよ。ぼろ家《や》で暮《く》らすはめになって、あとで失敗《しっぱい》だったと思《おも》うだろうよ。」

「大邸宅《だいていたく》に住《す》んで後悔《こうかい》するより、ましです。」

すると、おばさまはめがねをとりだしてかけ、メグをじっくり見《み》た。こんなようすのメグを見《み》たことがなかったからだ。

いっぽう、メグはメグで、こんなにも思《おも》いきったことがいえる自分《じぶん》を、たのもしく感《かん》じていた。ジョンをけんめいにかばい、そのジョンを愛《あい》しているとはっきりいえて、うれしかった。

おばさまは自分《じぶん》がちょっと失敗《しっぱい》したことに気《き》づき、しばらくしてから、必死《ひっし》でわらい顔《がお》をつくって、とりなそうとした。

「メグや、いい子《こ》だから、わたしの話《はなし》をおきき。おまえの将来《しょうらい》を思《おも》って、いっているんだよ。お金《かね》のある人《ひと》と結婚《けっこん》して、家族《かぞく》を助《たす》けてやるのが、おまえのつとめじゃないか。それはおまえも望《のぞ》んでいることだろう、ね？」

「父《ちち》も母《はは》も、そんなふうには思《おも》っていません。ふたりともジョンが好《す》きです。たとえ、まずしくても。」

「おまえの両親《りょうしん》にはこれっぽっちも世間《せけん》の常識《じょうしき》ってもんがないんだから。あのルックとやらは、まずしいだけじゃなくて、金持《かねも》ちの親戚《しんせき》もいないんじゃないかい？」

「でも、よい友《とも》だちはたくさんいます。」

「いいかい、友《とも》だちだけじゃ、生《い》きていけないんだよ。あの男《おとこ》は、仕事《しごと》だって、まだまともにないじゃないか。」

「まだですけど、ローレンスのおじいさまが助《たす》けてくださいます。」

「あのジェイムズ・ローレンスは偏屈者《へんくつもの》だからね、このさき、どうなるかわからない。まったく、おまえはもっとましな頭《あたま》の持《も》ち主《ぬし》だと思《おも》っていたがねえ。」

「ジョンはかしこい、いい人《ひと》です。才能《さいのう》もあります。仕事《しごと》に熱意《ねつい》もあります。みんな、あの人《ひと》が好《す》きで、尊敬《そんけい》しています。だから、あの人《ひと》がわたしのような、まずしい、おろかな娘《むすめ》を思《おも》ってくださるのがうれしいんです。」

いえばいうほど、メグはますますきらきらと、かわいく見《み》えた。

「いいかい、おまえに金持《かねも》ちの親戚《しんせき》がいるから、あの男《おとこ》はおまえを望《のぞ》んでいるのさ。」

「まあっ、おばさま、そんなひどいことをおっしゃらないでください。ジョンはそんないやしい心《こころ》の人《ひと》じゃありません。」

おばさまの心《こころ》ない言葉《ことば》に、メグはかっとなり、ほかのことはすべてわすれてしまった。

「わたしのジョンは、お金《かね》のために結婚《けっこん》する人《ひと》じゃありません。わたしは、貧乏《びんぼう》なんておそれていません。これまでずっとしあわせでしたもの。だから、わたし、あの人《ひと》といっしょにいます。

彼《かれ》はわたしを愛《あい》しているし、わたしも……。」

そこまでいって、メグははっとした。まだほんとうに心《こころ》をきめてはいなかったのに。さっきは「わたしのジョン」に帰《かえ》ってくれといったりしたのだった。もしも、いっていることがめちゃくちゃだと思《おも》われたら、どうしよう……。

おばさまはかんかんになってしまった。この美人《びじん》の姪《めい》にすばらしい相手《あいて》を見《み》つけてやろうとはりきっていたからである。だが、メグのかがやくような初々《ういうい》しい顔《かお》を見《み》るにつけ、独《ひと》り身《み》のさびしさがいっそうつらく思《おも》えるおばさまだった。

「わかったよ、わたしはもう手《て》をひきますよ。もう、びた一文《いちもん》、おまえにはやらない。ルックとやらの友《とも》だちにめんどうをみてもらい。わたしはもう知《し》らないよ。」

バターン！　メグの目《め》の前《まえ》でドアを音高《おとたか》くしめ、おばさまは頭《あたま》から湯気《ゆげ》を出《だ》さんばかりにおこって、いってしまった。

あとにひとりのこされたメグは、とたんに気持《きも》ちがなえて、へなへなになり、ぼうぜんと立《た》ちつくした。

そこへ、書斎《しょさい》にかくれていたブルックさんがあらわれた。

「すみません、思《おも》わず立《た》ち聞《ぎ》きしてしまいました。ぼくをかばってくださって、ありがとうございます。おばさまのおかげで、あなたがぼくのことをすこしは思《おも》っていてくださるのがわかって、うれしくなりました。ぼくは希望《きぼう》をもってよいのですね？」

ふたたびぴしゃっといってやるチャンスがおとずれたにもかかわらず、メグはもはやそんなことをする気《き》はなく、かぼそい声《こえ》で答《こた》えた。

「はい、ジョン。」

そして、ジョンのベストに顔《かお》をうずめてしまった。

マーチおばさまがおこって出《で》ていってから十五分後《ふんご》、ジョーは足音《あしおと》をしのばせて階下《かいか》へおり、居間《いま》の入《い》り口《ぐち》で立《た》ちどまり、なんの音《おと》もしないのをたしかめて、ほっとしたようにうなずいた。

「メグはあいつにぴしゃっといって、追《お》いはらったんだ。ああ、よかった。これでもとどおりになる。」

ところが、それはジョーの思《おも》いこみにすぎなかった。あわれジョーは、居間《いま》の入《い》り口《ぐち》で思《おも》いもよらない光景《こうけい》を目《め》にし、あいた口《くち》がふさがらなくなった。

「メグ、よくやったね。」とほめてやろうと思《おも》っていたのに、ソファにすわった「あいつ」のひざに、「よくやったはず」のメグが、まいりましたといわんばかりの顔《かお》で、ちょこんとすわっているではないか！

つめたい水《みず》を頭《あたま》からかぶせられたかのように、ジョーはあーっと息《いき》をのんだ。

その音《おと》にはっとして、恋人《こいびと》たちがジョーを見《み》た。メグはびくっと飛《と》びあがり、「あいつ」はわらい、余裕《よゆう》のほほえみをうかべて、あわてふためいているあたらしい妹《いもうと》にキスをした。

「ジョー、ぼくたちを祝福《しゅくふく》してください。」

もうがまんできない、あんまりだ！　ジョーは両手《りょうて》で相手《あいて》をふりはらうようにして、いきなり部屋《へや》を飛《と》びだした。二階《かい》へかけあがり、泣《な》きさけぶような声《こえ》でお父《とう》さまとベスをびっくりさせた。

「ああ、だれか、下《した》へきて。すぐに。ジョン・ブルックがひどいことをしてて、メグがそれをよろこんでる！」

たちまちお父《とう》さまとお母《かあ》さまは階下《かいか》へおりていった。

ジョーはベッドに身《み》を投《な》げて、わあわあ泣《な》きながら、ベスとエイミーに事《こと》のしだいをあらいざらい話《はな》した。

ところが、妹《いもうと》たちはふたりとも、すてきだとよろこぶばかりで、ジョーはまるで心《こころ》が安《やす》まらない。屋根裏《やねうら》の自分《じぶん》の部屋《へや》へいって、仲《なか》よしのネズミたちに不満《ふまん》をぶちまけるしかなかった。

その日《ひ》の午後《ごご》、居間《いま》でどんな話《はなし》がかわされたかはわからない。

でも、あの物《もの》しずかなブルックさんがお父《とう》さまとお母《かあ》さまを前《まえ》に、メグとの結婚《けっこん》をみとめてほしいと熱心《ねっしん》にいったのはまちがいない。その堂々《どうどう》たる、すばらしい話《はな》しぶりに、お父《とう》さまとお母《かあ》さまは心《こころ》をうたれ、今後《こんご》の進《すす》めかたをブルックさんが望《のぞ》むようにすることに賛成《さんせい》したのだった。

食事《しょくじ》のベルが鳴《な》った。ブルックさんは胸《むね》をはって、メグたちをともない、食堂《しょくどう》へむかった。

そのようすを見《み》て、ジョーは嫉妬《しっと》と絶望感《ぜつぼうかん》を同時《どうじ》に感《かん》じた。エイミーはブルックさんがメグを思《おも》う気持《きも》ちに感動《かんどう》し、ベスはすこしはなれてふたりをうれしそうに見《み》つめている。お父《とう》さまとお母《かあ》さまも若《わか》いふたりを満足《まんぞく》の面《おも》もちでやさしく見守《みまも》っている。

マーチ家《け》に最初《さいしょ》のロマンスが花《はな》ひらき、みんなの顔《かお》はいつになくきらきらかがやいていた。

エイミーがいった。

「メグお姉《ねえ》さま、こんなにすてきなことが起《お》こるなんて、想像《そうぞう》していた?」

「いいえ、まったく。いいことなんか起《お》こりっこないといったのは一年《ねん》まえよね、それからなんていろいろなことが起《お》こったんでしょう!」

しあわせの夢《ゆめ》にひたりきったメグがしみじみいう。

「悲《かな》しいことがあると、うれしいこともつづいて起《お》こるものですよ。」と、お母《かあ》さま。「この一年《ねん》はたいへんな年《とし》でしたけれど、おわりよければすべてよし、ですねえ。」

「来年《らいねん》もそういっておわればいいけど。」

ジョーはつぶやいた。まだメグが「よそ者《もの》」にめろめろになっているのが気《き》に入《い》らないのだ。

「再来年《さらいねん》もきっといい年《とし》になりますよ。ぼくはそうするつもりです。」

ブルックさんはメグにほほえみかけ、自信《じしん》たっぷりにいうのだった。

「再来年《さらいねん》までまだ長《なが》いわあ。」

結婚式《けっこんしき》が待《ま》ちどおしいエイミーだ。

「それまでにたくさん学《まな》ぶことがあるから、わたしにとっては短《みじか》いくらいよ。」

そういうメグはいままで見《み》たことがなかったような、落《お》ちつきのある、あまやかな表情《ひょうじょう》にあふれていた。メグが落《お》としたナプキンをさっそくブルックさんがひろってやるところを見《み》たジョーは、いらいらした。

そのとき、玄関《げんかん》のドアがあく音《おと》がしたので、ジョーはほっとして、ひとりごとをいった。

「あ、ローリーがきた。これでやっとまともな話《はなし》ができる。」

ところが、ふたたび、ジョーは肩《かた》すかしを食《く》らった。ローリーは豪勢《ごうせい》な花束《はなたば》をもってあらわれたのだ。「ジョン・ブルック夫人《ふじん》」のために用意《ようい》したもので、自分《じぶん》の策略《さくりゃく》のおかげで、ふたりがうまくいったのだと得意《とくい》になっているのだった。

花束《はなたば》をうけとったブルックさんはその場《ば》で、ローリーを結婚式《けっこんしき》に招待《しょうたい》した。

「地《ち》の果《は》てにいても、かけつけますよ、先生《せんせい》。」

それから、ローリーはジョーの仏頂面《ぶっちょうづら》に気《き》づくといった。

「ジョー、ちっともうれしそうじゃないね?」

「うれしくなんかない。でも、がまんするしかないでしょ。あなたにはわからないでしょうよ、メグを人《ひと》にあげてしまうのがどんなにつらいか……。」

「あげるったって、半分《はんぶん》だけだろ。」

「二度《にど》ともとどおりにはならないのよ、わたしは最愛《さいあい》の友《とも》をなくしたんだもの。」

ほうっとジョーはため息《いき》をついた。

「きみにはぼくがいるじゃないか。ま、あんまり役《やく》には立《た》たないかもしれないけどさ。だけど、ずっときみのそばにいるよ、一生《いっしょう》。ぼくは本気《ほんき》だよ。」

ローリーは真剣《しんけん》なまなざしでいうのだった。

「ありがとう。すごくうれしい。やっぱりあなたは最高《さいこう》の心《こころ》の友《とも》よ。」

「だからさ、もうがっかりした顔《かお》をするなよ。メグとブルック先生《せんせい》はしあわせいっぱいだし、ぼくたちはこれからも思《おも》いきり楽《たの》しくすごそうよ。ぼくはもうすぐ大学《だいがく》へいく。それから、いっしょに外国《がいこく》を旅《たび》しよう。どう、すてきだろう？」

「ええ、そうね。でも、これから三年《ねん》のあいだになにが起《お》こるか、だれにもわからないのよ。」

そういったものの、いとしい家族《かぞく》の集《つど》う部屋《へや》を見《み》まわしたジョーの瞳《ひとみ》は、しだいに光《ひかり》を帯《お》びてきた。ジョーのいすの背《せ》にもたれたローリーが、鏡《かがみ》にうつったジョーに、ほほえみかけた。

やっぱり未来《みらい》は明《あか》るくかがやいている。そんな予感《よかん》がひたひたと心《こころ》にしみてきた。

（おわり）

訳者《やくしゃ》あとがき

『若草物語《わかくさものがたり》』のはじまり、はじまり！

谷口由美子《たにぐちゆみこ》

『若草物語《わかくさものがたり》』は、幸《しあわ》せなクリスマスのシーンで第《だい》一巻《かん》が結《むす》ばれました。ここまで読《よ》んでくださったみなさん、早《はや》くも続《つづ》きが読《よ》みたくなりませんでしたか？

第《だい》一巻《かん》と書《か》いてあるのは、『若草物語《わかくさものがたり》』が、たった一冊《さつ》ではないからです。全《ぜん》四冊《さつ》もあります。最後《さいご》のページに、ジョーとローリーのイラストがあるのは、これからのふたりの未来《みらい》と、そしてマーチ一家《いっか》の今後《こんご》のすばらしい物語《ものがたり》を予告《よこく》しているからなのです。とはいえ、まずは『若草《わかくさ》物語《ものがたり》』ってなに？　というところからお話《はなし》しましょう。

この物語《ものがたり》が書《か》かれたのは、一八六八年《ねん》、日本《にっぽん》では明治元年《めいじがんねん》です。作者《さくしゃ》は、ルイザ・メイ・オルコット（一八三二年《ねん》〜一八八八年《ねん》、以後《いご》ルイザとする）、物語《ものがたり》の舞台《ぶたい》は、アメリカ東部《とうぶ》のマサチューセッツ州《しゅう》コンコードという町《まち》です。アメリカの北部《ほくぶ》と南部《なんぶ》が奴隷制《どれいせい》をめぐって戦《たたか》った南北《なんぼく》戦争《せんそう》（一八六一年《ねん》〜一八六五年《ねん》）が終《お》わり、奴隷制廃止《どれいせいはいし》を唱《とな》えた北部《ほくぶ》が勝利《しょうり》してから数年《すうねん》たった頃《ころ》に、この物語《ものがたり》は書《か》かれました。

ルイザはマーチ姉妹《しまい》のような四人姉妹《にんしまい》の次女《じじょ》でした。まさしくジョー・マーチのような、おてんばな少女《しょうじょ》でした。姉《あね》はアンナといい、メグのようにきれいで、お芝居《しばい》が上手《じょうず》でした。三女《じょ》はベスで、物語《ものがたり》のベスと同《おな》じく、やさしくて家庭的《かていてき》な女《おんな》の子《こ》、そして、末《すえ》っ子《こ》のメイはエイミーのように絵《え》の才能《さいのう》がありました。物語《ものがたり》はノンフィクションではありませんが、ルイザは自分《じぶん》の姉妹《しまい》をモデルにして、思《おも》うさま想像力《そうぞうりょく》を働《はたら》かせて、四人《にん》を物語《ものがたり》の主人公《しゅじんこう》にしたてあげたのです。

父親《ちちおや》のブロンソン・オルコットは、娘《むすめ》たちをあまり子《こ》ども扱《あつか》いせず、女性《じょせい》として尊重《そんちょう》し、それぞれの意志《いし》と個性《こせい》を大事《だいじ》にして育《そだ》てました。四人《にん》の娘《むすめ》たちを、Little Women（リトル・ウィミン、小婦人《しょうふじん》）と呼《よ》んでいました。ルイザがこの物語《ものがたり》を書《か》いたとき、編集者《へんしゅうしゃ》からタイトルを相談《そうだん》されて、即座《そくざ》にLittle Women《リトルウィミン》と答《こた》えたのは当然《とうぜん》だといえるでしょう。

でも、日本《にっぽん》では『若草物語《わかくさものがたり》』と呼《よ》ばれていますね。なぜでしょう？　日本《にっぽん》で最初《さいしょ》にこの物語《ものがたり》が訳《やく》されたのは一九〇六年《ねん》（明治《めいじ》三十九年《ねん》）で、タイトルは原題《げんだい》をそのまま訳《やく》した『小婦人《しょうふじん》』でした。そのあと、『四少女《しょうじょ》』『リットル・ウイメン』『四人姉妹《にんしまい》』『四人《にん》の少女《しょうじょ》』などのタイトルで訳《やく》書《しょ》が出《で》ましたが、一九三四年《ねん》（昭和《しょうわ》九年《ねん》）に映画《えいが》「若草物語《わかくさものがたり》」が公開《こうかい》されて大《だい》ヒットしたため、『若草物語《わかくさものがたり》』というタイトルが定着《ていちゃく》し、今日《こんにち》に至《いた》っています。若草《わかくさ》のようにフレッシュな少女《しょうじょ》たちというイメージがよくあらわれたタイトルだと思《おも》います。

物語《ものがたり》の四姉妹《しまい》は、『天路歴程《てんろれきてい》』という本《ほん》や聖書《せいしょ》を愛読《あいどく》しています。敬虔《けいけん》なクリスチャンの一家《いっか》なので、それらの本《ほん》を人生《じんせい》の導《みちび》き書《しょ》として常《つね》にそばにおいていました。両親《りょうしん》のことばや、こういう書物《しょもつ》に書《か》かれたことばが、姉妹《しまい》の行動《こうどう》や考《かんが》え方《かた》に反映《はんえい》されていますが、だからといって、それらに縛《しば》られているわけでは決《けっ》してなく、良《よ》いお手本《てほん》として折《おり》にふれて思《おも》い出《だ》したり、反省《はんせい》のよすがにしたりしていました。そういう役割《やくわり》を果《は》たしてくれる、大好《だいす》きな本《ほん》、大切《たいせつ》な本《ほん》を持《も》っているのは、すばらしいことです。

ジョーは、作者《さくしゃ》ルイザが自分自身《じぶんじしん》を投影《とうえい》して書《か》いただけあって、だれよりも生《い》き生《い》きと魅力的《みりょくてき》に描《えが》かれています。その相手役《あいてやく》がローリーですが、さて、このふたりはこの先《さき》どうなるのでしょうか？　ルイザは第《だい》一巻《かん》（本書《ほんしょ》）を書《か》いてすぐに、第《だい》二巻《かん》を計画《けいかく》していました。ですから、ジョーとローリーの行《ゆ》く末《すえ》も考《かんが》えていたのですが……あ、この先《さき》は第《だい》二巻《かん》のお楽《たの》しみにしましょう。でも、物語《ものがたり》の中《なか》には、ジョーとローリーの今後《こんご》をほのめかすような箇所《かしょ》がたくさんあります。あまいベリーをおなじお皿《さら》にのせて、ふたりで分《わ》けあって食《た》べたり、「だれがいちばん好《す》き？」ときかれたローリーがすぐに「もちろんジョー。」と答《こた》えてみんなに笑《わら》われたり、「ずっときみのそばにいるよ、一生《いっしょう》。」といったりします。そんなセリフがあちこちに出《で》てくるのですから、だれだって……と思《おも》いますよね？　じりじりしませんか。

さて、末《すえ》っ子《こ》のエイミーはまだ十二歳《さい》ですが、絵描《えか》きとしての才能《さいのう》が見《み》えはじめています。作者《さくしゃ》ルイザはその『若草物語《わかくさものがたり》』を書《か》いたとき、そのイラストを妹《いもうと》のメイに頼《たの》みました。メイはエイミーのモデルですから、とうぜん絵《え》が上手《じょうず》だったのです。それがこのイラストです。仲《なか》よしの四姉妹《しまい》が、素朴《そぼく》なやさしい筆《ふで》づかいで描《えが》かれています。このイラストは原《げん》書《しょ》の初版《しょはん》にのっているものなので、とても貴重《きちょう》でめずらしいのです。どうぞごらんください。

＊著者紹介

ルイザ・メイ・オルコット

1832年、アメリカ・ペンシルベニア州生まれ。４人姉妹の次女。1854年はじめての小説『花物語』を出版。1868年『若草物語』を出版、好評にこたえ、『若草物語』の続編など、30編近い作品をのこす。1888年逝去。

＊訳者紹介

谷口《たにぐち》由《ゆ》美《み》子《こ》

山梨県生まれ。上智大学外国語学部英語学科卒業。アメリカに留学後、児童文学の翻訳を手がける。著書に『サウンド・オブ・ミュージック――トラップ一家の物語――』（講談社）、主な訳書に『ルイザ――若草物語を生きたひと』（東洋書林）、『長い冬』などの「ローラ物語」全５冊（岩波書店）、『大草原のローラ物語――パイオニア・ガール』（大修館書店）ほか多数。

＊画家紹介

藤田《ふじた》　香《かおり》

関西出身。書籍、雑誌の挿絵や、ゲームのキャラクター画などで幅広く活躍。挿絵の仕事に「黒魔女さんが通る!!」シリーズ、「若草物語」シリーズ（以上、講談社青い鳥文庫）ほか。画集に『藤田香アートワークスFs5』（エンターブレイン）がある。2018年逝去。

＊協力／オーチャード・ハウス　http://www.louisamayalcott.org/
＊イラスト協力／亜沙美

＊この本は新訳です。また、カバー絵と挿し絵は『若草物語』（講談社青い鳥文庫　二〇〇九年初版）からの再録です。

講談社　青い鳥文庫

若草物語《わかくさものがたり》1
—仲《なか》よし四姉妹《しまい》—

ルイザ・メイ・オルコット
谷口《たにぐち》由《ゆ》美《み》子《こ》 訳

2018年11月15日　第1刷発行

（定価はカバーに表示してあります。）
発行者　渡瀬昌彦
発行所　株式会社講談社
東京都文京区音羽2-12-21　郵便番号112-8001
電話　編集（03）5395-3536
販売（03）5395-3625
業務（03）5395-3615

N.D.C.933　350p　18cm
装　丁　久住和代
印　刷　図書印刷株式会社
製　本　図書印刷株式会社
本文データ制作　講談社デジタル製作

（落丁本・乱丁本は、購入書店名を明記のうえ、小社業務あてにお送りください。送料小社負担にておとりかえします。）

■この本についてのお問い合わせは、青い鳥文庫編集まで、ご連絡ください。

ISBN978-4-06-513834-2

「講談社《こうだんしゃ》 青《あお》い鳥文庫《とりぶんこ》」刊行《かんこう》のことば

太陽《たいよう》と水《みず》と土《つち》のめぐみをうけて、葉《は》をしげらせ、花《はな》をさかせ、実《み》をむすんでいる森《もり》。小《こ》鳥《とり》や、けものや、こん虫《ちゅう》たちが、春《はる》・夏《なつ》・秋《あき》・冬《ふゆ》の生活《せいかつ》のリズムに合《あ》わせてくらしている森《もり》。森《もり》には、かぎりない自然《しぜん》の力《ちから》と、いのちのかがやきがあります。

本《ほん》の世界《せかい》も森《もり》と同《おな》じです。そこには、人間《にんげん》の理想《りそう》や知恵《ちえ》、夢《ゆめ》や楽《たの》しさがいっぱいつまっています。

本《ほん》の森《もり》をおとずれると、チルチルとミチルが「青《あお》い鳥《とり》」を追《お》い求《もと》めた旅《たび》で、さまざまな体験《たいけん》を得《え》たように、みなさんも思《おも》いがけないすばらしい世界《せかい》にめぐりあえて、心《こころ》をゆたかにするにちがいありません。

「講談社《こうだんしゃ》 青《あお》い鳥文庫《とりぶんこ》」は、七十年《ねん》の歴史《れきし》を持《も》つ講談社《こうだんしゃ》が、一人《ひとり》でも多《おお》くの人《ひと》のために、すぐれた作品《さくひん》をよりすぐり、安《やす》い定価《ていか》でおおくりする本《ほん》の森《もり》です。その一さつ一さつが、みなさんにとって、青《あお》い鳥《とり》であることをいのって出版《しゅっぱん》していきます。この森《もり》が美《うつく》しいみどりの葉《は》をしげらせ、あざやかな花《はな》を開《ひら》き、明日《あす》をになうみなさんの心《こころ》のふるさととして、大《おお》きく育《そだ》つよう、応援《おうえん》を願《ねが》っています。

昭和《しょうわ》五十五年《ねん》十一月《がつ》

講談社